# El primer caso
# de Unamuno

# Luis García Jambrina

## El primer caso de Unamuno

Papel certificado por el Forest Stewardship Council®

Primera edición: enero de 2024

© 2023, Luis García Jambrina
© 2024, Penguin Random House Grupo Editorial, S. A. U.
Travessera de Gràcia, 47-49. 08021 Barcelona

© Diseño: Penguin Random House Grupo Editorial, inspirado en un diseño original de Enric Satué

Printed in Spain – Impreso en España

ISBN: 978-84-204-7676-6
Depósito legal: B-17822-2023

Compuesto en MT Color & Diseño, S. L.
Impreso en Unigraf, Móstoles (Madrid)

AL76766

*Para Manuel Menchón,*
*amigo cómplice y compañero*
*de pesquisas unamunianas*

*Para mi madre y para mi hija*

*También para Teresa,*
*por todo lo que nos unió*
*y contra todo lo que nos separó*

El problema no es solo averiguar la verdad, sino saber qué hacer con ella.

Miguel de Unamuno

Y se siguen talando los árboles y los campos cada vez más desnudos y cada vez más ceñudos.

Miguel de Unamuno

Si uno puede realmente penetrar en la vida de otra época, está penetrando en la propia vida.

T. S. Eliot

# Prólogo

*Alguien dijo que el ser humano más seguro que hay sobre la faz de la tierra es aquel que a la caída de la tarde cabalga lentamente sobre un burro. Al alfarero Julio Collado, sin embargo, no le gustaba andar a esas horas por los caminos, pues les tenía mucho miedo a las alimañas y a los aparecidos; en realidad, más a estos que a aquellas. Ese día calculó mal el tiempo que le iba a llevar la vuelta a casa, y la oscuridad lo alcanzó cuando aún le faltaba más de una legua para llegar a su pueblo. De modo que no paraba de aguijonear a su asno para que fuera más raudo. Por desgracia, el animal iba muy cargado y bastaba que su amo lo pinchara para que él se resistiera todavía más a apresurarse. Y, cuanto más tozudo se ponía, más terco se volvía su dueño, que se negaba a dar su brazo a torcer. Al final, el hombre dejó de aguijarlo y optó por apearse y tirar de las riendas para ver si el rucio se mostraba algo menos renuente, pero ni por esas. Así que al pobre alcaller no le quedó más remedio que permitirle que marchara a su paso, lento y calmado, como si se recreara en ello.*

*A esas alturas, a pesar de que el cielo estaba completamente despejado y había salido la luna, la noche ya les había caído encima como un manto negro, por lo que Julio Collado cada vez estaba más inquieto. A lo lejos se oía ladrar a los perros, que a él le parecían lobos hambrientos, y cantar a los búhos, que se le antojaban espíritus de mal agüero, y cada sombra que se agitaba le recordaba a un fantasma. También creyó ver una luz intensa rasgar la oscuridad como un relámpago sin trueno. Estaba ya a tiro de piedra de las primeras casas del pueblo cuando descubrió un bulto negro a los pies de una encina, cerca del borde del sendero. Se aproximó a él con gran sigilo y observó que se trataba de un hombre con la espalda recostada contra el tronco del árbol, en una posición extraña. Al ver que no se movía, lo tocó con la punta de la aguijada para intentar reanimarlo, no fuera a ser que solo estuviese dormido. Pero nada.*

*—¿Está usted bien? —le preguntó con voz queda.*

*Como no respondía, se inclinó para comprobar si el corazón le latía. De repente creyó reconocerlo y dio un respingo. Al retirar la mano, advirtió que estaba manchada de sangre, y eso terminó de alarmarlo. Tras fijarse mejor, cayó en la cuenta de que el hombre estaba muerto y tenía todo el cuerpo lleno de heridas; lo habían apuñalado a conciencia y con saña. El alfarero, aterrado, salió corriendo en dirección al pueblo, sin encomendarse a Dios ni al diablo, y el burro se quedó atrás, olisqueando el cadáver, como si con ello quisiera decirle a su amo: «Cuanto más deprisa huyas de la muerte, más rápido te acercarás a ella».*

# I

*Salamanca, sábado 9 de diciembre de 1905*

La levítica ciudad dormía el sueño de los justos. Nada ni nadie parecía turbar su paz de cementerio, su bendita modorra provinciana. Mientras todo mudaba y se agitaba a su alrededor, Salamanca se había quedado varada en el tiempo, presa de la nostalgia de sus viejas hazañas y sus glorias de oropel; hasta su universidad seguía sumida en una cierta decadencia. Como todos los días, don Miguel se había levantado muy temprano, antes del alba, y, tras un frugal desayuno, se había puesto a trabajar en su estudio. Después de dejar postergada su novela *La tía*, llevaba ya un tiempo intentando escribir un ensayo de carácter espiritual que había bautizado provisionalmente con el título, un tanto vago y pretencioso, de *Tratado del amor de Dios*. A diferencia de otros libros suyos, la gestación de este iba a ser larga y complicada, dado que en él se adentraba en los recovecos más profundos de su alma, y eso entrañaba muchos riesgos y dificultades.

Según había constatado, el mundo había cambiado mucho desde finales del siglo anterior; se estaba volviendo cada vez más incierto, inseguro e inestable. De ahí que ya no hubiera verdades absolutas; el concepto mismo de verdad estaba en tela de juicio, como lo estaban el de realidad, el de identidad, el de Dios y tantos otros. Por otro lado, la ciencia y el positivismo se habían revelado como instrumentos muy poco adecuados para desentrañar el sentido del universo y de la existencia. Y esto había dado lugar a una tremenda crisis que afectaba a todos los órdenes de la vida y del conocimiento y se extendía por todo Occidente.

En España, la inestabilidad política de la Restauración, agravada por la pérdida de las últimas colonias de ultramar, no era, pues, más que la manifestación de algo mucho más profundo y radical, algo que la hermanaba con el resto de Europa; de modo que el tan manido «problema español» era solo una forma de experimentar el «mal del siglo» y el vacío de un mundo cada vez más caótico y desencantado. Todo esto, como es lógico, llevaba años incubándose, pero las radicales transformaciones provocadas por los grandes avances científicos de las últimas décadas lo habían acelerado.

En su ensayo, Unamuno quería dar cuenta de su manera particular de enfrentarse a esa crisis, que él había sufrido con crudeza y en carne propia unos años antes, así como a aquellas cuestiones que más lo obsesionaban: la fe, el amor, el cristianismo y, por supuesto, el hambre de inmortalidad o el deseo de permanencia y de infinitud. No se trataba, pues, de exponer sus ideas ni menos aún de defender sus creencias, ya que él ni creía ni tampoco dejaba de creer, sino de combatir los dogmas y lanzarse a la intemperie y a la aventura, sin ningún plan preconcebido, desde la duda y la incertidumbre, lo que a buen seguro iba a provocar el rechazo de los biempensantes y de las jerarquías eclesiásticas, algo a lo que ya estaba muy acostumbrado.

Desde que don Miguel llegara a la ciudad unos quince años atrás, el obispo de la diócesis, el célebre padre Cámara —aficionado a las excomuniones, azote de ateos y liberales y dueño y señor de la prensa salmantina—, se había convertido en su particular bestia negra, en su enemigo más hostil. Desde su púlpito, no había cesado de atacarlo con sus homilías, cartas pastorales y artículos de opinión publicados en el diario ultracatólico y conservador *El Lábaro*, tildándolo de protestante y racionalista, cuando no de hereje, panteísta y anarquista, algo que a Unamuno no solo no lo molestaba, sino que lo complacía y lo estimulaba a seguir su camino. «Las religiones viven de herejías», solía decir. En los últimos años, incluso, el obispo había intentado con todas sus fuerzas que el Ministerio de Instrucción Pública y Bellas Artes lo cesara como rector, y a punto había estado de conseguirlo varias veces. Pero tras la muerte del padre Cámara, hacía algo más de un año, Unamuno se había quedado huérfano de contrincantes. Detractores, desde luego, no le faltaban; sin embargo, no había ninguno que estuviera mínimamente a su altura. Y él era uno de esos pensadores que necesitan rivales a los que enfrentarse e ideas y falacias contra las que combatir.

Sus enemigos eran los que lo hacían crecerse y dar lo mejor de sí, y, ahora que no los tenía a la vista, se había ido desinflando y encerrando en su interior, como si hubiera renunciado a su voluntad. De hecho, algunos de sus amigos y admiradores pensaban que, desde que el Partido Conservador lo había nombrado rector y no estaba ahí el padre Cámara para azuzarlo y plantarle cara, se había ablandado un poco, y la verdad era que no les faltaba razón. Si hasta él mismo lo reconocía en ocasiones ante algún incondicional cuando le confesaba que ese era uno de los daños que le causaba el rectorado, ya que, para no perderlo, con frecuencia medía bien lo que escribía y no se soltaba tanto la lengua en sus escritos públicos como en sus cartas privadas, a las que era tan aficionado, y es que padecía de lo que él llamaba «epistolomanía». Hasta que de repente un día estallaba y decía todo lo que pensaba sin importarle las consecuencias, pues Unamuno, además de rector y catedrático, era un intelectual comprometido y un hombre de acción, un hombre de pelea, un luchador, un agonista. «Primero la verdad que la paz» era su lema o divisa, aunque don Miguel solía expresarlo en latín: *Veritas prius pace*, dado que así tenía más sentido y contundencia para él.

Por más que se había esforzado, en varias horas tan solo había logrado escribir un par de líneas con su letra de patitas de mosca, como él decía, y eso para Unamuno resultaba excepcional. Si de algo pecaba, era justamente de lo contrario: de escribir a borbotones y de manera un tanto febril y arrebatada, a lo que saliera, sin ninguna clase de planificación, como un torrente de tinta vivo y descontrolado; también algo descuidado y desaliñado, pues odiaba el «gramaticismo» y no solía pararse a reflexionar; eran el libre pensamiento y el sentimiento los que guiaban su mano, haciendo camino conforme andaba. El problema, en este nuevo ensayo, era que todavía no había encontrado el hilo del que tirar y eso lo tenía bloqueado. Se había estancado, y el agua detenida, como el pensamiento coagulado o cristalizado en ideas, acababa pudriéndose tarde o temprano.

Antes de que las paredes se le vinieran encima, don Miguel dejó junto al tintero su portaplumas de caña, fabricado por él mismo, y se dirigió al casino. Tan pronto como dejó atrás el refugio de la casa rectoral, a continuación del viejo edificio de la Universidad, el de las antiguas Escuelas Mayores, en la calle de Libreros —llamada así porque en ella se habían establecido antaño las primeras imprentas y librerías de la ciudad—, notó el mordisco del viento. Fuera hacía un frío tan traicionero que, si te descuidabas, te apuñalaba por la espalda al volver una esquina. Además, había salido tan distraído y ofuscado que a punto estuvo de meter el pie en un charco. Como tantas otras cosas, el empedrado y el alcantarillado de la villa dejaban mucho que desear; cada vez que llovía, las rúas y plazas se convertían en una especie de vertedero, y toda ella hedía hasta el punto de que un ilustre visitante había descrito Salamanca como una señora noble y elegante a la que le olían mucho los pies.

Unamuno gruñó por lo bajo y siguió andando, mientras con el rabillo del ojo advertía sobre sí el peso de algunas miradas.

Aunque llevaba ya un tiempo viviendo en la ciudad, todavía llamaba la atención de mucha gente: alto, erguido, con su porte austero y orgulloso y su eterna indumentaria de pastor protestante o de cuáquero, fiel reflejo de su carácter; siempre con traje oscuro, con frecuencia azul marino, y sin corbata, el chaleco severamente cerrado hasta la nuez o el cuello de la camisa, los zapatos anchos de caminante y el sombrero de fieltro negro, redondo y flexible, de esos que pueden guardarse en el bolsillo sin deformarse; por lo general, prescindía del abrigo, incluso en pleno invierno. Tenía la frente despejada e inclinada, en línea con la nariz, el pelo muy corto y con algunas canas prematuras para sus cuarenta y un años, y la barba poblada y con zonas grises, que la dulcificaban un poco; los ojos de búho, la mirada de águila y las gafas de metal, de montura muy fina y puente curvo. En fin, todo un personaje.

El casino se encontraba en el palacio de Figueroa, en la calle de Zamora, pasada la plaza Mayor, que a esas horas bullía de gente ociosa y festiva. Se trataba de un edificio renacentista con un hermoso patio de columnas monolíticas y arcos airosos que Unamuno atravesó como una exhalación, pues ese día no quería ver ni saludar a nadie. Se dirigió directamente a una sala de la planta principal en la que los habituales pasaban el rato jugando al dominó o a las cartas mientras se tomaban un café o se fumaban un habano. Allí estaban las mismas caras de siempre, con idénticos gestos de desgana y la monotonía y la ramplonería acostumbradas, algo que don Miguel no soportaba; de hecho, en varias ocasiones se había dado de baja como socio para no tener que contemplar ese espectáculo, si bien, pasado un tiempo, volvía a solicitar el alta, aunque solo fuera por tener un lugar donde poder polemizar y leer la prensa.

Se sentó en un rincón apartado y se dispuso a jugar una partida de ajedrez contra sí mismo, ya que entre los miembros del casino tampoco en eso tenía rival. Como buen estratega de blancas y negras, podía tirarse horas y horas haciendo movimientos, dado que entre los dos contendientes había una igualdad absoluta. Era la partida perfecta, por lo que solía quedar en tablas, salvo que, por algún motivo, uno de sus dos yoes se distrajera durante un instante. Pero esa mañana se cansó enseguida.

Después se dirigió a la sala de lectura donde estaban los periódicos, justo en la esquina opuesta, y se arrojó sobre ellos como un ave de rapiña sobre su presa. Aunque se pasaba la vida criticándolos, estos eran para él no solo una fuente de ingresos, gracias a sus colaboraciones, sino también un estimulante que ponía en marcha los engranajes de su cerebro. Cuando terminó con la prensa nacional, donde no halló nada de interés, le tocó el turno a la local. La primera plana de *El Adelanto*, diario de orientación liberal, la ocupaba casi por completo una gran esquela, todo un símbolo del estado de postración en el que se hallaba Salamanca. Con razón algunos la llamaban la Ciudad de la Muerte: en ella el número de defunciones era mucho mayor que el de nacimientos, tal vez por culpa de la falta de higiene y de sus malas condiciones sanitarias.

Por fortuna, en la parte de abajo, a modo de faldón, algo atrajo de inmediato su atención. Se trataba de un artículo tomado de *La Correspondencia de España* del día anterior y firmado por Ramiro de Maeztu, con quien había mantenido más de una polémica en el pasado sobre la cuestión agraria y otros asuntos. Se titulaba «Un pueblo entero que se traslada» y la noticia en él comentada tenía que ver con un pequeño municipio de la provincia de Salamanca llamado Boada. Por lo visto, los vecinos habían enviado en el mes de octubre una carta al presidente de la República Argentina, Manuel Quintana, manifestándole su deseo de emigrar todos a ese país, dado que en su tierra no tenían forma de ganarse el pan ni futuro alguno, y para ello solicitaban que se les facilitara de algún modo el pasaje. La misiva había aparecido en *La Prensa* de Buenos Aires unas semanas después, y Maeztu, indignado con el hecho, la daba ahora a conocer en España acompañándola de una dura diatriba en la que calificaba a los vecinos de Boada de cobardes y antipatriotas, al tiempo que pedía la destitución del alcalde y el resto del Concejo. Los acusaba de querer abandonar su tierra para enriquecer otro país con el fruto de su trabajo, en un momento, además, muy delicado para la identidad nacional debido a la reciente pérdida de algunas colonias. La recriminación era tan injusta y peregrina que Unamuno montó en cólera y se puso a despotricar en voz alta contra su paisano, pues también él era vasco, ante la mirada perpleja y reprobatoria de varios socios del casino.

Junto al artículo había unas declaraciones del médico del pueblo, que era uno de los redactores y firmantes de la carta. A través de ellas, Unamuno se enteró de que las cosas en Boada habían empeorado cuando el Gobierno decidió vender, a través de una subasta pública, los bienes comunales del municipio a un rico terrateniente de la zona y diputado provincial, Enrique Maldonado, que los había convertido de inmediato en pastos para la crianza de su numeroso ganado y en un coto de caza, y eso había hecho que la mayor parte de los vecinos se hubiera quedado sin tierras que poder arrendar o cultivar. Tan solo algunos habían conseguido trabajo como jornaleros en una finca cercana por un salario de miseria —tres pesetas por día de labor más la comida—, que no tuvieron más remedio que aceptar, dado que era lo único que había en el entorno. El resultado era que los habitantes de Boada se veían obligados a abandonar el pueblo, como estaba ocurriendo en otras localidades de la provincia, que se estaban despoblando porque ya no había recursos para todos ni forma alguna de buscarse la vida.

Tras conocer los motivos que empujaban a los boadenses a emigrar, Unamuno se enojó todavía más con las palabras y la ceguera de Maeztu y tomó partido de inmediato por los vecinos, a los que se propuso ayudar interesándose por su causa. Sin perder un instante, se dirigió a la sede de *El Adelanto*, en la calle de Ramos del Manzano, para ver si averiguaba algo más sobre el asunto.

Al salir del casino se cruzó en la puerta con el gobernador civil, Pablo Aparicio, a quien conocía debido a su cargo de rector. Ambos eran más o menos de la misma edad, quizá el otro unos años mayor, pero no podían ser más diferentes en el físico. Grueso, no muy alto, cara redonda y bien rasurado, el gobernador lo saludó con un gesto, y ya iba a pasar —con su habitual porte autoritario, como de persona acostumbrada a mandar y ser obedecida de inmediato—, cuando don Miguel lo detuvo:

—¿Ha visto usted lo de Boada?

—Precisamente el ministro de Fomento acaba de pedirme que recabe más información sobre el asunto. Está muy alarmado. La carta que ha escrito esa gente es vergonzosa y nos deja en muy mal lugar —respondió el gobernador con gesto de indignación.

—Lo que es una vergüenza es la situación en la que se encuentran y el artículo de Maeztu —replicó Unamuno antes de retomar su camino.


El director de *El Adelanto* lo recibió en su despacho, donde estaba revisando con mucha atención unas galeradas, pues no debía de fiarse mucho de sus correctores del periódico.

—¿Se puede saber por qué ha publicado los exabruptos de ese botarate de Maeztu? —preguntó Unamuno nada más entrar.

—Buenos días, don Miguel. Yo también me alegro de verlo —comentó el director, al tiempo que esbozaba una mueca bajo el poblado mostacho que le ocultaba casi por completo los labios—. Sepa usted que nos hemos limitado a reproducir lo aparecido en *La Correspondencia de España*, ya que la noticia nos pareció de gran interés y aquí en Salamanca nadie tenía ni idea del asunto, que se dice pronto. Ayer tan solo nos dio tiempo a hablar con el médico del pueblo.

—¿Y cómo es que no han apoyado de inmediato a esa pobre gente que está pasando hambre y se tiene que ir de sus casas?

El director era un hombre corpulento y unos diez años mayor que el recién llegado, pero el empuje del vasco siempre lo ponía nervioso. En un ademán inconsciente, se pasó la mano por el cabello rizado mientras buscaba una salida airosa.

—Precisamente, mañana pensaba enviar a un reportero a Boada para que indague algo más sobre los motivos y circunstancias —dijo al cabo de unos segundos—. ¿Quiere usted acompañarlo? Yo corro con los gastos.

—Por supuesto, lo haré encantado. Pero no le prometo escribir nada —le advirtió don Miguel—. Si le replico a ese juntaletras, será también en *La Correspondencia*, para que tenga más efecto.

—Como usted quiera, faltaría más —concedió el otro.

Unamuno ni siquiera se despidió. Los engranajes de su mente ya giraban a toda velocidad pensando en lo que le depararía el viaje a Boada.

# II

*Salamanca y Boada, domingo 10 de diciembre*

A la mañana siguiente, Unamuno se presentó puntual en la estación de tren de Salamanca, situada en las afueras, al final de un largo paseo arbolado. Allí lo esperaba la figura alta y desgarbada del periodista Marcos Rubio, un joven de unos treinta y cinco años, rostro alargado y mirada despierta a quien don Miguel conocía por haberle concedido alguna que otra entrevista. Durante el viaje, fueron comentando el caso de Boada y el problema de la emigración, que estaba dejando desiertos algunos lugares de la provincia. Mientras tanto, el tren avanzaba impetuoso y traqueteante por el campo salmantino, cruzando páramos amarillos y secos —casi angustiosos para alguien acostumbrado al verdor y a la montaña del norte peninsular— y extensos bosques de encinas y rastrojos dorados. Hasta que por fin, a lo lejos, entre unos álamos, asomaron las primeras casas de La Fuente de San Esteban. En esa estación se bajaron, y aún debieron andar alrededor de una legua, en dirección al noroeste, para llegar a su destino.

Según le fue explicando el periodista, que se había documentado el día anterior, el pueblo de Boada tenía en ese momento unos mil habitantes. Pertenecía a la diócesis y al partido judicial de Ciudad Rodrigo, de la que distaba unas seis leguas, y estaba situado en una pequeña mota en el centro de un gran llano, en la subcomarca del Campo de Yeltes. Los caminos se encontraban en mediano estado o sin terminar y se dirigían a Ciudad Rodrigo, Ledesma y

Salamanca. La mayor parte del término estaba poblada de encinas y, hacia el lado oeste, había una gran laguna en la que se criaban muy buenas tencas. Hasta no hacía mucho, la tierra producía trigo de buena calidad, algo de centeno, bastante algarroba y algunos garbanzos, pero ahora la mayoría de los campos se hallaba sin cultivar, lo que, para Unamuno, era muy triste de ver.

Las casas eran todas bajas y ofrecían pocas comodidades, a veces consistían en un simple portal construido con palos y retamas; las calles, de trazo irregular; y sus dos plazas, de mala hechura. Tenían una casa consistorial, con un calabozo; una escuela de primeras letras, una iglesia parroquial dedicada a la Asunción de Nuestra Señora, un cementerio, una ermita o humilladero en los alrededores, y una estación de ferrocarril, algo distante del pueblo, en la línea que iba a La Fregeneda. Para el surtido del vecindario, contaban con una fuente de agua potable y un pozo, y varios arroyos para abrevadero del ganado.

Cuando llegaron a la altura de la iglesia, la gente estaba saliendo de la misa dominical. Tanto en el atrio como en los alrededores se fueron formando pequeños corrillos como enjambres de abejas zumbadoras. En ellos se hablaba de un único tema: el artículo de Maeztu y las reacciones que había suscitado. Tras saludar al alcalde, al que se le notaba algo cohibido por todo lo que estaba pasando, y a los que redactaron y firmaron la famosa carta en nombre de todo el pueblo —que no eran otros que el médico, Carlos de Sena, el secretario del Ayuntamiento, Emilio Regidor, y el secretario judicial, Juan Rodríguez—, así como al cura y a los maestros, que también apoyaban la causa de los boadenses, Unamuno y el periodista se reunieron con algunos vecinos en la panera que con honores de casino había en la plaza principal. La mayoría de ellos se mostraron entusiasmados ante la esperanza del éxodo, si bien el presidente de Argentina no les había contestado, y muy enfadados con las desafortunadas palabras de don Ramiro.

—Pues ¡¿no nos llama antipatriotas ese señorito?! Y, para colmo, lo dice alguien que vive en Londres, como un cardenal. Pero ¿quién se ha creído que es? Aquí me gustaría tenerlo a él, a ver si es capaz de sobrevivir —protestó uno de los presentes, un campesino con la piel curtida por el sol y las palmas encallecidas por el manejo de la azada.

—El patriotismo consiste en comer y dar de comer a nuestros hijos, que en mi caso son ocho, y no en pasar hambre y dejar que la pasen nuestras familias. Hasta ahí podíamos llegar —apuntó otro, de cuerpo enjuto y manos sarmentosas.

—Entonces, según ustedes, ¿quién tiene la culpa de su situación? —les planteó Unamuno.

—Verá usted —alzó la voz una mujer con gesto resignado—. Nosotros no odiamos ni culpamos a nadie, pero estamos convencidos de que aquí no podemos vivir todos; por eso queremos buscar acomodo donde nos lo ofrezcan para los que aquí sobramos, que somos la mayoría.

—¿Y qué se podría hacer para que no tuvieran que emigrar?

—El único remedio para esta triste situación —intervino el alcalde— sería que el Estado nos devolviera las tierras comunales, de las que se apoderó en su día para vendérselas luego al mejor postor, a pesar de las protestas y las reclamaciones que les pusimos desde el Ayuntamiento por ser bienes exceptuados que no se podían enajenar. Pero comprendemos que eso ahora es imposible, ya que no se puede deshacer la venta. Si ni siquiera nos han entregado la parte del dinero que nos corresponde por la misma, algo que, por otra parte, tampoco beneficiaría mucho a los que son jornaleros —puntualizó.

Antes de que la asamblea se disolviera, pues ya era la hora de comer, el médico le pidió a Unamuno que, si no le era mucha molestia, les dirigiese unas palabras de aliento a los vecinos. De modo que don Miguel se puso en pie y comenzó a decir con voz ligeramente exaltada:

—Amigos de Boada, ayer me enteré por la prensa de vuestro deseo de emigrar a Argentina y quiero que sepáis que, desde el primer momento, estoy con vosotros, pues sé que no lo hacéis por vuestra libre voluntad, sino porque os echa la desidia y el latrocinio del Gobierno, que os ha dejado hundidos en la más triste miseria, y la egoísta codicia del dueño de las que hasta hace poco fueron vuestras tierras, ahora yermas, para el que valéis menos que el ganado que las ocupa. Os expulsa, en fin, la concentración de la propiedad territorial en unas pocas manos y la conducta de las clases ricas. De todas las provincias de España, la de Salamanca es, probablemente, aquella en la que todo esto cobra más intensidad. Por eso quiero recordaros que vosotros sois sin duda lo más valioso de este lugar, y no merecéis tener que iros y abandonar vuestros hogares y a vuestros difuntos. Que se vayan los que os lo han quitado todo y ahora quieren privaros también de la dignidad. Pero, si os tenéis que ir, sabed que yo os apoyo, ya que considero que, en vuestro caso, la emigración es un deber incluso patriótico, por más que digan lo contrario algunos mentecatos —añadió en clara referencia a Maeztu.

—¡Así se habla, claro que sí! —gritó uno de los asistentes y los demás prorrumpieron en aplausos y vítores.

—Le estamos muy agradecidos —le dijo el médico estrechándole la mano—. Y ahora, si me lo permite, me gustaría invitarles a comer en mi humilde casa, pues, como ya pueden imaginarse, aquí no hay fonda ni mesón digno de ustedes.

—Por eso no ha de preocuparse, don Carlos, ya que soy amigo de la comida sencilla y sin grandes artificios culinarios, sobria y fuerte a la vez, sin otro condimento que algo de picante —confesó don Miguel.

El médico era una persona muy culta y formada, con vastos conocimientos de homeopatía e hipnosis, pero sus vecinos eran pobres y no ganaba lo suficiente para mantener a su familia, por lo que no podía permitirse apenas ningún dispendio. La casa era de una sola planta con el suelo de tierra en casi todas las habitaciones y un pequeño huerto para consumo propio. En ella vivía con su esposa y sus tres hijos. La pitanza sirvió para que Unamuno conociera algo más sobre la situación de los pueblos y aldeas del Campo Charro y del Campo de Yeltes, que se estaban quedando vacíos, pues Boada no era algo excepcional; unos porque los habitantes habían emigrado por falta de trabajo y recursos; otros, como Campocerrado, ahora de un solo dueño, porque fueron desahuciados por los propietarios de las tierras, la mayoría forasteros, con la connivencia del Estado y la ayuda de la Guardia Civil. Los obligaban a irse para así crear despoblados y convertirlos de inmediato en dehesas para el ganado o en grandes cotos de caza —mucho más rentables para los terratenientes— o extensiones de cultivo para unos pocos, llegando al extremo de roturar algunos cementerios, cuya tierra era sagrada, para beneficio de algún miserable.

—Para esto han servido los cambios de la reforma agraria liberal —se lamentó don Miguel—, para que los hacendados puedan llegar a adueñarse de todo, logrando así cumplir el sueño de la propiedad perfecta, plena, redonda, sin fisuras ni limitaciones de ninguna clase.


De regreso a Salamanca en el tren de la tarde, Unamuno apenas cruzó una palabra con el reportero de *El Adelanto*. Los vecinos de Boada no se le iban de la cabeza ahora que los había escuchado y había visto sus caras. Tenía que intentar hacer algo por esa gente, ayudarlos, a ser posible, a recuperar sus tierras y, con ellas, su dignidad y su futuro. A lo largo del día había ido tomando algunas notas en una pequeña libreta con cubierta de hule negro, y estaba deseoso de llegar a su casa para escribir un artículo de respuesta a Maeztu, uno con el que quería llamar la atención del Gobierno, el Senado, las Cortes y, por supuesto, la opinión pública. Y pensaba acompañarlo de declaraciones de los afectados, con el fin de que algunas conciencias se removieran y tomaran cartas en el asunto. Sin duda esa iba a ser su nueva causa, aquella a la que iba a dedicar los mayores esfuerzos en los próximos meses.

# III

*Salamanca, jueves 14 de diciembre*

Por lo general, don Miguel comenzaba sus clases a las ocho y media de la mañana y las terminaba a eso de las once y media, pues impartía las asignaturas correspondientes a las dos cátedras que en ese momento acumulaba: la de Literatura Griega —en sus inicios era la de Lengua Griega— y la de Filología Comparada del Latín y el Castellano. Las lecciones tenían lugar en un aula amplia y soleada del piso alto del antiguo edificio de las Escuelas Mayores, ante un número reducido de alumnos. Después iba a su despacho del rectorado, donde recibía visitas y se ocupaba de las gestiones propias de su cargo, y por último, antes de comer y recluirse en casa, daba un paseo que le servía para airearse y apartar de la mente los asuntos cotidianos y así poder concentrarse por la tarde en sus lecturas y escrituras, a las que dedicaba varias horas diarias.

Esa semana transcurrió con normalidad hasta que el jueves salió por fin su artículo en *La Correspondencia de España*. Era un texto duro y valiente que no se quedaba en la anécdota, sino que exploraba las raíces profundas de la situación. En él Unamuno defendía a los vecinos de Boada y denunciaba las condiciones en las que vivían muchos campesinos de la comarca y la provincia, obligados por terratenientes y ganaderos sin escrúpulos a abandonar sus respectivos pueblos de una manera u otra. «Cuando tenían tierra comunal —alegaba— podían vivir con desahogo algunos dueños de ganado, aunque no de tierra propia, y dar trabajo a los otros. Pero vino aquel bárbaro proceso de la violenta individualización de la tierra, vino aquel trágico soplo que arrasó casi todo lo que quedaba del régimen comunal, y a Boada se le vendieron tierras por valor de un millón de reales. Se les quitó todo, hasta las eras. Solo se les dejó las casas, el casco del pueblo». Por último, se lamentaba de que algunos, para mayor escarnio, los consideraran antipatriotas. Los que no eran patriotas, venía a concluir, eran los que habían despojado a esas pobres gentes de su único medio de vida, esos señorones que ni siquiera conocían sus propias tierras, salvo cuando iban a cazar con sus amigos.

Ese mismo día, el diario *ABC* sacaba una viñeta cómica en la que se aparecía un barco con destino a Argentina cargado con todo el pueblo de Boada, incluidos la iglesia, el ayuntamiento, la farmacia, las casas, los animales de labor y varios árboles. El pie de imagen decía: «Novísimo y práctico sistema de emigración, con el cual acabaremos de acreditarnos a los ojos del mundo entero». Los periódicos locales, por su parte, daban la noticia de la visita a Boada de una delegación compuesta, entre otros, por el gobernador civil, el presidente de la Diputación, el diputado en Cortes por Ciudad Rodrigo y el jefe de Obras Públicas de Salamanca, así como el diputado provincial Enrique Maldonado, el mismo que había comprado las tierras comunales a muy buen precio. Dada la gran resonancia social que estaba adquiriendo el asunto, querían hablar directamente con el pueblo y estudiarlo sobre el terreno con el fin de buscar soluciones para que los boadenses no tuvieran que emigrar.

Tras pernoctar en La Fuente de San Esteban, donde había dos fondas, amén de varios comercios, amplios cafés y hasta luz eléctrica, la comitiva se había desplazado a caballo o en mula a Boada. Allí se encontraron con el alcalde y una amplia representación de los vecinos. «¡Que nos devuelvan las tierras y no nos vamos a América!», gritaron algunas de las mujeres presentes, lo que no gustó mucho a los enviados del Gobierno. El alcalde les recordó que sin la devolución de las tierras comunales no podrían subsistir y tendrían que marcharse, por lo que les pidió que intercedieran para que al menos quedara sin efecto la venta de la dehesa boyal, la destinada a pasto de ganado vacuno de labor.

Antes de abandonar el pueblo, los representantes gubernamentales les hicieron diversas promesas de ayuda mientras se buscaba una solución, como el arreglo y la ampliación de algunos caminos vecinales o la construcción de un centro de experimentación agrícola. Asimismo, los instaron a que nombraran dos representantes, un labrador y un obrero, para negociar en Madrid. El presidente de la Diputación, por su parte, se ofreció a actuar de intermediario entre unos y otros.

Mientras tanto, en Salamanca, las reacciones al artículo de Unamuno no se hicieron esperar. Ya en el claustro del edificio universitario había observado un cierto revuelo entre los estudiantes, pues algunos eran hijos de ganaderos o de familias muy acomodadas. Más tarde, cuando se dirigía al rectorado, tuvo un pequeño incidente con Andrés Jiménez, un catedrático de Derecho Civil de ideología conservadora, que nada más verlo le espetó con tono de reproche:

—No debió escribir eso, don Miguel.

—¿Y por qué no, si se puede saber?

—Primero, porque lo que en él dice no es verdad, y segundo, porque no es oportuno. No sé si me explico.

—Se explica muy bien, don Andrés, pero no puedo estar menos de acuerdo con usted.

—Ya lo imaginaba. En fin, ¿qué se puede esperar de alguien que se declaró contrario a la guerra y partidario de la independencia de Cuba y Filipinas? Usted sí que es un antipatriota, dicho sea con todos los respetos debidos a su cargo.

—Y a mucha honra —replicó Unamuno.

—Algún día encontrará a quien le baje los humos.

—¿Y qué se supone que me va a hacer para bajármelos?: ¿quemarme en una hoguera, o tal vez desterrarme y echarme de la Universidad, encerrarme en mi casa o matarme para que no hable? —exclamó don Miguel con sorna.

—Usted siga provocando y ya lo descubrirá —auguró el otro.

—Por mucho que me amenacen, nunca dejaré de decir la verdad.


Esa tarde tenía tertulia en el casino. En un primer momento pensó en no ir. No sabía lo que se iba a encontrar allí, dado que algunos de los socios eran grandes terratenientes y ganaderos, amén de retrógrados y ultramontanos. Pero luego cambió de opinión. Si se imaginaban que iba a amilanarse, estaban muy equivocados. Y allí que se presentó él. La reunión tenía lugar en un salón con chimenea que había en la planta baja. En cuanto lo vieron aparecer, unos le dieron la espalda, otros le negaron el saludo de forma ostentosa y varios murmuraron a su paso palabras de reproche. Unamuno, sin embargo, se incorporó a la tertulia como si no pasara nada. Esto hizo que la mayoría de los presentes se levantara y fuera a sentarse alrededor de otra mesa con la intención de desairarlo. Solo unos pocos fieles permanecieron junto a su amigo.

—¿Con qué tema quieren que empecemos hoy? —se atrevió a preguntar uno de los contertulios.

—¿Por qué no nos ocupamos de lo que habla todo el mundo en la ciudad? —dejó caer Unamuno.

—¿A qué se refiere usted?

—A qué va a ser: al caso de Boada.

Todos los contertulios asintieron, pero ninguno se atrevía a comentar nada. Así que fue él quien tomó la palabra y comenzó a perorar sobre el asunto sin ninguna clase de freno y en voz muy alta, para que lo oyera todo el mundo:

—Lo que está ocurriendo ahora mismo en Boada debería darnos vergüenza, y más a todos aquellos que se consideren cristianos. No podemos consentir que esa gente se quede sin nada, y encima criticarlos por querer emigrar. Tenemos que ayudarlos a recuperar los bienes comunales...

Enseguida llegó un conserje para rogarle, educadamente y con mucha deferencia, que hablara más bajo, pues algunos socios decían sentirse incómodos.

—Dígales usted que, si no están a gusto, pueden marcharse, que yo tengo el mismo derecho que los demás a perorar en esta sala —le soltó el catedrático.

El conserje, contrariado, se volvió hacia donde estaban los otros y se encogió de hombros en señal de impotencia. Al ver que el amonestado no daba su brazo a torcer, las protestas de los ofendidos comenzaron a subir de tono. Era como si don Miguel hubiera removido un avispero con un palo y todos quisieran clavarle su aguijón. Al final tuvo que intervenir uno de sus amigos, un boticario llamado Jaime Fonseca, que lo apreciaba mucho y que le pidió que lo acompañara a dar un paseo, pues le vendría bien tomar el aire.

—Con mucho gusto lo haré; aquí el ambiente se ha vuelto irrespirable —convino Unamuno para no desairarlo.

Cuando llegó a casa un par de horas más tarde, doña Concha lo estaba aguardando con el pequeño Rafael en brazos. Parecía muy inquieta, como si temiera que a su marido le hubiese ocurrido algo.

—¿Estarás contento? —le reprochó en cuanto cruzó la puerta, sin dejar de mecer a su benjamín.

—¡¿También tú?! —exclamó él citando sin querer a Julio César.

—Ya me he enterado de lo del artículo y de lo del casino.

—Pero ¡¿cómo?!

—Eso no importa. Y no hables tan alto, que vas a despertar al niño. En fin, ya decía yo que llevábamos mucho tiempo sin que te metieras en ningún enredo y, mira por dónde, hoy te has desquitado con creces. Y no será porque no te lo tengo dicho —añadió doña Concha con tono de fastidio.

—Lo sé, pero estoy harto de morderme la lengua por miedo a desbocarme. Tan solo he comentado lo que consideraba justo, tú ya me conoces. ¿Qué culpa tengo yo de que a algunos les moleste y otros lo malinterpreten? —se justificó él mientras dejaba el sombrero encima de la mesa con gesto cansado y se acercaba a su mujer y a su hijo para darles un beso—. De todas formas, no te preocupes, ya verás como mañana se han olvidado.

Y lo cierto era que, en principio, a don Miguel no le faltaba algo de razón. Normalmente, la cosa habría quedado ahí, como una anécdota más de las muchas que circulaban sobre él en la ciudad, algunas verdaderas, otras inventadas o exageradas. Pero, en este caso, lo peor aún estaba por llegar.

# IV

*Salamanca, viernes 15 de diciembre*

Unamuno acudió a clase como de costumbre, si bien accedió al edificio de las antiguas Escuelas Mayores por una puerta que había en la planta baja de la casa, en el salón rectoral, que daba directamente a la sacristía de la capilla de San Jerónimo, para así no tener que encontrarse con nadie en el zaguán. Cuando entró en el aula, algunos alumnos discutían de forma acalorada, pero de repente se hizo el silencio, un silencio algo tenso. Don Miguel tomó posesión de su asiento con cierta parsimonia. En el aire se percibía también un eco hostil.

Esa mañana tocaba hablar de la muerte de Sócrates, condenado a la pena capital por la ciudad de Atenas, supuestamente por corromper a la juventud y no respetar a los dioses del lugar. *Mutatis mutandis*, eran las mismas acusaciones que la llamada gente de bien solía lanzar contra él, aunque fuera con otras palabras, así que no le costaba mucho identificarse con el filósofo griego, con el que también compartía su persuasivo método dialéctico.

A diferencia de otros días en los que los estudiantes, dadas la hora y la materia, permanecían amodorrados en sus asientos mientras Unamuno hablaba, esa mañana, tras el silencio inicial, comenzó a reinar una cierta excitación en el aula; los alumnos no paraban de susurrar y discutir en voz baja entre ellos, y no precisamente sobre el óbito de su admirado Sócrates.

—¿Se puede saber qué ocurre? ¿Por qué no prestan atención? ¿Sucede algo de lo que yo no me haya apercibido? —preguntó el catedrático.

—¿Es que no conoce la noticia? —se atrevió a comentar uno de los jóvenes situados en primera fila, alto, de pelo fosco y rostro despierto.

—¿Qué noticia? ¿Acaso se acerca el fin del mundo? Porque si es así...

El alumno en cuestión pidió permiso para levantarse y le acercó un ejemplar de *El Adelanto*. Unamuno, sorprendido, lo cogió y lo desplegó sobre la mesa. Allí, en primera plana, a toda página y con grandes titulares, estaba la noticia de la muerte de don Enrique Maldonado. El rector empezó a leer y poco a poco se fue poniendo blanco, como si acabara de ver en letras de molde su propia esquela.

—Pero ¡esto no es posible! —exclamó.

Según el reportero, en la noche del día anterior había aparecido muerto en los alrededores de Boada el propietario de la mayor parte de las tierras del municipio, de cincuenta y nueve años, casado y con un hijo. Lo había encontrado Julio Collado, el alfarero del pueblo, cuando volvía del mercado de Ciudad Rodrigo. El cadáver estaba recostado contra una encina y, a juzgar por los primeros informes, había muerto a causa de numerosas puñaladas por todo el cuerpo, lo que indicaba que hubo gran ensañamiento, si bien no se había hallado el arma del crimen; tampoco el caballo de la víctima. Por ahora se desconocía la identidad del autor o de los autores del asesinato, pero los guardias civiles que se ocupaban del caso pensaban que podía tratarse de lugareños. Y aún faltaba lo más aterrador, al menos para don Miguel: en el último párrafo, se le culpaba sin ambages de haber sido él quien había provocado o, peor todavía, instigado con su polémico artículo la muerte de tan ilustre prócer. A este respecto, se recogían las declaraciones de un vecino de Boada que denunciaba, por injustas, algunas de las críticas que Unamuno había vertido contra el potentado en su reciente visita al pueblo, así como el intento de «concitar la enemiga» de los boadenses contra él.

36

—¡No puede ser! ¡Esto no tiene sentido! —exclamó don Miguel mientras negaba con la cabeza.

Los alumnos lo contemplaban fascinados desde sus sitios, como si estuvieran asistiendo a uno de los momentos catárticos de la tragedia clásica, ese que los antiguos griegos llamaban anagnórisis o reconocimiento por parte de un personaje de algunos detalles ignorados hasta entonces de su propia identidad. Se trataba, en fin, de un concepto que don Miguel había explicado hacía unos días en clase y que ahora, sin darse cuenta, él mismo acababa de poner en escena sobre la tarima con gran éxito de público.

Angustiado, Unamuno recogió sus cosas y abandonó el aula sin despedirse, como empujado por un oscuro designio. Tras entrar en su casa, se refugió en el estudio que había mandado construir en uno de los rincones del salón rectoral de la planta baja, usado tradicionalmente para actos protocolarios y de recepción y para reuniones del claustro, pero que él utilizaba también como lugar de trabajo. Con tantos niños correteando por la casa, aquel era uno de los pocos sitios donde podía estar tranquilo y disponer de más espacio para sus papeles y libros. Por entonces eran cuatro chicos y tres chicas: el mayor, Fernando, tenía trece años, y el más pequeño, Rafael, apenas diez meses. Siete en total. Deberían ser ocho; el pobre Raimundín había muerto el 22 de noviembre de 1902, cuando contaba solo seis; para él, que no hacía más que reírse pese a la dura vida que había tenido en tan corto tiempo, ya no habría invierno.

Para olvidarse de sus zozobras, don Miguel intentó concentrarse en la lectura de un filósofo danés llamado Kierkegaard, un espíritu afín que siempre le proporcionaba un gran consuelo en los instantes de mayor tribulación. Pero en este caso se obstinaba en huir del libro. «¿Y si fuera verdad lo que dice el periódico? ¿Y si, en efecto, los habitantes de Boada se hubieran sentido incitados por mi artículo y por las palabras que les dirigí en el pueblo?», se preguntó al borde de la congoja.

Los que lo conocían sabían muy bien que él odiaba la guerra y estaba en contra de la violencia, de toda violencia, empezando por la que ejercía el Estado, pero también en contra de la de aquellos que pretendían ponerla al servicio de una causa noble, con lo que de inmediato esta dejaba de serlo. Otra cosa era que, en alguna ocasión, hubiera sido comprensivo con ciertas reacciones populares, que, por lo demás, nunca defendía ni justificaba. Pero jamás alentaría un tumulto o un motín violento, y mucho menos para que llevaran a cabo un asesinato tan cobarde y brutal como ese.

En todo caso, si había habido algún instigador, sería ese irresponsable de Maeztu. Él era quien había escrito al final de su artículo: «Y, si vuestra desesperación fuera tanta que os impulsara a medidas extremas, haceos la justicia por vuestra mano, imitad el ejemplo de Fuenteovejuna... Todo, todo antes que huir cobardemente». Eso sí que podía leerse como una incitación en toda regla a la rebelión y a algo más, y no sus palabras, por muy exaltadas que fueran. Entonces ¿por qué debía pagar los platos rotos un inocente? De todas formas, no creía que los vecinos de Boada hubieran hecho algo semejante, y menos después de la visita de los representantes del Gobierno y de la Diputación. Y, si los boadenses no habían sido los asesinos, él no podía ser el instigador, salvo que el autor fuera un loco que lo hubiera malinterpretado y actuara por su cuenta. Le constaba que tenía por ahí algunos admiradores un tanto peculiares dispuestos a hacer cualquier cosa que les sugiriera o que ellos pensaran que les había insinuado.

En ese momento, llamaron con suavidad a la puerta del estudio, y doña Concha asomó la cabeza.

—En el zaguán hay alguien que pregunta por ti, Miguel; parece ser que es un abogado.

—¡¿Un abogado?! Pero si yo no he hecho nada. Dile que no estoy —se apresuró a indicar él.

—Creo que es muy urgente. Al hombre se le nota un poco alterado y asegura que necesita tu ayuda —lo apremió doña Concha con calma.

—¡¿Mi ayuda?! Estoy yo como para auxiliar a nadie.

—Entonces ¿qué le digo?

—Está bien, que entre —concedió—, no vaya a ser que...

Mientras lo aguardaba, Unamuno aprovechó para comprobar que en su aspecto todo estaba en orden. No quería dar la impresión de que andaba preocupado por lo aparecido en el periódico esa mañana.

—Con permiso —dijo el desconocido antes de entrar.

—Adelante, por favor, y siéntese donde pueda —le indicó don Miguel.

Para hacerlo, el recién llegado tuvo que retirar unos libros de la única silla que había a la vista.

—Perdone que irrumpa así en su casa, pero el asunto que me trae aquí lo requiere —dijo el visitante conforme saludaba con un gesto educado—. Me llamo Manuel Rivera y soy abogado penalista. El médico de Boada acaba de pedirme en nombre del Ayuntamiento que me haga cargo de la defensa de los vecinos que puedan resultar detenidos como sospechosos de haber participado en la muerte de Enrique Maldonado —explicó de forma precipitada.

Unamuno lo miró con atención. El abogado aparentaba treinta y pocos años y era de estatura mediana, delgado y apuesto. Tenía el pelo y los ojos castaños, la nariz algo respingona y los labios bien dibujados. Vestía un traje oscuro y bien cortado y zapatos a juego de buena piel, recién embetunados y abrillantados, como para ir a una fiesta. A su anfitrión no le costó deducir que ese joven no solía pasar hambre, pero algo en su forma de moverse le transmitía la actitud humilde de quien se ha criado más entre la paja y el heno, como decía el villancico, que entre sedas y linos.

—¿Y no es un poco pronto para eso? Yo le aseguro que no tengo nada que ver con el caso y tampoco creo que los vecinos sean los culpables del crimen —comentó por fin Unamuno.

—Lo sé, don Miguel, no se preocupe. De todas formas, casi todo el mundo piensa que fueron ellos y, más pronto que tarde, comenzarán a interrogarlos, por lo que debo estar preparado.

—¿Y qué puedo hacer yo?

—Ayudarme a defenderlos.

—¿Que lo ayude? Pero ¡¿cómo?! —se sorprendió el catedrático.

—No sé, tal vez con algún artículo.

—No creo que ahora esté el horno para más artículos míos, y menos sobre Boada.

—O encabezando alguna campaña pública en su favor. Usted tiene muchos amigos importantes y bastante predicamento —sugirió Manuel Rivera.

—Y también muchos enemigos y detractores, por si no se ha dado cuenta —puntualizó Unamuno.

—Así y todo, su ayuda me sería de gran utilidad para entender las circunstancias que rodean este caso.

—Pero ¿no es consciente de que, si yo los apoyara, eso no haría más que confirmar las sospechas de que ellos son los culpables, y yo, una especie de instigador intelectual del crimen? —Le costaba creer que ese joven no viese hasta qué punto su generoso plan hacía agua: él no podía ser su as en la manga.

—Es posible, sí. Pero, tal y como están ya las cosas, no creo que su situación vaya a empeorar mucho más —argumentó el abogado.

Don Miguel no pudo evitar una sonrisa de medio lado.

—En eso puede que tenga razón, salvo que me declaren a mí autor material del crimen, que, dadas las circunstancias, no es algo que quede descartado —añadió en tono de broma.

—Entonces ¿me ayudará?

Unamuno se quedó pensativo. Después de lo que había escrito sobre la gente de Boada, no podía desentenderse del asunto por temor a ser considerado culpable de haberlos incitado a cometer un asesinato. A buen seguro, Concha pondría el grito en el cielo cuando se lo contara, pero él no podía esconder la cabeza como el avestruz. Puestos a ser un ave, era preferible ser un águila, con un buen pico y unas buenas garras con las que pelear.

—Creo que lo mejor será dar la cara y tratar de defender a esa gente. Cuente usted conmigo. Esta misma tarde escribiré varios artículos para la prensa nacional, por qué no; necesitamos que toda España se entere de lo que está pasando en la provincia de Salamanca. Hay que sacar este caso de aquí y darle la debida trascendencia —añadió don Miguel con convicción.

—No sabe cuánto me alegra oír eso —le agradeció el abogado.

—Pues esperemos que el alborozo no se torne en llanto.

Tan pronto se fue Manuel Rivera, Unamuno se puso manos a la obra. Junto a los artículos, también redactó varias cartas dando cuenta de lo ocurrido a algunos diputados y senadores de su confianza, así como a ciertos catedráticos y juristas, con el fin de movilizarlos en defensa de los vecinos de Boada y su causa. Su principal argumento era que no se trataba de un suceso más, sino de uno en el que se dilucidaban cuestiones de gran calado, como la de la situación agraria, la despoblación del campo, el problema de la renta y de la propiedad de la tierra, la falta de trabajo y la emigración forzada de muchos campesinos. Sería, pues, una oportunidad única para que se abriera un debate público en torno a esos acuciantes asuntos, sobre los que, por cierto, él había leído y reflexionado mucho con anterioridad; de modo que no podía considerársele un simple aficionado o un lego en la materia. Ahora solo faltaba que los demás le hicieran caso.

# V

*Boada y Salamanca, sábado 16 de diciembre*

Las primeras detenciones se produjeron tan pronto como Manuel Rivera había augurado, y Unamuno acompañó al abogado hasta La Fuente de San Esteban, donde iban a tener lugar los interrogatorios. En el viaje, fueron leyendo y comentando algunos detalles relacionados con el crimen, así como los artículos que habían aparecido en la prensa sobre el caso. La mayoría de los periódicos consideraba que el diputado provincial había muerto a manos de los vecinos de Boada; algunos, incluso, lo comparaban con el argumento de *Fuenteovejuna*, para el que Lope de Vega se había inspirado en hechos históricos. Muchos insistían en acusar a Unamuno de haberlos inducido de alguna manera.

—¡Qué manía les ha entrado con lo de que se trata de un nuevo Fuenteovejuna! —protestó Unamuno mientras doblaba el periódico con un gesto irritado—. Y para colmo me siguen echando a mí las culpas, como si hubiera sido yo y no Maeztu quien invocó la famosa obra. ¡Si a mí el teatro de Lope ni siquiera me gusta! Demasiado frívolo y superficial, aunque debo reconocer que tiene muy buena mano con el verso. Pero, si hay que elegir, prefiero a mi amado Shakespeare.

—Dejemos ahora eso. Lo que en este momento importa es contrarrestar como sea esas acusaciones —comentó el abogado para cambiar el rumbo de la conversación.

—Por supuesto —concedió don Miguel.

Manuel Rivera le contó que habían surgido varias campañas de apoyo a los vecinos: unas en defensa de su inocencia y otras aceptando su autoría, pero justificando su crimen por motivos económicos y sociales, por lo que se adelantaban a solicitar la libre absolución o, en última instancia, el perdón o el indulto para ellos, una vez que fueran juzgados.

Don Miguel negó con la cabeza, apesadumbrado.

—Algo es algo, pero eso no será suficiente para librarlos de la condena; lo que queremos es que los suelten y los dejen en paz, no que los consideren unos héroes.


Para evitar posibles altercados, habían conducido a los detenidos al puesto de la Guardia Civil de La Fuente de San Esteban. Mientras Manuel Rivera llevaba a cabo su trabajo, don Miguel se acercó andando a Boada para tratar de hacer algunas averiguaciones. Le gustaba mucho caminar, siempre erguido y tenso como un arco; sentir cómo el aire le daba en la cara y la rugosa tierra crujía bajo sus pies, mientras él iba pensando en sus cosas o componiendo un poema; y lo mismo le daba recorrer un llano que perderse en un valle o en un bosque o trepar una montaña. Sin duda era un autor andariego, de los que escribían y meditaban a la par que deambulaban, como santa Teresa de Jesús, san Juan de la Cruz o Miguel de Cervantes. En ese momento, le iba dando vueltas al caso como si su cerebro fuera una noria. «Si los vecinos de Boada no fueron los que mataron a Enrique Maldonado, ¿quién lo hizo?», se preguntó una vez más. Recordó entonces lo que aseguraba el personaje de Medea en la tragedia homónima de Séneca: *Cui prodest scelus, is fecit.* Lo que traducido quería decir: «Aquel a quien beneficia el crimen es quien lo ha cometido». De ahí la pregunta que solían plantearse los magistrados romanos: *Cui prodest?* «¿A quién beneficia?». Esa parecía ser la cuestión crucial. Pero no había que pensar necesariamente en un fruto material o económico; podría tratarse también de alguna satisfacción de otro orden.

Como buen conocedor de textos clásicos de autores griegos y latinos, Unamuno sabía que en ellos era fácil hallar respuestas para las grandes cuestiones de la vida o, al menos, las preguntas adecuadas. Pero además se solazaba en secreto con la lectura de relatos detectivescos y de misterio, y en especial con los del escocés Arthur Conan Doyle, que regularmente le enviaba un amigo suyo desde Londres y que él ocultaba en el doble fondo de un archivador de su despacho del salón rectoral para que no los viera nadie, ni siquiera su esposa, pues le parecían algo vergonzante. El protagonista era un británico llamado Sherlock Holmes, una especie de detective asesor que se dedicaba a resolver casos y enigmas por encargo de particulares y al margen de Scotland Yard, junto a su amigo el doctor Watson, que por lo general era el que narraba la historia. Provisto de una inteligencia, una sagacidad y unas dotes de observación poco comunes, era capaz de enfrentarse a toda clase de retos con una frialdad y una diligencia pasmosas. No pudo evitar imaginar a ese curioso personaje tratando de resolver el misterio mientras caminaba hacia el lugar del crimen. De hecho, no era extraño que sus correrías lo llevaran a algún pueblo de la campiña inglesa, donde siempre parecía estar en su salsa, tanto como en las callejuelas infectas del Londres victoriano.

En Boada lo recibió un ambiente de miedo, suspicacia y recelo. Los vecinos parecían haberse encerrado en sus casas y los pocos que se veían fuera hablaban entre ellos en voz baja para no llamar la atención y luego desaparecían sin avisar. Don Miguel golpeó con los nudillos alguna que otra puerta al azar, pero nadie le abrió. No obstante, creyó percibir alguna presencia detrás de los visillos de varias ventanas. Supuso que ningún boadense quería que lo vieran conversar con él, lo que era bastante comprensible, después de lo aparecido en los periódicos.

Cansado de vagar sin sentido, se dirigió hacia la plaza principal, donde se hallaba la única bodega del pueblo, pero, sorprendentemente, la encontró cerrada a cal y canto. Se iba ya cuando al pasar por una callejuela oyó que alguien lo chistaba. Unamuno giró la cabeza y descubrió que un vecino de unos setenta años y con la cara llena de arrugas lo llamaba con la mano desde la puerta trasera de una casa, que parecía dar a un corral. Por un momento, se preguntó si no sería una trampa, tal vez alguna encerrona, pero al final se acercó a ver qué quería.

—Supongo que estará usted intentando averiguar qué pasó —aventuró el desconocido con tono sigiloso. Era bajo y cargado de espaldas, y Unamuno tuvo que inclinarse para escucharlo.

—Más o menos —reconoció, si bien él no tenía demasiado claro qué había ido a hacer allí.

—No creo que nadie vaya a platicar con usted. Estamos todos muy escarmentados y no nos fiamos de nadie —le confesó el anciano.

—Me parece lógico. Pero, ya que le tengo aquí a usted, permítame que le haga una pregunta muy directa. ¿Tuvieron ustedes algo que ver con lo que le pasó a Enrique Maldonado? No estoy insinuando que fueran ustedes, entiéndame; solo quiero saber si participaron de alguna manera en ello.

—No, señor —rechazó el campesino con seguridad—; a nadie de este pueblo se le pasó por la cabeza llevar a cabo eso que daba a entender el señor Maeztu en su artículo. Fuenteovejuna no cae hacia Salamanca, sino mucho más abajo, en una tierra más cálida y ardorosa. Nosotros somos de natural pacíficos; como es sabido, preferimos emigrar a exigir las cosas con violencia.

—¿Y quién cree usted que lo hizo?

—Lo ignoro totalmente, pero tiene que haber sido alguien de fuera, algún forastero, quiero decir; nadie de aquí —respondió con convicción.

—Así lo creo yo también —asintió don Miguel—. ¿Podría indicarme, por cierto, dónde tiene su taller el alfarero?

46

—Por detrás de la iglesia. Pero me temo que Julio no querrá recibirle. El pobre está muy asustado —le advirtió el hombre—. Desde que encontró al difunto, no sale apenas a la calle por si se lo vuelve a topar a la vuelta de una esquina.

—A pesar de ello lo voy a intentar. Muchas gracias.

A Unamuno no le fue difícil dar con la alfarería, ya que en la puerta había dos tinajas de mediano tamaño y muy buena factura, según pudo observar. El interior estaba completamente abarrotado de cacharros de todo tipo, que apenas dejaban un estrecho pasillo entre ellos. Al fondo se veía un patio y, al otro lado, el alfar. Siempre le había gustado el olor a arcilla; imaginaba que así debía de oler el mundo el día de su supuesta creación. Desde la puerta del taller, se podía ver al alfarero trabajar el barro sobre el torno con gran concentración y habilidad. «Ojalá yo fuera capaz de moldear las palabras con esa maestría», pensó Unamuno.

—¿Qué se le ofrece? —preguntó de pronto Julio Collado, sin alzar la mirada del barro.

—Perdone que lo moleste. Me gustaría hablar con usted sobre el hallazgo del cadáver de Enrique Maldonado.

—Ya le dije varias veces a la Guardia Civil cómo fue la cosa. Ahora lo que quiero es olvidarme de todo eso de una vez y seguir con mi vida y con mis cacharros.

Julio Collado había dejado de mover el torno y se había puesto en pie. Unamuno calculó que andaría cerca de la cuarentena, aunque su complexión —que recordaba más a una de sus tinajas que a una estilizada ánfora griega— le echaba encima algún año extra. O quizá fuera el trauma de lo vivido en las últimas horas.

—Es comprensible —trató de templarlo, porque sin calor no se doma el barro—. Pero, como sabrá, por ahora los únicos sospechosos del asesinato son los vecinos de Boada, y cualquier información que usted aporte podría servir para librarlos de semejante acusación.

El alfarero se rascó la coronilla —en la cabeza tenía poco pelo, a diferencia de sus alborotadas cejas— y, tras rumiarlo un poco, comenzó a relatarle a don Miguel lo ocurrido, incluyendo sus problemas con el asno y el miedo que en aquel momento llevaba encima.

—Exactamente, ¿qué hora sería?

—Hacía ya un buen rato que se había hecho de noche.

—¿Por el camino no se cruzó con nadie?

—No, señor.

—¿Y qué hizo al verlo?

—Me vine corriendo al pueblo, a casa del alcalde, para comunicarle lo que había encontrado. Él me dijo que iba a buscar al médico por si aún podía hacerse algo, aunque yo le aseguré que estaba completamente muerto, y me pidió que lo acompañara.

—¿Fue usted?

—Ni borracho habría vuelto —bufó Julio Collado.

—¿Y qué pasó con el burro?

—Que vino solo a casa, como si no hubiera pasado nada. Y es que los asnos, aunque tozudos y remolones, son muy listos y fieles, más que muchos seres humanos —sentenció el alfarero.


Después de despedirse de él, don Miguel regresó a la estación de La Fuente de San Esteban, donde había acordado verse con Manuel Rivera. Resultó que ambos llegaron casi a la par, uno de Boada y otro del puesto de la Guardia Civil. Al abogado lo notaba bastante furioso y muy preocupado, pues a algunos de los detenidos los habían interrogado el día anterior sin la presencia ni el asesoramiento de ningún letrado. En un principio, todos ellos habían manifestado su inocencia y declarado no saber nada del asunto. También habían hecho valer sus coartadas. Sin embargo, Rivera descubrió que a varios los habían torturado y, como era de esperar, algunos no aguantaron mucho y acabaron arrojando sospechas sobre ciertos vecinos del pueblo, que inmediatamente fueron detenidos y trasladados a prisión en Salamanca.

Se trataba de tres jornaleros que habían tenido problemas con el terrateniente asesinado cuando trabajaban para él y que, al parecer, habían sido vistos por varios vecinos en compañía de la víctima unas horas antes del asesinato. Los guardias civiles encargados del caso estaban convencidos de que no habían actuado solos y esa mañana habían llevado a cabo nuevos interrogatorios, a los que el abogado sí asistió. En ellos, de nuevo todos los sospechosos habían proclamado su inocencia y aportado coartadas para la hora del crimen, por lo que no pudieron ser retenidos.

—¿Cree usted que fueron ellos? Esos tres jornaleros —preguntó Unamuno con el ceño fruncido.

—Eso no puedo saberlo, pero lo que tengo claro es que no se llegó a ellos por el procedimiento correcto, y no deberían estar encarcelados.

—¿Y cómo piensa liberarlos? —quiso saber Unamuno.

—Pediré de inmediato su libertad, puesto que las declaraciones que los inculpan han sido obtenidas bajo tortura, y las personas que los señalaron se han retractado esta misma mañana, pero la Guardia Civil ha decidido ignorarlo.

—¡Es intolerable! —exclamó don Miguel, indignado—. En este caso, se están conculcando todas las leyes y los derechos más elementales, y, mientras tanto, los verdaderos asesinos andan sueltos por ahí. Como siempre, España es el reino de la farándula, la injusticia y la mentira.


Una vez en Salamanca, el abogado se dirigió a poner la denuncia por torturas y trato vejatorio contra varios de los guardias del puesto de La Fuente de San Esteban, paso previo a su petición de libertad para los detenidos. Unamuno, por su parte, se fue a ver al gobernador civil para que tomara cartas en el asunto, como era su obligación. Pero, según le dijeron en su casa, Pablo Aparicio se encontraba de cacería en algún coto privado de la provincia, a buen seguro propiedad de algún terrateniente o ganadero. Por lo visto, lo que le estaba sucediendo a la gente de Boada no parecía afectarle demasiado. Debía de estar convencido de que había sido el pueblo entero el que había matado a Enrique Maldonado, y ya no había más que hablar ni que investigar. Por un instante, Unamuno se preguntó cómo sería vivir así: con los ojos cerrados y la mente adormecida, sin el acicate de la duda ni el aguijón de la conciencia ni el mordisco del remordimiento.

# VI

*Salamanca, domingo 17 de diciembre*

El llamado «crimen de Boada» se había convertido en un motivo de debate en todo el país. En las tertulias de casino o de café y en los mentideros de turno, no se hablaba de otro tema. Mientras la Guardia Civil anunciaba nuevas detenciones para los próximos días, los datos que aparecían en los periódicos venían a confirmar lo que se había comentado desde un primer momento. La mayoría daba por descontado que los culpables habían sido los vecinos, que se habrían amotinado. ¿Cuántos? Era difícil saberlo, pero los suficientes como para salpicar a todo el pueblo. La cuestión ya no era si se les consideraba inocentes o culpables, sino la pena que había que imponerles. Y, a este respecto, eran muchos los que exigían que sirviera de escarmiento para que un hecho como aquel no se repitiera, pues para ellos estaba claro que en el campo salmantino había un gran descontento y, si la cosa no se atajaba a tiempo, a buen seguro se desmandaría y a saber cómo terminaría. De la venta de los bienes comunales y de las promesas del Gobierno y la Diputación al municipio de Boada, por supuesto, ya nadie se acordaba, como si todo eso se hubiera disipado.

Don Miguel estaba escandalizado con lo que leía en la prensa y escuchaba en la calle. En cuanto a los artículos que había mandado a algunos diarios de Madrid, todavía no habían aparecido, y, cuando salieran, ya habrían sido superados por los acontecimientos, que, por desgracia, iban demasiado deprisa. Se sentía cada vez más confuso e impotente y así se lo hizo saber a Manuel Rivera, que acudió a media mañana a la casa rectoral.

Estaba muy disgustado porque el juez de guardia se había negado a conceder la libertad a los encarcelados, ni siquiera bajo fianza, debido probablemente a las presiones que estaba recibiendo por parte de algunos políticos locales, tal vez amigos del asesinado. Tampoco habían admitido a trámite la denuncia contra los guardias civiles por trato vejatorio y torturas. De modo que era apremiante poner en marcha una campaña para intentar sacarlos de la cárcel cuanto antes, y nadie mejor que Unamuno para encabezarla. A ella se habían sumado ya unos cuantos catedráticos de la Universidad y hasta un antiguo rector. A don Miguel esto no le sentó nada bien, dado que había tenido sus más y sus menos con varios de ellos, sobre todo con el que había regido en su día el Estudio, y, por lo tanto, no le parecían muy recomendables para tan noble causa. Por otra parte, dudaba de la conveniencia de su propio apoyo, ya que de nuevo podría ser contraproducente para los acusados por su supuesta implicación en el caso.

—Ahora no podemos andarnos con melindres, don Miguel. La cosa urge y todo lo que se haga es poco —replicó el abogado.

—Está bien, lo pensaré. Esta tarde, sin falta, hablamos.

Durante la comida, Unamuno conversó sobre el dilema con su mujer, pues era persona juiciosa, aunque, para su gusto, pecaba de demasiado prudente, justo lo contrario que él, que muchas veces se dejaba llevar por el impulso y era muy dado a desmandarse. Como se esperaba, ella le rogó que fuera cauto, pero, al mismo tiempo, lo exhortó a que hiciera lo que tuviera que hacer.

—¿En qué quedamos? Porque las dos cosas a la vez no pueden ser —objetó enseguida Unamuno.

—¿Y me lo dices tú, que con frecuencia afirmas una cosa y, al rato, la contraria?

—La contradicción es la madre del pensamiento, ya lo sabes, al menos del pensamiento vivo, y el juego dialéctico de mis contradicciones no hace sino corroborar mis principios fundamentales, que son muy pocos, pero bastante firmes...

—Pues se ve que me estás contagiando —lo interrumpió su esposa.

—Pero la acción, a diferencia de la teoría, ha de ser más decidida para que tenga efecto —completó don Miguel.

En ese momento llamaron a la puerta de la calle y doña Concha aprovechó el pretexto de bajar a abrir para dar por concluida la conversación. No tardó en volver acompañada por una joven de unos diecisiete años, con el pelo y los ojos castaños y la tez morena.

—Me llamo Marina y soy la hija de Antonio Seseña, uno de los jornaleros encarcelados —se presentó.

—Por favor, siéntate. ¿Te apetece algún dulce? —le ofreció doña Concha.

—No, gracias, acabo de comer.

—Dinos: ¿qué podemos hacer por ti? —le preguntó don Miguel.

—Con la debida humildad, quería pedirle que salve usted a mi padre y a sus dos compañeros de la prisión. Ellos son inocentes, estaban en casa con sus familias cuando se cometió el crimen; yo puedo dar fe de ello —añadió Marina con lágrimas en los ojos.

—Haré todo lo que esté en mi mano, pierde cuidado. ¿Has ido a verlo a la cárcel? ¿Sabes cómo se encuentra? —se interesó don Miguel.

—He ido esta mañana, pues es día de visita, y lo he visto muy decaído, como si hubiera perdido la esperanza de volver a pisar la calle.

—Y los demás, ¿cómo están?

—Igual que él, la verdad.

Unamuno le dijo de nuevo que no se preocupara, que con la ayuda del abogado conseguiría librar a su padre y a sus compañeros de la cárcel, que era solo cuestión de tiempo, que confiara en él, y la muchacha le dio las gracias de manera efusiva antes de irse.

—Parece buena chica, ¿no crees? —le comentó don Miguel a su esposa.

—Entonces ¿qué vas a hacer? —le preguntó ella.

—Tratar de ayudarlos, ¿qué otra salida me queda?

Luego se quedó pensativo, como si sopesara con cuidado los pasos que debía dar a continuación.

—¿Y ahora qué andas cavilando, Miguel?

—Busco la mejor forma de desfacer este entuerto que me ha llovido del cielo.

—Miedo me das —indicó doña Concha con ironía—. La próxima vez que lluevan entuertos procura que te pillen a resguardo.


Después de un breve descanso, Unamuno se fue a ver al abogado. Manuel Rivera vivía en un pequeño piso de soltero de la calle de Zamora, a pocas manzanas de la plaza Mayor, atestado de archivadores llenos de papeles y estanterías colmadas de libros, sobre todo de derecho penal. Encima de una mesa de caoba había un tablero de ajedrez con una partida ya iniciada.

—Veo que es usted aficionado al juego de escaques —comentó Unamuno.

—Así es. Lo practico para tratar de desarrollar mi inteligencia y distraerme de otras preocupaciones. ¿Y usted?

—Para mí fue un auténtico vicio en mi adolescencia y juventud —confesó don Miguel—. De hecho, caí muy pronto bajo la seducción de la mansa e inofensiva locura de lo que yo llamo el «ajedrecismo», se convirtió en una verdadera obsesión. Había domingos que me pasaba hasta diez horas jugando con diferentes adversarios. Podría decirse que fui, y en cierto modo sigo siendo, un maniático del ajedrez. No hay mejor entrenamiento para el día a día.

—¿A qué se refiere, don Miguel?

—A que así veo yo la vida: como un enfrentamiento o una lucha continua, como una agonía en su sentido etimológico, en la que hay que poner la vida en el tablero.

—Es una forma un tanto pesimista de verlo...

—¿Pesimista? Al contrario —replicó Unamuno, tomando un alfil entre los dedos—. Soy de los que piensan que, con espíritu de lucha y algo de cabeza, todo está a ocho escaques de distancia, al alcance de la mano, vaya.

—No lo había pensado —confesó Rivera.

—De alguna forma, este juego es también una representación de nuestra sociedad: con sus diferentes clases sociales y sus desigualdades a la hora de moverse por el tablero del mundo, pues unas piezas cuentan con muchas más ventajas y facilidades que otras, no como en las damas, donde todas son iguales. —Con un suspiro volvió a dejar el alfil en su casilla—. Pero poco a poco me he ido distanciando de él y ya apenas juego, salvo contra mí mismo. A pesar de ello, con las blancas sería capaz de ganarle a usted ahora en dos movimientos —añadió de pronto don Miguel señalando hacia el damero.

—¡No es posible!

Para demostrarlo, Unamuno movió el caballo blanco con gran destreza sobre los escaques y anunció: «Jaque mate». Hiciera lo que hiciese el abogado, su rey estaba muerto.

—¡Me ha dejado usted impresionado!

—Es solo cuestión de cálculo y mucha atención. —Unamuno se encogió de hombros con fingida humildad.

—No se haga usted el modesto ahora —replicó el abogado—. Y dígame: ¿qué ha decidido sobre lo que le planteé?

—La verdad es que sigo pensando que la campaña en favor de los encarcelados no va a servir de mucho, pero acepto encabezarla si así lo desea; por mí, desde luego, no va a quedar —le informó don Miguel.

—No sabe cuánto se lo agradezco. ¿Y qué fue, si no es mucho preguntar, lo que lo ayudó a decidirse?

—Después de comer, recibí la visita de la hija de uno de los encerrados.

—Me alegra que sea así, pues fui yo quien la mandó, no quiero ocultárselo.

—¡Conque esas tenemos! —se sorprendió Unamuno, a medio camino entre el enfado y la admiración por la osadía de Rivera—. De todos modos, déjeme que le diga que la mejor forma de librarlos de la cárcel y de una posible pena de muerte es encontrar a los verdaderos culpables del asesinato, pues no sé usted, pero yo no confío en la Guardia Civil ni en los jueces ni en los fiscales de por aquí, siempre obedientes con los poderosos de turno y deseosos de complacerlos, aunque para ello tengan que manipular las pruebas y cometer toda clase de atropellos.

—¿Y qué es lo que podemos hacer? —inquirió el abogado, muy intrigado.

—Tratar de averiguar por nuestra cuenta qué es lo que sucedió realmente.

—Pero ¿cómo?

—Muy fácil: investigando el caso.

—¡¿Nosotros?!

—¿Y por qué no? Con mis dotes de observación, mi capacidad de raciocinio y mi conocimiento de las pasiones humanas, más sus habilidades y su experiencia como abogado, no nos será muy difícil, ¿no le parece? —argumentó don Miguel.

—Le recuerdo que es usted escritor, catedrático y rector de la Universidad de Salamanca, no un detective ni un agente del orden —se apresuró a replicarle el abogado.

—Aquí donde me ve, también soy un ciudadano comprometido y un hombre de acción, y haré todo lo que esté en mi mano para demostrar la inocencia de esas personas, descubriendo y atrapando a los verdaderos culpables del crimen. ¿Me ayudará usted?

—Cuente con ello, por mí tampoco va a quedar —aseguró Manuel Rivera tendiéndole la mano—. Pero sigo pensando...

—Deje ya de darle vueltas y pongámonos en marcha —interrumpió don Miguel con tono exultante, antes de coger su sombrero y encaminarse hacia la puerta con paso resuelto.

Sorprendido como estaba por el arrebato del vasco, el abogado se apresuró a tomar su abrigo para seguir su estela.

—Como diría míster Holmes —murmuró Unamuno desde las escaleras—, «el juego ha comenzado».


Una vez tomada la determinación de investigar por su cuenta el caso, lo primero que hicieron fue ir al depósito de cadáveres de Salamanca, anejo al Hospital General de la Santísima Trinidad, pues en Ciudad Rodrigo no lo había, para hablar con el forense, ya que la familia de Enrique Maldonado quería enterrarlo cuanto antes y al día siguiente ya no habría cadáver que examinar. El abogado presentó a Unamuno como su ayudante y el médico hizo la vista gorda. Al parecer, era conocido de Manuel Rivera o más bien de su padre. Se llamaba Alonso Tejero y era alto y delgado, con la frente muy amplia y el pelo lacio y blanco.

—El occiso, como pueden ver, tiene el pecho, el vientre y los brazos cosidos a puñaladas, puede que con un cuchillo de matar cerdos.

—¡¿Un cuchillo de matanza?! —exclamó don Miguel.

—Así es, a juzgar por la forma de las heridas causadas; veintisiete en total, he contado, dejando aparte algunos pequeños cortes y rasguños —les informó el forense sin perder tiempo.

—¿Todas con la misma arma?

—Creo que sí —respondió el especialista.

—¿Y todas ellas de la misma mano?

—Es muy difícil saberlo.

Unamuno observó de cerca el cadáver del diputado provincial. De estatura mediana y complexión fuerte, tenía el rostro ovalado y sin apenas pelo, la nariz recta y un bigote fino y bien recortado. De entrada, a don Miguel no parecía impresionarle demasiado el lugar, como si estuviera acostumbrado a convivir con la muerte o hubiera leído mucho sobre el tema. Estaba comprobando que no había ninguna herida en la cara cuando el forense se acercó, levantó ligeramente la cabeza de Enrique Maldonado por la nuca y les señaló una marca alrededor de la parte de atrás del cuello.

—¿Han visto esto?

—Yo diría que alguien le arrancó a la fuerza una cadena —dedujo el escritor.

—Eso me temo, sí —confirmó el forense—. Y, hablando de cadenas, hay algo que les interesará: tenía el puño derecho cerrado y, dentro, había una de oro con una medalla de la Virgen de la Peña de Francia y, en el reverso, las letras «E. Y.», supongo que las iniciales de un nombre.

—¡Interesante! ¿Podríamos verla? —pidió don Miguel.

—Se la quedó la Guardia Civil como posible prueba —informó el forense.

—¿Tal vez fuera la medalla que llevaba al cuello?

—No lo creo; la cadena y la medalla eran demasiado pequeñas, como para un niño de corta edad. Así que dudo que sea de su asesino.

—Ya entiendo.

—¿Recuerda si la medalla tenía algún otro detalle, alguna marca de joyero? —quiso saber don Miguel.

—Ahora que lo pregunta, creo que tenía acuñada una pequeña «c» en el borde del reverso —comentó el forense.

Unamuno preguntó luego con interés por las manos de la víctima por si había alguna señal, o si debajo de las uñas había aparecido algún resto de sangre o de piel. Pero el forense les aseguró que no había encontrado nada. Tras dar las gracias al doctor Tejero por su colaboración, don Miguel y el abogado abandonaron el lugar con semblante circunspecto.

Una vez en la calle, Manuel Rivera le preguntó sin rodeos qué opinaba de la medalla.

—Creo que puede ser algo importante. Lo que me pregunto es: ¿qué significaba para él? ¿Por qué la llevaba en la mano en ese momento? —observó don Miguel.

—¿Y qué me dice de las iniciales «E. Y.»?

—Otro misterio más; me imagino que serán de un niño o una niña, dado el tamaño de la medalla. Y luego está la otra, la que le arrancaron del cuello.

—¿Y si se tratara simplemente de un robo? Por lo visto, el caballo de la víctima no ha aparecido —planteó el abogado.

—Demasiadas puñaladas y ensañamiento para eso, y con un cuchillo de matanza, además; está claro que ahí tiene que haber mucho odio y una vinculación muy fuerte con el asesinado —objetó Unamuno muy convencido.

—Tal vez Enrique Maldonado se defendiera con uñas y dientes.

—No he visto indicios de eso.

—¿Y usted por qué sabe tanto de estas cosas?

—Porque siento una gran curiosidad por todo y considero que nada humano ha de serme ajeno, ni siquiera el asesinato —concluyó don Miguel con naturalidad.

# VII

*Salamanca, lunes 18 y martes 19 de diciembre*

Unamuno regresó a sus clases y a sus labores de rector, que llevó a cabo de forma distraída, pues sus pensamientos estaban en otra parte. Desde que se había levantado, no veía la hora de ponerse de nuevo con las pesquisas. Se trataba, al fin y al cabo, de investigar, que era algo que él también hacía como catedrático universitario, e investigar venía del latín *investigare*, que a su vez derivaba de *vestigium*, que significaba «huella», «pista». Su misión, en definitiva, era seguir el rastro, buscar la verdadera realidad que se escondía detrás de las apariencias, lo que estaba oculto o más allá de la percepción directa de los sentidos; no era muy distinta a la tarea del filósofo o del filólogo, que para él eran lo mismo. La diferencia estribaba en que tal vez la vida o la libertad de algunas personas dependiera de sus hallazgos. Según le había dicho Manuel Rivera, eran ya nueve los encarcelados por el crimen y la cifra podría aumentar en los próximos días. Había que darse prisa.

A media mañana, se fue a estirar las piernas y a tomar un café en la Fonda de la Veracruz, en la calle del mismo nombre, muy cerca de la Universidad. La entrada daba a un patio rodeado de soportales y enfrente había una especie de torre, flanqueada por dos escalinatas, donde estaba la puerta principal. A esas horas podían verse varios grupos de viajeros y comerciantes reponiendo fuerzas. En un rincón, había una mesa en la que dos hombres estaban jugando a las cartas. El tema de conversación era, cómo no, el crimen de Boada. Uno de ellos, el de menor edad, comentó que, según decía la prensa, lo más probable era que hubiese sido el pueblo entero.

—Lo mismo que ocurrió en Matilla —apuntó el otro, de rostro alargado y anguloso y piel muy curtida.

—¿A qué te refieres? —quiso saber su amigo.

Unamuno sintió también curiosidad, así que fue a sentarse con disimulo cerca de ellos.

—Al crimen de Matilla de los Caños del Río, en el Campo Charro —explicó el hombre—. Ocurrió hace justo veinticinco años. No se me olvidará nunca, pues yo entonces trabajaba en un pueblo cercano, Robliza de Cojos. Fue toda una tragedia.

—¿Y qué fue lo que pasó?

—En este caso, los vecinos mataron al montaraz o capataz del dueño de las tierras, calles y casas de todo el municipio, un conocido terrateniente, industrial y senador de Béjar. Al parecer, habían demandado al propietario porque quería quedarse también con los huertos que ellos venían cultivando detrás de sus casas desde hacía años y que por derecho eran suyos, y este, que nunca iba por allí, había enviado a un procurador para que defendiera sus intereses, con lo que el conflicto se había enconado. Ese día, 13 de diciembre de 1880, era Santa Lucía y, después de misa, los vecinos, hartos de la situación, se amotinaron y atacaron al capataz con piedras y palos, causándole la muerte después de una larga agonía; asimismo, incendiaron su casa e hirieron al procurador que lo acompañaba. El cadáver lo dejaron a las afueras del pueblo, junto a una encina, como ahora en Boada.

—Pues en mi vida escuché hablar de ello —reconoció el otro.

El que sí sabía de lo sucedido en Matilla de los Caños era don Miguel, si bien la noticia no llegó a sus oídos hasta mucho tiempo después, cuando ya vivía en Salamanca, y lo conmovió tanto que lo llevó a interesarse por la cuestión agraria y el problema de la propiedad en el Campo Charro.

¿Cómo era posible que después de la abolición de los señoríos se produjeran situaciones como la de ese municipio, que, a finales del siglo XIX, se había convertido en un coto redondo? Aunque en el crimen había participado una buena parte del pueblo, incluidas mujeres y niños, que al parecer se ensañaron también con el moribundo, al final fueron encarcelados y procesados cuarenta sospechosos y el fiscal solicitó para casi todos ellos la cadena perpetua y para los tres restantes, los supuestos cabecillas del grupo, la pena de muerte. Pero, a pesar de que en su día trató de indagar sobre el asunto, don Miguel nunca consiguió averiguar en qué había terminado todo, pues la vista había tenido lugar en la Audiencia de Valladolid y no había dejado demasiado rastro en los periódicos. A esas alturas, ningún vecino del pueblo quería hablar ya de ello y, en Salamanca, tampoco encontró a nadie dispuesto a comunicarle algún dato nuevo. Era como si un silencio cómplice y vergonzante lo hubiera tapado todo.

Hasta el momento, ningún periódico había mencionado el crimen de Matilla en relación con el de Boada, pero lo más probable era que estuviera en la mente de muchos, o al menos de los más ancianos, como el de la fonda. Y, dada la asombrosa coincidencia de fechas y otros detalles, para Unamuno resultaba evidente que alguien había querido que ambos asesinatos se relacionaran y que, por tanto, las culpas recayeran de inmediato en los vecinos. Sin embargo, las circunstancias de esos dos casos no tenían mucho que ver entre sí. En Boada no había ningún litigio pendiente con el propietario, sino más bien con el Estado por haber subastado ilícitamente los bienes comunales y haberse lucrado con ello, dejando al pueblo sin recursos y sin la parte del dinero que le correspondía por la venta, nada menos que el ochenta por ciento, algo más de ciento cincuenta mil pesetas. El Gobierno les había arrebatado, pues, sus huertos, sus eras, sus bosques y otros terrenos cultivados libremente por ellos, y hasta algunos caminos, como el que iba al cementerio; el patrimonio municipal, en suma.

De todas formas, los vecinos no culpaban a nadie de su situación; de ahí que tampoco se hubiera producido ninguna demanda ni revuelta ni amotinamiento. Resignados a su suerte, tan solo habían mostrado su deseo de abandonar el pueblo y emigrar. ¿Por qué, entonces, la Guardia Civil daba por sentado que los boadenses habían sido los culpables? Sin duda, el precedente de Matilla de los Caños tenía algo que ver con ello. Unamuno recordó entonces la famosa cita de Marx: «La historia se repite dos veces: la primera como tragedia, la segunda como farsa». Y, desde luego, una farsa era la que estaban montando las autoridades competentes para resolver este caso; de él y de su amigo el abogado dependía que no terminara de manera trágica para los vecinos de Boada.

Por la tarde, Unamuno y Manuel Rivera visitaron a algunos de los encarcelados en la Prisión Provincial de Salamanca. El edificio en el que se encontraban se caía de viejo y estaba lleno de humedad, y la comida, la limpieza y las instalaciones estaban muy acordes con ello. Como no tenían mucho tiempo, pidieron ver solo a los primeros implicados: Juan López, Antonio Seseña y Samuel Estella, unos campesinos muy curtidos y zarandeados por la vida. Los tres estaban bastante desmejorados, como si en vez de cuarenta y ocho horas llevasen allí varios meses, pero todavía se les veía enteros. Cuando les preguntaron por el día del crimen, reconocieron que la tarde del jueves se habían encontrado con el terrateniente en la plaza; según contaron, Maldonado iba a caballo y hablaron solo un momento con él.

—Fue don Enrique el que nos paró —puntualizó Juan López, que era el más hablador y el de mayor edad— para preguntarnos si era verdad que el pueblo entero quería emigrar a Argentina, y nosotros le dijimos que sí. «Pues, si es así, ya estáis tardando», nos soltó. Nosotros le dijimos que nos iríamos tan pronto tuviésemos dinero para ello, porque los pasajes son muy caros, y él resopló encima del caballo. «Si es por eso, yo os abonaré una parte», nos prometió. Luego nos contó que andaba con prisa, que tenía que ver urgentemente a alguien, y se marchó picando espuela.

—¿No dijo a quién? —preguntó Rivera.

—No lo dijo —confirmó encogiéndose de hombros el preso.

—¿A qué hora sería eso? —intervino Unamuno.

—A la caída de la tarde, justo antes de que anocheciera, cuando nosotros volvíamos a nuestras casas —informó el hombre tras cruzar una mirada con sus compañeros.

—¿Y por qué creéis que quería ayudaros con los billetes del barco?

—Imagino que deseaba que nos fuéramos cuanto antes, o a lo mejor se compadeció de nosotros, vaya usted a saber. A pesar de ser el dueño y señor de las tierras, no era un mal hombre, o no tanto como sostienen algunos, al menos de un tiempo a esta parte —apuntó Antonio Seseña, el padre de Marina y el más corpulento.

—Según parece, tuvisteis algún problema con él en el pasado.

Rivera lo había dicho mirando a Estella, el más joven, que aún no había abierto la boca; pero de nuevo fue Juan López quien actuó como portavoz del grupo:

—Eso fue hace mucho. Un pequeño desacuerdo relacionado con el jornal que nos tenía que pagar. Pero se arregló enseguida, en cuanto todos cedimos un poco.

—Está bien. Y, después de despediros de él, ¿qué hicisteis?

—Pues estar con nuestras familias —contestó, esta vez sí, Samuel Estella.

—¿Y no observasteis nada extraño en el pueblo o en los alrededores? —quiso saber don Miguel.

—No, señor —aseguró Juan López con pesadumbre.

65

—¿Tenéis alguna idea de quién pudo matar a Enrique Maldonado?

—Ojalá lo supiéramos.

Después de darles ánimos y pedirles que no se preocuparan, que procurarían sacarlos de allí lo antes posible, el catedrático y el abogado abandonaron la cárcel con el corazón encogido.


El martes por la tarde tuvo lugar en Salamanca el entierro de la víctima. El cementerio de San Carlos Borromeo se encontraba en las afueras, al oeste de la ciudad. Aparte de los amigos y de la familia, mucha gente acudió al sepelio, sin duda movida por la curiosidad y la expectación creadas por la prensa. Entre los presentes se hallaban numerosos políticos, autoridades locales y la corporación de la Diputación Provincial en pleno, con el presidente a la cabeza, ya que había sido uno de los suyos. También asistieron numerosos periodistas venidos de fuera y, por supuesto, Unamuno y el abogado Rivera.

Como cabía esperar, fue una ceremonia de gran boato. El cadáver llegó en una carroza muy lujosa y engalanada, arrastrada por seis caballos enjaezados de negro. El panteón donde depositaron el féretro era enorme y muy recargado y, en su interior, se fueron amontonando las coronas de flores. La tensión reinaba en el ambiente.

Unamuno localizó enseguida a la viuda, que mostraba un semblante duro y severo. Durante la inhumación, no derramó ni una sola lágrima; seguramente, no quería dar a los asesinos de su marido, ni menos aún a los que los defendían y justificaban, la satisfacción de ver cómo flaqueaba. Se llamaba Ana Juanes y, sin duda, era una mujer de mucho carácter. Aparentaba algo más de cincuenta años y era de estatura mediana y tirando a gruesa; con el pelo gris, recogido en un moño, los ojos negros y algo saltones y el mentón afilado como la proa de un barco. A diferencia de su madre,

Juan Maldonado tenía los ojos muy enrojecidos y el rostro descompuesto a causa del dolor. Rondaría los veinticinco años, pero parecía un chiquillo asustado; de estatura mediana, delgado, con el pelo negro y abundantes entradas, la nariz abultada, el bigote recto y los labios finos.

Cuando acabó el acto, don Miguel se acercó a mostrarles sus condolencias a los deudos, pero estos le dieron la espalda de manera muy ostensible. Al poco rato, la viuda se marchó sin decir palabra, escoltada por el capataz, y Unamuno hizo otro intento de aproximación a la familia.

—No es usted bienvenido —le comunicó Juan Maldonado.

—En cualquier caso, quiero que sepa que lamento mucho su pérdida —insistió.

—Si de verdad lo siente, debería pedir perdón en público.

—Perdón, ¿por qué? —preguntó don Miguel, pero el otro ya se había ido.

A la salida, alguien reclamó a voces justicia para la víctima y los suyos y un castigo ejemplar para el pueblo de Boada. Fuera del cementerio, un grupo de campesinos y varios anarquistas exigían también justicia, pero en este caso para los vecinos encarcelados y para los trabajadores del campo en general. «¡La tierra es nuestra!», «¡Tierra y libertad!», se oía gritar aquí y allá. Las fuerzas del orden no tardaron en intervenir con dureza hasta dispersarlos. A los más recalcitrantes, se los llevaron detenidos entre abucheos y golpes.

En la puerta del camposanto se produjo también un pequeño altercado entre el hijo del finado y otro rico propietario y ganadero de la zona, un hombre de unos sesenta años, alto y de buen porte. Según dedujeron de los retazos de gritos que llegaron hasta ellos, el hombre se llamaba Daniel Llorente, y era socio y, a la vez, rival de Enrique Maldonado. Al parecer, llevaban años pugnando por conseguir las mismas tierras para aumentar sus respectivas propiedades y eso había acabado provocando un enfrentamiento entre ellos. Juan Maldonado, fuera de sí, le reprochó al otro que acudiera al entierro de su padre como si tal cosa, después de lo mal que se había portado con él. Incluso dejó caer ciertas insinuaciones sobre una posible implicación en el crimen, lo que solivantó mucho al terrateniente, hasta el punto de que casi llegaron a las manos.

—Tal vez debiéramos hablar con ese tal Daniel Llorente —propuso Unamuno.

—¿Piensa que pudo tener algo que ver con el crimen? —preguntó el abogado.

—El propio hijo de Maldonado acaba de insinuarlo, y nosotros debemos tener en cuenta todas las opciones.

—Pues vayamos.

Daniel Llorente se había quedado charlando con varios amigos y conocidos que habían querido brindarle su apoyo después de lo ocurrido con Juan Maldonado.

Ambos se acercaron al terrateniente, que también estaba acompañado por su capataz y un guardaespaldas, un individuo fornido y malencarado, que los miró con gesto de desafío.

—¿Tiene un minuto, señor Llorente? Nos gustaría hablar con usted —lo abordó Unamuno cuando llegó a su altura.

—Pero ¡si es don Miguel de Unamuno! ¡Menuda sorpresa! —exclamó el otro con fingida admiración—. ¿Qué hace usted en el entierro de un terrateniente?

El rector no se dejó engañar: bajo su aspecto repulido, adivinaba un carácter duro y correoso.

—¿Y usted? A juzgar por lo visto, no parece que fueran muy buenos amigos —dejó caer don Miguel.

El ganadero encajó el golpe entornando un poco los ojos.

—Puede que en algún momento fuéramos competidores, pero eso no significa que no fuésemos amigos —precisó Daniel Llorente.

—No nos dio la impresión de que el hijo pensara lo mismo.

—Yo diría que Juanito estaba fuera de sí y no era del todo consciente de lo que hablaba. Es comprensible, dadas las circunstancias. A veces crece en la huerta lo que no siembra el hortelano. Esas cosas pasan; yo no le doy ninguna importancia.

—Si no es indiscreción, ¿dónde estaba usted la noche de autos? —inquirió Unamuno.

—Ya veo que no se anda con rodeos a la hora de disparar. ¿Acaso es usted un guardia civil? ¿O es simplemente para uno de esos artículos tan provocadores que gusta de ver publicados? ¿Está pensando ponerme en la diana, como hizo con mi difunto amigo? —La pregunta de don Miguel lo había enfurecido, mal que le pesara—. En lugar de aceptar lo que todo el mundo tiene claro, usted se dedica a lanzar acusaciones a diestro y siniestro con el fin de embarrar a la gente de bien, aprovechándose de su condición de rector. Pues sepa que no va a salirse con la suya —le advirtió el rico propietario.

—Me llamo Manuel Rivera y soy abogado —intervino por primera vez este—. Sepa también usted que el señor Unamuno me está ayudando en algunas pesquisas, ya que estamos convencidos de que los vecinos de Boada son inocentes. Por supuesto, no es obligatorio que conteste usted a la pregunta del caballero, pero, si no tiene nada que ocultar, no veo por qué...

—Ese día yo estaba en Madrid atendiendo mis intereses —lo interrumpió Llorente—. Y ahora, si me lo permiten, debo irme —añadió antes de ponerse en marcha, seguido por su guardaespaldas.

—De todas formas, bien podría haber mandado a algún esbirro a hacer el trabajo —le comentó Unamuno a Manuel Rivera sin cuidarse del alcance de sus palabras.

El guardaespaldas, que lo oyó, se acercó a don Miguel con semblante amenazador. Pero su señor le hizo un gesto negativo con la cabeza y el otro se echó para atrás algo frustrado.

—Me temo que aquí el único esbirro que hay es usted, que parece actuar al servicio de esos anarquistas que andaban hace un momento por aquí, profanando la memoria de un muerto —arguyó Llorente—. Le ruego que, a partir de ahora, no me falte al respeto delante de mis hombres, si no quiere...

—¿Si no quiero que me mande apalear? ¿Es eso? —lo atajó Unamuno.

—Si no quiere que lo demande por calumnias —rectificó Llorente.

—Arrieros somos, y en el juzgado nos encontraremos —replicó don Miguel—. Pero sepa que yo no estoy al servicio de nadie ni obedezco consignas políticas, soy un ciudadano independiente y con criterio propio.

—Propio sí, pero equivocado —sentenció el terrateniente con gesto hosco.

Rivera apoyó una mano con delicadeza en el brazo de su amigo, pero a este no le hacía falta que lo contuvieran. No quería que la discusión fuese a mayores, de manera que se mordió la lengua y se tocó el ala del sombrero a modo de despedida. Aun así, mientras salían del cementerio murmuró entre dientes:

—Eso ya lo veremos.

Después del entierro, el abogado y Unamuno fueron a ver a los demás encarcelados. Uno de ellos les contó que les habían llegado rumores de que el juez de instrucción iba a proponerles un arreglo que consistía en que se declararan culpables a cambio de no aplicarles la pena máxima y de reducirles luego en lo posible la condena por buen comportamiento. Manuel Rivera, muy indignado, les dijo que no hablaran con nadie de esos asuntos si él no estaba presente y que en principio su intención era ir a juicio para que se proclamaran inocentes de cualquier cargo y sin ninguna clase de pacto, en lo que todos se mostraron de acuerdo.

Una vez en la calle, Unamuno y el abogado hablaron sobre la conveniencia de volver a Boada para proseguir las pesquisas, dado que el tiempo apremiaba y las cosas se podían poner muy complicadas para los detenidos. Don Miguel quedó en pedir licencia para poder ausentarse de su trabajo durante una jornada por razones personales y se citaron en la estación de tren a la mañana siguiente.

# VIII

*Boada, miércoles 20 de diciembre*

Después de un par de días sin nuevas detenciones, en Boada se respiraba un ambiente de calma tensa, expectante, y al mismo tiempo de una creciente desconfianza. El plan de Unamuno y Rivera era tratar de hablar con algunos vecinos e ir a ver el lugar en el que había aparecido el cadáver. Con ayuda del médico, visitaron varias casas, pero nadie supo o quiso decirles nada nuevo.

—Entonces ¿no observasteis nada extraño ese día? ¿Algo fuera de lo corriente? —les preguntaba Rivera.

—Deberíais saber que, si no averiguamos enseguida quiénes lo mataron, de una manera u otra acabará pagándolo todo el pueblo —añadía don Miguel para animarlos a contestar.

—Ya nos gustaría poder decirle algo, ¿sabe usted? Pero para nosotros esa fue una tarde normal hasta que Julio Collado encontró al muerto —le respondió la mujer del panadero.

—Este es un pueblo pequeño, ¿cómo es posible que nadie viera nada? —insistió Unamuno.

—¿Y qué quiere que yo le diga? Nosotros lo único que queríamos era ir en busca de fortuna lejos de aquí, y ya ve la que se ha montado —replicó ella.

—Y ahora ni eso nos dejan —añadió otra, que tenía las manos muy estropeadas.

Luego trataron de probar suerte en la bodega del pueblo, que ya había vuelto a abrir. El abogado quiso invitar a los parroquianos a una ronda. Pero ninguno aceptó, tal vez por miedo a que, con el vino, se les pudiera desatar la lengua. En ese momento, había demasiado miedo e incertidumbre en el pueblo como para hablar libremente con unos forasteros, sobre todo con alguien tan significado como don Miguel.

Después de comer algo en la casa del médico, que estuvo, como en su visita anterior con el reportero, muy obsequioso, Unamuno y el abogado se dirigieron a inspeccionar el lugar en el que había sido hallada la víctima. Este se encontraba a las afueras, al oeste del pueblo, junto a una encina de tronco nudoso y retorcido a la que algunos llamaban ya «la encina del Malhadado», haciendo un juego de palabras con el apellido del difunto. Don Miguel removió algunas hierbas y ramas con la contera de su bastón de caminar. Ni en las piedras ni en la tierra había restos de sangre.

—Con tantas heridas, algunas de ellas muy profundas, tendría que haberse formado un buen charco. Los que lo mataron debieron de hacerlo en otro sitio y luego lo trajeron hasta aquí para que pareciera que habían sido los vecinos —apuntó Unamuno convencido.

—¿Y dónde cree que lo mataron? —preguntó el abogado.

—Supongo que no muy lejos, en algún rincón más apartado.

Prosiguieron su camino y se dirigieron a ver a Ana Juanes, la viuda de Enrique Maldonado, que, según les había comentado el médico, se encontraba descansando en la casa que tenían a menos de media legua de Boada, en una de sus fincas. Mientras andaban por un sendero bien cuidado, Unamuno no paraba de perorar:

—¿Tiene usted idea de dónde viene el topónimo de Boada? Pues de la voz latina *bovata*, que significa «dehesa» o «pastizal de bueyes» y que, a su vez, procede de la voz latina *bos, bovis*, que cabe traducir por «buey» o «vaca», ganado

74

bovino, a fin de cuentas —explicó—. De modo que puede decirse que ya en la palabra estaba escrito su destino de convertirse en parte de una gran dehesa, término por cierto que viene del latín *defensa*, esto es, «defendida» o «acotada», en clara referencia a los vallados que solían hacer los primeros repobladores durante la llamada Reconquista para proteger los rebaños guardados tras ellos.

—Me asombra su erudición —se admiró el abogado.

—Recuerde que soy filólogo, esto es, amante o amigo de las palabras, no un simple erudito, y llevo siempre encendida en mi mente la llama de la curiosidad. Ahí donde la mayoría no ve nada —añadió, refiriéndose al paisaje—, yo veo mucho. En estos parajes pueden recorrerse leguas y leguas sin divisar más que la llanura inacabable donde verdea el trigo y amarillea el rastrojo, con alguna procesión monótona y grave de pardas encinas o de tristes pinos que levantan sus cabezas uniformes en medio de este desierto. Pero ¡qué hermosa su tristeza reposada y llena de cielo! Para mí esta enorme planicie es como un mar petrificado. Y ha de saber que, en efecto, lo fue en el pasado, un mar, quiero decir; por eso algunos paleontólogos de la Universidad han encontrado fósiles de tortugas marinas por aquí cerca. ¿No le parece un hallazgo maravilloso?

—Al escucharlo, se me antoja usted una enciclopedia andante.

—¡Nada más falso! —rechazó él con firmeza—. Una enciclopedia, al igual que la simple erudición, es como un cementerio del conocimiento, esto es, algo muerto, estéril y embalsamado. Yo abogo por la palabra viva, el pensamiento vivo, ese que nunca se detiene ni cesa de cuestionarlo todo, ni siquiera a sí mismo.

—Retiro entonces lo de enciclopedia. Pero no lo de andante, pues observo que no se cansa nunca de caminar.

—Porque estoy muy acostumbrado a ello —explicó don Miguel—. Para mí el contacto con la tierra y el aire es vital; caminando me siento libre, libre y abierto a todo. De hecho, parte de las vacaciones las paso haciendo excursiones con los amigos por el campo y la montaña. Tendría usted que verme ascender hasta las cumbres y descender por los desfiladeros.

—Me hago cargo.

—En realidad, yo soy un hombre de instintos campesinos obligado a vivir en una ciudad. Si estoy mucho tiempo encerrado, me seco y me muero como una planta —añadió con un suspiro.


Como cabía esperar, la casa de los Maldonado era grande y pretenciosa y, por lo tanto, incoherente con el paisaje. Aparte de la mansión, estaban las caballerizas, varios edificios anejos y una casa más pequeña, que debía de ser la del capataz, que era el encargado de llevar la finca y algunos negocios de la familia. En la parte trasera se oía ladrar a un perro y, cerca de la puerta principal, había un automóvil. Según informó Manuel, se trataba de uno de los pocos vehículos que en ese momento había en la provincia, un doble faetón de la marca Tourneau. Cuando llamaron a la puerta, salió a abrirles una sirvienta de edad indefinida. Don Miguel preguntó por la señora y la mujer le dijo que no quería recibir a nadie. Él insistió en que era algo importante, que habían ido desde Salamanca solo para eso, y la criada se quedó indecisa, plantada en medio del umbral.

En ese momento salió la viuda con el ceño muy fruncido y el semblante un poco agriado, como si hubiera resuelto dejar de lado la tristeza del duelo y dar paso, en su lugar, a la amargura y el resentimiento.

—¿Se puede saber qué sucede? He dicho claramente que no quiero ver a nadie —soltó con voz airada.

—Soy Miguel de Unamuno y mi acompañante es el abogado Manuel Rivera —se apresuró a decir.

—Sé de sobra quiénes son.

El rector le explicó que habían ido hasta allí porque andaban investigando la muerte de su marido, ya que estaban muy interesados en conocer la verdad sobre el caso. Añadió que estaban convencidos de que los vecinos de Boada no habían tenido nada que ver con tan trágica muerte.

—Como sabrá, yo mismo he sido señalado como instigador en algunos periódicos... —le recordó Unamuno.

—¿Por qué será? —indicó ella con toda la intención.

—Mi único propósito era defender el derecho a emigrar de los vecinos de Boada y exponer las causas de su situación, no sembrar la discordia ni promover la violencia, que aborrezco con toda mi alma —se justificó don Miguel.

—Pues no le salió muy bien —replicó la viuda.

—Ya sé que hay circunstancias que podrían llevar a pensar que ellos son los responsables. Pero el señor Rivera y yo estamos seguros de su completa inocencia, lo que quiere decir que los verdaderos asesinos de su marido andan sueltos por ahí. ¿No querrá usted que sigan campando a sus anchas? ¿Y si ahora les diera por matarla a usted?

—¿Por qué habrían de matarme a mí? —objetó ella, muy ofendida.

—¿Acaso había algún motivo para que quisieran asesinar a su esposo? —inquirió Rivera, con voz tranquila.

Doña Ana no supo qué decir. Al final, los hizo pasar a un lujoso salón con chimenea, demasiado recargado para el gusto de don Miguel. Sobre la repisa de esta había varias fotografías de su marido con el rey Alfonso XIII, con diferentes presidentes del Gobierno y con otros políticos y potentados.

—Ya veo que su esposo gozaba de buenos amigos. ¿Tenía también enemigos? —tanteó Unamuno.

—¿Se refiere a gente como usted?

—Me refiero a enemigos de verdad. Yo ni siquiera lo conocía.

—Pero se permitió el lujo de hablar mal de él. En todo caso, supongo que sí que los tenía. A las buenas personas nunca les faltan.

—Hemos averiguado que la noche de su muerte su esposo iba a verse con alguien. ¿Sabe usted con quién? —intervino el abogado.

—No sé nada de eso. Yo ese día estaba en nuestra casa de Salamanca.

—¿Y no se le ocurre nadie?

—Ya le he dejado claro que no. De todas formas, no es de su incumbencia.

—Alcanzar la verdad sí que lo es —replicó Unamuno—. Pero dígame: ¿de veras cree que a su marido lo mató el pueblo de Boada?

—No me cabe ninguna duda.

—¿Y por qué razón? Por lo que sabemos, el señor Maldonado no era tan agresivo ni codicioso como otros ricos propietarios de la zona; hasta se había ofrecido a pagar a los vecinos una parte del pasaje si emigraban a Argentina. Cabe presumir que lo haría por algún interés, pero, así y todo, me parece loable.

—Como ya le he dicho, mi esposo era una buena persona y había hecho mucho por ese maldito pueblo, más de lo que se merecían. Pero esa gente es muy ingrata e ignorante. En cualquier caso, estoy segura de que esos canallas no lo habrían matado si usted no lo hubiera señalado. Con sus palabras les dio alas y una justificación para su crimen, ya que ellos por sí mismos no habrían sido capaces de hacer nada; no son más que unos cobardes —sentenció Ana Juanes.

—Usted sabe de sobra que no fue así. Comprendo que necesite descargar su ira sobre alguien, pero yo no critiqué a su marido en mi artículo, sino a un sistema que permite que personas como él se enriquezcan a costa de los demás, que suelen acabar en la miseria —aclaró don Miguel.

—Él no hizo otra cosa que trabajar y nunca se aprovechó de nadie —protestó la viuda.

—Digamos entonces que se aprovechó de las circunstancias.

—Como habría hecho cualquiera en su lugar. Y ahora les ruego que se vayan de mi casa.

—Ya nos vamos, no se preocupe. Tan solo una cosa más. ¿Qué puede decirnos de la medalla que guardaba en el puño su marido? ¿Significan algo para usted las iniciales «E. Y.»?

—Yo no sé nada de esa medalla que dice usted ni de esas iniciales. Pregúnteles a sus asesinos. Y ahora déjenme en paz de una vez —les exigió Ana Juanes con firmeza.

—Lamento mucho si la hemos incomodado —señaló Unamuno poniéndose en pie—. Lo único que...

—¡He dicho que se acabó!


Cuando don Miguel y Manuel Rivera abandonaron la casa, una niebla muy espesa había caído sobre la finca. Esto los obligó a caminar casi a tientas y un poco a la deriva, sin saber muy bien por dónde pisaban. También el frío se dejaba sentir con crudeza, un frío que penetraba hasta la médula de los huesos.

—¿Y qué le ha parecido la viuda? —le preguntó Unamuno a Manuel Rivera por hablar de algo.

—Una mujer de las de armas tomar.

De repente se oyó un disparo y, sin pensarlo, se arrojaron al suelo. En la caída, salió volando el sombrero de don Miguel hasta perderse en la niebla. Al poco rato, aparecieron dos hombres con escopetas de caza. Uno de ellos era el hijo del terrateniente, Juan Maldonado; el otro, el capataz de la finca. Este tendría cerca de sesenta años y era alto y corpulento, sin llegar a grueso, con el pelo gris y ralo, la nariz aguileña y los labios finos.

—Por si no se han dado cuenta, han estado ustedes a punto de matarnos —les gritó Unamuno, muy airado.

—Estábamos cazando —le replicó el hijo del terrateniente, que llevaba la escopeta apoyada con indolencia sobre el hombro.

—¿A estas horas y con este día?

—En mi coto privado cazo cuando quiero y como quiero.

—Venimos de su casa, de hablar con su madre, y es posible que nos hayamos extraviado por culpa de la niebla. Así que no sabemos muy bien dónde estamos —explicó el abogado mientras don Miguel intentaba encontrar su sombrero de fieltro.

—Por supuesto, están en mis tierras.

—Pues no hemos visto ninguna cerca ni alambrada.

—Aquí no hacen falta lindes, señor Rivera. Todo el mundo sabe que es mío hasta donde alcanza la vista.

—Ahora no alcanza mucho, que digamos —bromeó don Miguel sin poder evitarlo.

—¿Acaso se está usted burlando de mí?

Juan Maldonado, que no estaba para bromas, empuñó su arma, y el capataz lo respaldó dando un paso hacia él; después frunció el entrecejo, como si calibrara la situación.

—Tan solo pretendía relajar un poco el ambiente, y no caldearlo más —se justificó Unamuno—. Pero, ya que nos hemos tropezado, me gustaría hacerle alguna pregunta.

—¿En calidad de qué?

—En calidad de alguien que quiere conocer la verdad sobre la muerte de su padre, supongo que al igual que usted.

—A diferencia de usted, yo tengo claro quién lo mató y tan solo espero que se haga justicia.

—¿Sabía que su padre se había ofrecido a pagarles a los vecinos de Boada una parte del pasaje a Argentina?

—Eso es absurdo, mi padre nunca haría eso.

—¿Y usted?

—Yo no pienso descansar hasta que metan en la cárcel a todos los que lo mataron y el resto se vaya del pueblo, me da igual si es a Argentina o al mismísimo infierno —comentó con resentimiento.

—Al parecer esa tarde, poco antes de ser asesinado, su padre iba a verse con alguien. ¿Estaba usted al tanto?

—Lo dudo mucho. Mi padre me lo habría contado.

—¿Y usted dónde se encontraba?

—En Salamanca, como ya le dije a la Guardia Civil. Pedro Villar, aquí presente, puede confirmárselo. —Juan Maldonado hizo un gesto hacia el capataz, que asintió levemente con la cabeza—. Ojalá hubiéramos estado aquí.

—¿Sospecha usted que el socio de su padre, Daniel Llorente, tuvo algo que ver en su muerte? Lo digo por la discusión que mantuvieron a la salida del cementerio —intervino de nuevo el abogado Rivera.

—Ayer estaba muy ofuscado y no sabía muy bien lo que decía —se justificó—. Ya le he pedido disculpas.

—Pero ¿hay algún motivo para que...? —insistió don Miguel.

—Ninguno —lo interrumpió el otro—; todo fue un malentendido. Y ahora ya se están largando de mis tierras.

—Entonces...

—¡He dicho que se vayan!

—No hace falta que nos acompañen hasta la salida. Por cierto, si encuentran un sombrero, sepan que es mío.

—Si aparece, se lo haré llegar, no se preocupe.

—Se lo agradecería mucho. Está ya muy viejo, pero le tengo bastante cariño.

# IX

*Salamanca, jueves 21 de diciembre*

A la mañana siguiente, después de las clases, Unamuno recibió en su despacho del rectorado la inesperada visita del gobernador civil, que venía algo azorado y con el semblante muy serio y preocupado. En un principio, pensó que venía a interesarse por el motivo que lo había llevado a su casa el pasado sábado, cuando estaba de cacería. Pero enseguida vio que no era así.

—Antes de nada —comenzó a decir el gobernador en voz baja—, quiero que sepa que esta visita no es en absoluto oficial. Considérela como una señal de amistad y buena voluntad hacia usted.

Don Miguel lo observó con un gesto a medio camino entre la curiosidad y el recelo; si algo tenía claro era que la buena voluntad y la amistad no se proclamaban, se demostraban. De todas formas, permaneció a la espera de sus siguientes palabras.

—Si he venido a verlo —continuó Pablo Aparicio ante su silencio— es porque me están llegando quejas sobre usted de diferentes personas.

—Ya me imagino de quiénes proceden —se apresuró a decir Unamuno—. ¿Y bien?

—Soy yo el que debería pedir explicaciones, no usted —replicó el gobernador.

—Supongo, entonces, que es a eso a lo que ha venido. Si es así, quiero que sepa que estoy tratando de ayudar al abogado defensor de los vecinos de Boada detenidos como sospechosos de asesinato sin ninguna clase de prueba. Y sí, también lo hago porque se me ha acusado injustamente en la prensa de haberlos instigado, de alguna manera, a cometer ese horrendo crimen —añadió don Miguel.

—Pero usted no es quien para andar haciendo averiguaciones; para eso están la Guardia Civil y el juez de instrucción.

—La Guardia Civil hace solo lo que le ordenan desde arriba, no lo que tendría que hacer. En cuanto al juez de instrucción, ya veremos por dónde nos sale; de momento, se niega a dejar en libertad a los supuestos sospechosos, a pesar de que no hay nada contra ellos.

—No debería usted criticar una decisión judicial —objetó el gobernador—. Los comentarios que ha hecho son muy graves, y más en boca de un rector.

—Serán graves, don Pablo, pero están basados en la experiencia y el conocimiento.

—Me da igual lo que diga —rechazó Pablo Aparicio—. Si no deja usted de interferir en la labor de la Guardia Civil y de la Justicia, me veré obligado a tomar medidas. Usted ocúpese de sus clases, que ya me he enterado de que ayer no las dio, y de las labores del rectorado, que es para lo que le pagan; de lo demás, ya se cuidarán las autoridades competentes. No sé si me he explicado bien.

—Se explica usted muy bien... para ser gobernador.

—Por supuesto, no soy una persona tan ilustrada como usted, pero algún que otro libro he leído.

—El problema es que, cuanto menos se lee, más daño hace lo que se lee.

—Es usted un soberbio y un impertinente, ¿lo sabía? Pero se lo advierto: más le vale que tenga cuidado conmigo —sentenció el otro con tono amenazador.

—¿Qué pasa, que me van a expedientar o va a pedir al ministro que me destituya como rector? El padre Cámara, entre otros, ya lo intentó antes que usted, y aquí estoy —se jactó don Miguel.

—Se ve que usted no me conoce bien y no sabe cómo me las gasto —dejó caer el gobernador.

—Ni usted cómo me las gasto yo. En esta misma Universidad, fray Luis de León fue injustamente perseguido y encarcelado por la Inquisición y, al cabo de un tiempo, volvió como si no hubiera pasado nada; no pudieron acabar con él —le recordó Unamuno con firmeza—. Ahora le ruego, con el debido respeto, que abandone mi despacho, pues tengo mucho que hacer.

—Me voy por no montar un espectáculo, pero volveremos a vernos —le advirtió Pablo Aparicio.

—Será un placer.


Don Miguel no tardó en contarle a Manuel Rivera la trifulca con el gobernador sin ahorrarle ningún detalle. Se le veía todavía muy enfadado por la actitud de este y con ganas de pelea.

—Si esto sigue así, voy a tener que contratarlo a usted como abogado —concluyó.

—En ese caso, le haré un buen descuento en los honorarios. Y ahora tranquilícese. ¿Por qué no jugamos una partida de ajedrez? —le propuso el abogado al tiempo que colocaba el tablero sobre la mesa.

—Ahora no estoy para juegos.

—Será tan solo una, mientras charlamos sobre nuestras cosas. Eso lo ayudará a calmarse.

—Si se empeña... —concedió el escritor.

En esta ocasión, Unamuno eligió negras.

—Y bien, ¿qué tiene usted pensado hacer con respecto al caso? —inquirió Manuel Rivera iniciando la partida.

—¡Cómo que qué voy a hacer! Parece mentira que no me conozca a estas alturas. Pues seguir, y ahora con mayor motivo. Si se creen que porque sea rector me voy a amilanar, van apañados. Bastante me he mordido la lengua ya últimamente —confesó don Miguel moviendo un peón.

—No he visto que usted se muerda mucho la lengua, la verdad.

—Un poco sí, debo reconocerlo, al menos desde que estoy en el cargo, para qué le voy a engañar. Pero eso, se lo aseguro, se va a acabar, mejor dicho, ya se acabó —anunció comiéndole un peón a su contrincante.

—Ya veo. Pues sepa que yo tampoco traigo buenas noticias. En Boada, las cosas andan muy revueltas.

—¿A qué se refiere?

—Por lo visto, el juez de instrucción de Ciudad Rodrigo a quien le corresponde este caso quiere que el sumario esté listo cuanto antes, dada la gravedad del delito, y suspender enseguida la investigación, pues no la considera necesaria, ya que tiene varios detenidos —le informó el abogado—. Esto ha hecho que, de forma espontánea y solidaria, muchos vecinos hayan comenzado a declararse culpables del asesinato, y algunos de ellos ya están siendo encarcelados por ello. Según me han dicho, van a hacerlo casi todos, incluidas las mujeres, los ancianos y hasta algunos niños. Como me ha dicho uno de ellos: «No vamos a dejar que se salgan con la suya. Al final, tendrán que detener y juzgar al pueblo entero. ¡A ver si se atreven!».

—O sea que de alguna forma sí que va a ser como en Fuenteovejuna, todos a una —exclamó don Miguel, algo desconcertado.

—Eso parece, aunque, por supuesto, yo sigo pensando que son inocentes.

—¡Y yo también, faltaría más! Por eso, debemos seguir investigando antes de que sea tarde.

Mientras hablaban, la partida se había ido animando y ya habían desaparecido algunas piezas del tablero.

—Desde luego, es usted tenaz —indicó Manuel Rivera con redoblada admiración.

—Eso dice mi esposa, aunque ella suele llamarme «cabezota» —bromeó don Miguel—. Por lo demás, yo tampoco creo que se atrevan a juzgar a todo el pueblo. Lo que harán será tratar de dividirlos y enfrentarlos por medio de engaños, extorsiones y manipulaciones, ya que, si llegaran a sentar en el banquillo a todos o a la mayoría de los boadenses, más que ante un crimen estaríamos ante un acto de soberanía popular, y ningún juez ni jurado se atrevería a condenar a cadena perpetua a un pueblo entero y menos aún a ejecutarlo. El caso quedaría sobreseído. De modo que no va a ser fácil que se mantengan unidos hasta el final. Ahí tiene usted que estar al quite.

—¿Y qué me dice del crimen de Matilla de los Caños? Ese de hace veinticinco años del que me habló usted —le recordó el abogado.

Unamuno se lo había contado, como una curiosidad que lo inquietaba, mientras iban camino de visitar a Juan López, Antonio Seseña y Samuel Estella en la Prisión Provincial de Salamanca.

—Creo que está usted tratando de distraerme, don Manuel, pero no va a valerle de nada —le advirtió—. Si para algo sirve el ajedrez es para conocer a las diferentes personas. Hay quienes juegan por jugar, otros por inventar jugadas, muchos para ganar, algunos solo para distraerse, aquellos cuentan con las distracciones ajenas, estos parecen atender a un lado del tablero cuando en realidad se están fijando en el otro, y luego están los que charlan para tratar de confundir a su adversario y engañarlo, como está haciendo usted conmigo ahora.

—Yo le aseguro que no es así —protestó el abogado, aunque sonreía como un niño pillado en falta.

—En cuanto a lo de Matilla, debo recordarle que solo juzgaron a cuarenta vecinos, que, por así decirlo, se sacrificaron por todo el pueblo, pues en ese crimen las pruebas eran contundentes y abrumadoras. Pero, si se hubieran inculpado todos, lo más probable es que no hubiesen podido hacerles nada. Créame, conozco algún caso. Hace tres o cuatro años, no muy lejos de aquí, en la localidad de Fermoselle, en la provincia de Zamora, los vecinos fueron encausados por asesinar, el día del Corpus, a un matón y cacique que los tenía atemorizados, y al final los absolvieron a todos. Y, en mi opinión, bien absueltos quedaron, ya que lograron demostrar jurídicamente que al matón del pueblo lo había matado el pueblo entero y, por lo tanto, nadie en concreto. Entre todos lo mataron y él solito se murió, cabría decir. Fue un claro acto de soberanía popular, por lo que se sitúa fuera o al margen de las leyes, o, si se prefiere, por encima de ellas —argumentó Unamuno.

—Más bien por debajo —precisó el abogado mientras echaba mano a la torre.

—Por encima o por debajo, me es igual —replicó don Miguel, moviendo en réplica su caballo—. Y no es que con esto trate yo de justificar ahora tales actos de justicia popular, no. Solo quiero indicar que no puede juzgarse un acto así conforme a las leyes sancionadas por el propio pueblo. En casos como el de Fermoselle, la víctima fue ejecutada en un momento en el que, de alguna forma, la ley estaba en suspenso, y en suspenso toda autoridad. El cacique fue ajusticiado, pues, en motín, mientras el pueblo en pleno había asumido totalmente su soberanía para deponerla una vez cumplida la sangrienta ejecución. De hecho, podría considerarse que el pueblo no es en verdad soberano más que en las revueltas y en los motines —añadió a modo de conclusión.

—Se trata sin duda de un buen argumento, no lo discuto. Pero eso que dice usted a mí no parece muy respetuoso con la ley y el derecho, que digamos —objetó Manuel Rivera con cierta sorna.

—Usted no lo entiende porque juzga estas cosas con el mezquino criterio de un abogado, perdone mi franqueza y mi brusquedad, pero yo aquí soy un filósofo, no un representante de la ley —replicó Unamuno—. En todo caso, solo mantengo que, cuando se cumplen determinadas circunstancias, son los peones quienes derrocan al rey. Y ahora, si le parece, concentrémonos en la partida. Por cierto, jaque mate.

—¡Cómo! —exclamó el abogado con estupefacción.

Mientras Unamuno volvía a casa bajo la lluvia, dándole vueltas al crimen de Boada y echando de menos su sombrero preferido, pues el que llevaba no le gustaba, notó que alguien lo seguía. Para confirmarlo, se escabulló en las sombras de un portal y el que iba tras él se quedó desconcertado, sin saber dónde se había metido don Miguel. Cuando ya se iba a dar la vuelta, Unamuno salió de nuevo a la calle y amenazó a su perseguidor con el paraguas. Fue entonces cuando, a la luz de un farol, descubrió con sorpresa que se trataba de una mujer.

—Disculpe, no me había dado cuenta... —le dijo apartando el paraguas y quitándose el sombrero con la otra mano para saludarla de forma cortés.

Ella tendría unos treinta y cinco años; de estatura mediana tirando a alta, delgada y muy atractiva. Iba cubierta con un abrigo largo, de color oscuro, y, debajo del gorro de fieltro, le asomaban unos rizos dorados, de los que se quedó prendida la mirada de don Miguel. Sus ojos eran risueños y claros, y sus labios, bien dibujados, con un pequeño lunar justo encima del superior.

—Lamento haberlo asustado, tan solo quería hablar un segundo con usted —se disculpó ella.

Su voz tenía un timbre cálido y sugerente, al tiempo firme y misterioso.

—¿Acaso me conoce?

—¡¿Y quién no conoce a don Miguel de Unamuno?!

—Otra cosa es que sepan quién soy en realidad —concedió él, al tiempo que abría el paraguas para cobijarla también a ella de la lluvia que seguía cayendo—. ¿Y usted es...?

—Me llamo Teresa y soy amiga de varios vecinos de Boada. Estoy muy preocupada por ellos, al igual que usted —le explicó.

Unamuno la miró con interés.

—¿Qué sabe usted acerca del crimen?

—Lo único que puedo decirle con certeza es que Enrique Maldonado era un canalla y actuaba siempre como si fuera el dueño y señor de todo. Como sabrá, poseía muchas tierras y ganado en la subcomarca del Campo de Yeltes y trataba a sus habitantes como si también le pertenecieran, sobre todo a las mujeres. Entre otras cosas, se le atribuyen varios hijos ilegítimos a los que no ha querido reconocer.

—¿Y cómo es que sabe usted eso?

—Me lo ha revelado la gente de Boada y de otros pueblos del entorno.

—Y tiene usted una teoría sobre lo sucedido, ¿me equivoco?

—Lo que le aseguro es que los detenidos no lo han hecho, aunque eso usted ya lo ha adivinado, ¿no es cierto?

—Desde el primer momento —corroboró él—. El problema es que ahora ellos mismos se están autoinculpando.

—Como ya supondrá, lo hacen por solidaridad, para apoyar a los que ya han sido acusados y encarcelados, pues imaginan que, si todos se declaran culpables, no podrán condenar a ninguno en particular.

—¡Eso mismo pienso yo! Pero ¿usted por qué está tan segura de que no han sido ellos? —inquirió don Miguel.

—Porque no les convenía que Enrique Maldonado muriera y fuera el hijo quien se hiciera cargo de todo. Por eso querían emigrar a Argentina; porque en cualquier momento este podría tomar las riendas y las cosas se pondrían más difíciles para todos los vecinos. Lo cierto es que el padre se había ido ablandando un poco con los años y se había hecho más comprensivo y tolerante. De modo que, yo que usted, buscaría a los culpables por otro sitio y no en el pueblo —le recomendó Teresa.

—Eso intento, créame. Pero la gente de Boada no me lo está poniendo nada fácil —le confesó Unamuno.

—Si usted confía en mí, yo podré ayudarlo —le propuso Teresa.

Don Miguel guardó silencio mientras el agua caía en cascada desde los aleros de los tejados y las gotas repiqueteaban en los charcos. La miró a los ojos, valorando si podía o no confiar en ella, y, en ese instante, el tiempo se detuvo bajo la cúpula del paraguas.

—Se me ocurre algo mejor —rompió al fin el hechizo—. Ayúdeme primero y, de esa forma, confiaré en usted.

Teresa sonrió de una manera tan franca y alegre que Unamuno no pudo evitar esbozar a su vez una sonrisa, como si fuera un leve reflejo de la de ella, y eso lo hizo olvidarse de sus preocupaciones.

—Volveremos a vernos —dijo Teresa a modo de despedida, antes de perderse bajo la lluvia en la oscuridad de esa noche de invierno.

—Eso espero —murmuró Unamuno, pensativo.

# X

*Salamanca y Boada, viernes 22 de diciembre*

Al entrar en el aula esa mañana, don Miguel descubrió con sorpresa que no había nadie, como si los alumnos hubieran desertado en masa. Cuando bajó al claustro, le extrañó no ver ningún movimiento y le preguntó al conserje que se hallaba en la entrada del edificio qué sucedía. Este lo miró perplejo y le dijo con cierto retintín que ese día empezaban las vacaciones de Navidad para los estudiantes. Unamuno se quedó sorprendido y algo avergonzado. Había estado tan absorto con el caso y sus circunstancias que no se había dado cuenta de las fechas en las que estaban.

Se pasó por el rectorado para resolver los asuntos pendientes —que en esa época solían acumularse, y más desde que él andaba ocupado con otras cosas— y, hecho esto, fue a ver a Manuel Rivera a su despacho y le relató su encuentro de la noche anterior con la mujer misteriosa. El abogado lo miró con suspicacia y preocupación, sin poder disimular sus recelos.

—No debería usted fiarse de todo lo que le insinúe una desconocida, por muy hermosa que sea, y menos a esas horas —le advirtió.

—¿Por qué lo dice? ¿Acaso piensa que ella ha tenido algo que ver con el crimen y quiere tenderme una trampa? —inquirió don Miguel.

—No lo tengo claro, la verdad. En todo caso, debemos ser cautos y no confiarnos demasiado. Es posible que sepa algo, pero también que quiera averiguar qué sabemos nosotros, ignoro con qué intención.

—Como buen abogado, es usted muy precavido. ¿O quizá el hecho de que se trate de una mujer también lo condiciona? Perdóneme por meterme donde no me llaman, pero, aunque solo hace una semana que lo conozco, me consta que no está usted casado y me atrevería a aventurar que tampoco comprometido. Por otra parte, he observado que no hay en su casa rastros de presencia femenina. ¿Acaso alguna pena de amor del pasado le hace desconfiar de las mujeres?

—Es usted muy perspicaz —dijo Rivera—. Pero creo que, en este caso, existen razones objetivas para la desconfianza.

—De modo que ha tenido usted alguna que otra mala experiencia en este campo, ¿no es eso?

—No voy a negarlo. Pero sería muy largo de contar, así que cambiemos de tema.

—Como usted quiera —concedió Unamuno—. No obstante, déjeme que le diga que no se imagina lo que se pierde, pues la mujer es, por lo general, muy superior al varón. La estupidez masculina es una cosa formidable; lo queremos todo hecho, concluido, definido, formulable. Y la mujer está siempre haciéndose, siempre por hacerse, sin concluir nunca, indefinible, informulable, inclasificable, como la propia vida, como yo pretendo que sean mi pensamiento y mi manera de ser. Fíjese si son importantes las mujeres para los hombres; deberían ser nuestro modelo, nuestro principal referente y acicate.

—Lo tendré en cuenta —concedió el abogado sin mucha convicción.

—¿Y qué tal por Boada, ha habido alguna novedad?

—Pues ha ocurrido un hecho preocupante, y es que, precisamente, una de las vecinas del pueblo ha desaparecido de forma misteriosa —le informó su amigo—. Esto ha provocado que las sospechas sobre la autoría del crimen recaigan también sobre ella; de hecho, el juez ha emitido una orden de búsqueda y captura.

94

—Es posible que haya huido a Portugal, que no está muy lejos de Boada —sugirió don Miguel.

—Eso pienso yo también.

—¿Qué sabe de ella?

—Se trata de una mujer de veintisiete años llamada Amalia Yeltes —le explicó el abogado—. Al parecer, es madre soltera. Su novio, un tal Andrés Zamarreño, la abandonó en cuanto dio a luz, hará de eso unos dos años, y desde entonces el niño está en una inclusa. Las malas lenguas dicen que podría ser hijo de Enrique Maldonado. Pero nadie lo sabe con certeza, pues todo se hizo muy en secreto y sin que apenas trascendiera. El caso es que en el pueblo no han vuelto a ver a Amalia desde que se produjo el asesinato. Al principio a nadie le extrañó, ya que, según cuentan, es muy solitaria y retraída. Sus padres murieron hace tiempo y no tiene hermanos. Un familiar les ha abierto la puerta de la casa a los guardias civiles para que pudieran echar un vistazo, y en la vivienda todo está en orden y parece ser que no falta nada de ropa ni enseres. La maleta y sus papeles personales también estaban allí.

—Entonces, no creo que se haya alejado mucho.

—Esa impresión da.

—¿Y si estuviera escondida cerca del pueblo o le hubiera sucedido algo? —planteó Unamuno.

—¿Cree usted que puede haber tenido algo que ver con el asesinato de Enrique Maldonado? —inquirió Manuel Rivera frunciendo el ceño—. Desde luego, parece imposible que ella lo haya matado sola.

—¿Y si lo hizo con alguna otra persona y ha escapado para que no la detengan? —aventuró don Miguel—. O tal vez fue testigo de algo y ahora siente miedo. Sea como fuere, tenemos que intentar dar con ella lo antes posible.

Poco después, partieron para Boada. Allí hablaron con el médico y varios vecinos de confianza y entre todos mon-

95

taron una partida con el fin de buscar a Amalia por los alrededores del pueblo. Como Unamuno caminaba a grandes trancos y se ayudaba con su bastón, enseguida se adelantó a los demás. Hacía mucho frío, pero al menos no llovía. Don Miguel parecía muy entusiasmado dejándose llevar por su instinto de sabueso. El campo le daba vida, sobre todo en invierno, pues soportaba muy bien las inclemencias. También le gustaba mucho contemplar las encinas bajo el gélido sol de diciembre o en medio de la niebla, como si fueran espectros. Entre unos árboles, creyó ver tierra removida. Se acercó con mucho cuidado hasta que, de pronto, descubrió que una mano sobresalía en el barro. A Unamuno le pareció una mano de mujer, tal vez mordisqueada por un animal.

Cuando por fin logró reponerse de la impresión, llamó a gritos a los otros, que no tardaron en llegar a su altura. Tratando de mirar para otro lado, don Miguel les indicó el lugar exacto en el que se encontraban los restos. Uno de los hombres comentó que cerca de ellos había huellas de jabalí; lo que no hallaron fueron trazas humanas o manchas de sangre en los alrededores, tal vez porque la lluvia las había borrado. El médico les pidió a los demás que no tocaran nada y mandó al más joven de la partida a avisar a los guardias civiles apostados en el pueblo, para que ellos se hicieran cargo.

Tras la llegada de las autoridades judiciales, dos de los guardias civiles desenterraron el cuerpo con mucho cuidado y varios de los vecinos allí presentes lo identificaron. Se trataba, en efecto, de Amalia Yeltes. A simple vista presentaba varias heridas producidas por arma blanca. Según el médico, podía llevar enterrada varios días, tal vez algo más de una semana. Una vez examinado y realizadas las diligencias oportunas, el juez mandó retirar el cadáver con el fin de trasladarlo en un carro tirado por bueyes hasta La Fuente de San Esteban.

Ya se lo estaban llevando de su improvisada tumba, cuando Unamuno vio cómo algo metálico y brillante caía al suelo. De un salto se acercó a la fosa y lo recogió. Se trataba de una medalla de oro con la efigie de la Virgen de la Peña de Francia y unas iniciales grabadas en su reverso: «E. M.», ¿Enrique Maldonado? ¿Sería esa la que dejó al diputado provincial una marca en la parte de atrás del cuello? Y, si era así, ¿cómo había ido a parar hasta allí? ¿Se la arrancó Amalia Yeltes mientras forcejeaban —cuando él la estaba asesinando o bien cuando ella lo asesinaba a él—, o fue otra persona, que después la dejó junto al cadáver de la mujer? Por otra parte, la imagen acuñada y la marca de joyero parecían coincidir con las de aquella medalla de la que les había hablado el forense. ¿Existía alguna relación entre las dos? «E. M.», en una; «E. Y.», en la otra. ¿La Y de la que hallaron en poder del terrateniente tendría algo que ver con Yeltes? ¿Se la quitó, entonces, él a su amante antes de morir? ¿Por qué razón?

Unamuno estaba cada vez más confuso. El asesinato del terrateniente acababa de tomar un rumbo inesperado. Con el hallazgo del cadáver de Amalia, se abrían nuevas incógnitas que podrían dar lugar a otras vías de investigación. ¿Fue Amalia Yeltes asesinada por la misma mano que mató a Enrique Maldonado, o fue este el que la apuñaló a ella —o, en su caso, ella a él— antes de que a él o a ella le diera muerte una tercera persona? ¿Cuáles fueron los motivos? ¿Estaban vinculados ambos crímenes? ¿Qué significaban las medallas? Desde luego, no podía tratarse de una simple coincidencia.


Mientras las autoridades y los guardias civiles terminaban las primeras diligencias del caso, Unamuno y Manuel Rivera regresaron a Boada. Los vecinos estaban muy consternados y se palpaba el miedo. «¡Cómo ha podido suceder algo así!», exclamaban. Una anciana les aseguró que, en efecto, el padre del hijo de Amalia Yeltes era Enrique Maldonado. Otra mujer les comentó, por su parte, que esta había seguido recibiendo visitas nocturnas hasta hacía muy poco y que una vez había visto el automóvil del terrateniente en una calle cercana a la de la asesinada. Algunos más declararon haber oído, en diferentes ocasiones, ruidos y voces procedentes de su casa. «Pero entonces ¿qué es lo que ocurrió para que los dos terminaran muertos de esa manera?», se preguntó don Miguel, muy intrigado.

Con la ayuda del médico de Boada, consiguieron que un primo de Amalia les permitiera entrar en su casa para ver si encontraban algo que arrojara un poco de luz sobre su muerte, algo que la Guardia Civil hubiera pasado por alto en su apresurada visita de hacía unos días. Era una vivienda muy humilde y de una sola planta, sobria y mal amueblada. La cocina era bastante simple y la despensa estaba casi vacía. Los únicos lujos que había en ella eran algunos vestidos y zapatos y un frasco de perfume, regalo seguramente de Enrique Maldonado; lo demás parecía heredado. Sobre la mesilla de su alcoba descansaba un breviario y, en una especie de hornacina que había en la pared, una imagen de la Virgen de la Peña de Francia, de la que Amalia Yeltes parecía muy devota, flanqueada por varias velas.

Estaban a punto de mirar debajo de la cama cuando apareció una pareja de la Guardia Civil y los urgió a que abandonaran la casa. Unamuno y el abogado tuvieron que salir de forma precipitada, casi a empujones. Manuel Rivera amenazó con acusarlos de abuso de autoridad y agresión, pero los guardias dejaron caer que, si sucedía algo así, ellos los denunciarían por obstrucción a la justicia, y hasta hicieron amago de llevarlos detenidos. Esto indignó mucho al abogado, que comenzó a invocar derechos, sentencias y resoluciones hasta que los agentes de la Benemérita los dejaron en paz.

# XI

Para disgusto de Unamuno, la prensa apenas se hizo eco del hallazgo del cadáver, como si este no les importara, tal vez por miedo a los nuevos derroteros que con él pudiera tomar la investigación o, simplemente, porque en la muerte, como en la vida, también había clases y jerarquías. Algún periódico planteaba la hipótesis de que se tratara de un «crimen pasional», una expresión que a don Miguel no le gustaba nada, pues daba a entender que tales homicidios eran fruto de un arrebato de celos o de amor mal entendido, y eso los hacía más disculpables o menos punibles para los jueces. Asimismo, se especulaba con la posibilidad de que a Enrique Maldonado lo hubieran matado por venganza. Lo que en un principio había parecido un crimen social adquiría ahora unos tintes más escabrosos y llamativos para la opinión pública. De ahí que algunos rotativos hicieran hincapié en los aspectos escandalosos del caso, al que varios de ellos se referían como «el doble misterio de Boada».

Comenzó a circular también por los mercados y plazas de algunos lugares de la provincia un romance de ciego que decía:

*El 14 de diciembre,*
*en una noche cerrada,*
*mataron a Maldonado*
*en el pueblo de Boada.*
*Lo hallaron junto a una encina*

*con cuarenta puñaladas.*
*Días después, no muy lejos,*
*encontraron muerta a Amalia.*
*¿Quién mató al terrateniente?*
*¿Quién mató a la desdichada?*
*Los vecinos, sorprendidos,*
*dicen que no saben nada.*
*Mas son muchos los que piensan*
*que es mucho lo que se callan.*

A diferencia de lo que ocurría con la Guardia Civil, a la que el asesinato de Amalia Yeltes no parecía interesarle demasiado, Unamuno y el abogado decidieron seguir investigándolo y lo primero que hicieron fue ir a visitar al antiguo novio, el único que se le conocía: un joven de unos treinta años que, según les informaron, trabajaba en una imprenta de Salamanca llamada La Verónica.

En el taller les dijeron que ese día no había ido porque se sentía mal, así que fueron a verlo a su casa. Andrés Zamarreño vivía en el arrabal del puente, en una casa baja que amenazaba ruina. Tras mucho insistir, consiguieron que les abriera la puerta. Su aspecto era anodino y parecía asustado. Naturalmente, estaba al tanto de la muerte de Amalia Yeltes, ya que no se hablaba de otra cosa en los mentideros de la ciudad, y la noticia le había afectado mucho.

—¿Tiene alguna sospecha de quién puede haberla asesinado? —le preguntó de pronto Unamuno.

—¿Por qué? Ninguna. Yo no sé nada —contestó muy alterado.

—¿Dónde estuvo usted el día 14 de este mes por la tarde y por la noche?

—En el trabajo y en casa, como siempre; hace mucho que no voy al pueblo. En la imprenta podrán confirmárselo. Ese día salí con retraso, pues había mucho que hacer —precisó Andrés.

100

—Nos han dicho que usted dejó a Amalia Yeltes hace un par de años, cuando ella dio a luz, ¿es eso cierto? —intervino Rivera.

—Así es. Pero en realidad fue Amalia la que me pidió que la dejara, ya que, según ella, el hijo no era mío. Yo le aseguré que no me importaba, que estaba dispuesto a cuidarlo como si fuera su padre, y ella insistió en que me marchara del pueblo. Por lo visto, tenía mucho miedo de que pudiera pasarme algo —puntualizó Zamarreño.

—¿Por qué motivo?

—Eso no me lo dijo.

—¿Tal vez por algo relacionado con Enrique Maldonado? ¿Sabía usted que tuvieron una relación? —apuntó Unamuno.

—Tenía mis sospechas, como todo el mundo, pero ella nunca quiso contarme nada y yo no conseguí averiguar qué había de cierto. Al final, me insistió tanto en que me alejara de ella que me vine a la ciudad. Tampoco tenía mucho que hacer en Boada, la verdad —añadió Andrés con gesto resignado.

—¿Y desde entonces había vuelto a verla?

Zamarreño se limitó a negar con un gesto.

—¿Por qué cree que la han podido matar?

—¿A Amalia? ¡No quiero ni pensarlo! —exclamó rompiendo a llorar.


Mientras Manuel Rivera se ocupaba de algunas gestiones, don Miguel regresó a la imprenta para confirmar la coartada de Andrés Zamarreño, pues no acababa de fiarse de él, dado su estado de ánimo. Por el camino fue pensando en sus últimas averiguaciones. A juzgar por los rumores que corrían por Boada —que si aquel hijo que ella tuvo dos años atrás era de Enrique Maldonado y que, desde entonces, aún la visitaba—, estaba claro que, para el terrateniente, la relación con Amalia Yeltes no había sido una de tantas. Pero ¿qué conexión podía tener eso con los crímenes?

Para su sorpresa, en la imprenta se encontró con la mujer misteriosa de hacía dos noches; estaba hablando con el jefe de taller. A Unamuno le dio la impresión de que Teresa iba un paso por delante en las averiguaciones o que, cuando él iba, ella ya estaba de vuelta. ¿Qué era lo que pretendía y para quién o con quién trabajaba?

La mujer lo saludó de forma afectuosa, como si fueran amigos, lo que no desagradó a don Miguel. Delante de ella, le preguntó al impresor lo que quería saber y este le comentó que, en efecto, el día del crimen Andrés se había quedado hasta muy tarde trabajando, ya que iban bastante atrasados con un encargo, e insistió en que era incapaz de hacer daño a nadie, al menos a sabiendas.

Después de abandonar el taller, don Miguel le propuso a Teresa que se fueran a tomar un café de puchero en una taberna cercana, una de las casi doscientas que había en toda Salamanca, cifra muy superior al promedio nacional, lo que daba que pensar. Esta la frecuentaban obreros de la zona y, al pasar junto a las mesas, Unamuno saludó a algunos de ellos, a los que conocía de la época en la que era militante socialista. Notaba el revuelo a su alrededor y el peso de las miradas; no era habitual que una mujer entrara en un lugar como ese, y menos aún una tan atractiva como aquella.

—¿No va a decirme qué hacía en la imprenta? —preguntó el rector tan pronto se sentaron en un rincón apartado.

—Fui a encargar unas invitaciones de boda —respondió ella—. Es broma —añadió enseguida con una sonrisa—. Quería saber cómo se encontraba Andrés; me consta que es muy vulnerable.

—¿Lo conoce?

—Lo había visto una vez y sabía que había sido novio de Amalia, aunque no debieron de durar mucho.

—¿Y qué es lo que ha averiguado sobre él?

—Tan solo que es un pobre hombre y que está desarbolado.

—«Desarbolado», bonita palabra. Utiliza usted un lenguaje muy expresivo.

—Eso es un gran elogio viniendo de usted, que lo conoce y lo maneja con mucha sabiduría y creatividad, si me permite decirlo.

—Claro que se lo permito, ya que es verdad. ¿Y qué opina del asesinato de Amalia Yeltes?

—Que sin duda está relacionado con el primero. En el crimen, como en todo lo demás, las casualidades no existen, ¿no le parece?

—Desde luego. Pero ¿cuál sería aquí, según su opinión, la cadena de causas y efectos? —quiso saber Unamuno.

—Eso es algo que tendrá que averiguar. Yo solo soy una pobre ignorante —añadió Teresa con fingida modestia.

—Me temo que usted sabe o intuye mucho más de lo que dice.

—Entonces, trate de sonsacarme la verdad —lo retó ella con tono zalamero, lo que hizo que don Miguel se ruborizara.

—Tenemos noticia de que esa noche el asesinado iba a encontrarse con alguien. ¿Cree usted que se trataba de Amalia? —inquirió para cambiar de tema.

—Lo más probable.

—¿Tiene idea de si seguían teniendo relaciones?

—Eso es al menos lo que se rumorea en el pueblo. Pero debería usted visitar a la viuda de Enrique Maldonado para ver qué le cuenta de las andanzas de su marido.

—¿Qué puede decirme de ella?

—Que es una mujer muy amargada, puede que con razón. Dicen que, cuando dio a luz a su hijo, el parto fue muy complicado y quedó imposibilitada para tener más. Sin embargo, su marido fue muy prolífico, y ella lo sabe —añadió Teresa con ironía.

—Desde luego, me gustaría mucho hablar con Ana Juanes, pero dudo que me invite a un café para comentarlo. El abogado Rivera y yo estuvimos en su casa el miércoles pasado y su hijo acabó disparándonos con una escopeta de caza; me imagino que tiró al aire con la intención de asustarnos, pero nos dejó claro que no tenía ganas de vernos por allí —le informó Unamuno.

—Hoy es sábado y Juan Maldonado suele ir en tren a Madrid en busca de diversión —apuntó Teresa.

—¿Y usted cómo lo sabe? —se sorprendió don Miguel.

—Porque soy una persona informada.

—O tal vez una espía.

—Favor que usted me hace.

Aunque procuraba disimularlo, Unamuno empezaba a estar fascinado con esa mujer. No era solo su belleza o la energía y la sensualidad que desprendía; era además su inteligencia, su viveza, su sensibilidad... Había también algo en su voz que lo cautivaba, a él, que no había quien lo callara y que nunca dejaba hablar a nadie; sin embargo, ahora no le importaría pasarse todo el tiempo escuchándola, sin decir una sola palabra, salvo para animarla o alabarla. Pero estaba citado con Manuel Rivera y ya se le había hecho tarde. Así que no le quedó más remedio que despedirse de ella, con el deseo íntimo, eso sí, de reencontrarla pronto.


En el depósito de cadáveres de Salamanca, el abogado lo aguardaba con impaciencia, pues era víspera de Nochebuena y el forense tenía que ir a Zamora para estar con la familia. El doctor Tejero les estaba haciendo un favor personal que le podía costar un disgusto si las autoridades judiciales se enteraban. El cadáver de Amalia Yeltes estaba tendido sobre una mesa de autopsia, cubierto con una sábana hasta la cintura. El cabello moreno perfilaba un rostro alargado e intensamente pálido. En esta ocasión, a don Miguel le costó mucho esfuerzo aproximarse, ya que había sido él quien había llevado a cabo el hallazgo. Pero no era el temor o la aprensión, sino la piedad, lo que lo frenaba.

Aquella mano que sobresalía del barro, como un grito mudo de auxilio, ya no transmitía angustia, sino una paz serena que se extendía a sus ojos rasgados y a sus labios gruesos. Solo las seis puñaladas que rasgaban la carne desmentían esa visión. Contó hasta seis, en el vientre y en el pecho, una de ellas en el corazón. Más de cerca, pudo apreciar que no había ninguna marca en el cuello, pero en las uñas de las manos se veían restos de sangre.

—Parece que se defendió —comentó por fin.

—Eso creo, sí —confirmó el forense.

—¿Podrían haberla apuñalado con el mismo cuchillo con el que mataron a Enrique Maldonado?

—Es muy probable. Desde luego, el ancho y el grueso de la hoja se me antojan bastante similares.

—¿Y cuál sería la data de la muerte?

—Calculo que hace unos ocho o nueve días.

—En lo que también coincide con el otro asesinato, ¿no es cierto?

—Yo diría que sí.

—¿Y esto de aquí? —inquirió Unamuno señalando unas marcas en el costado derecho.

—Son huellas de golpes y hematomas; también se aprecian en la espalda y en las piernas, pero yo juraría que son anteriores a la fecha del óbito. Puede que le pegaran o tal vez se cayó —explicó el médico.

—¿Algún detalle más?

—Uno que considero muy importante: la mujer estaba embarazada de pocos meses —les reveló.

—¿Está usted seguro? —exclamó don Miguel muy sorprendido.

—Por supuesto.

—¿Alguna otra cosa que le haya llamado la atención?

—Nada que yo recuerde ahora.

—¿Llevaba encima alguna medalla?

—Ninguna, aparte de la que usted encontró cuando la desenterraron.

Unamuno y Rivera se despidieron del doctor Tejero deseándole una feliz Navidad y salieron al frío de la calle.

—¿Quién cree usted que es el padre del niño que Amalia llevaba en su seno? —preguntó el abogado.

—A juzgar por los antecedentes y la información que tenemos, podría ser de nuevo Enrique Maldonado.

Luego le contó a su compañero sus indagaciones en la imprenta, así como su encuentro con Teresa y su sugerencia de que fueran a visitar de nuevo a la viuda de Enrique Maldonado para ver qué sabía de las andanzas de su marido. En un principio, el abogado se opuso, ya que seguía sin confiar en esa misteriosa mujer. Pero Unamuno logró convencerlo y decidieron acudir ese mismo día.

# XII

*Boada, sábado 23 de diciembre por la tarde*

Cuando, horas después, llegaron a la casa de los Maldonado, los sorprendió el silencio reinante; ni siquiera se oía ladrar al perro. Tampoco se veía el automóvil por ninguna parte. Don Miguel llamó con fuerza a la puerta, pero nadie salió a abrirles. Aun así, no se rindieron y, ante la insistencia, acudió por fin el capataz en mangas de camisa. Al ver quiénes eran, intentó volver a cerrar, pero Unamuno metió el extremo de su bastón de caminante entre la hoja y el marco y le dijo que lo único que querían era confirmar unos detalles. Atraída por el ruido, apareció Ana Juanes con cara de pocos amigos.

—¿Se puede saber qué desean? Si no dejan de molestarme, mandaré avisar a la Guardia Civil —amenazó.

—Como sabrá, ha habido novedades en el caso y deseamos comentarlas con usted —expuso Unamuno—. Será solo un minuto.

Lo último que deseaba Ana Juanes era recibir en su casa a esos dos individuos tan atravesados, pero también debió de pensar que esa era la única forma de saber qué podían haber averiguado sobre la muerte de su marido. De modo que le hizo una seña al capataz para que les permitiera entrar al zaguán y los dejara solos.

—¿Qué clase de novedades? —quiso saber la viuda de Maldonado.

—Supongo que estará usted al tanto de que han encontrado el cadáver de una mujer enterrada no muy lejos de Boada y de aquí. Se trata de una vecina del pueblo a la que también apuñalaron —tanteó don Miguel.

Como siempre, el abogado Rivera le dejaba llevar la voz cantante.

—¿Y eso qué tiene que ver conmigo? —replicó ella, muy digna.

—En el pueblo se dice que Enrique Maldonado, que en paz descanse, visitaba a esa mujer algunas noches y, según la autopsia, estaba embarazada. Asimismo se comenta que, hace unos dos años, esa misma mujer tuvo un hijo y que el padre podría ser su esposo —explicó don Miguel con aparente naturalidad.

—Todo eso no son más que calumnias y habladurías de esa gentuza para apartar la atención del único crimen que ahora importa, que es el de mi difunto marido —replicó ella con firmeza.

—Hay razones para pensar que esos rumores podrían ser ciertos, y, para nosotros, ambos crímenes son igual de relevantes.

—De un picapleitos no cabe sorprenderse —dijo la mujer con una mirada torcida hacia Rivera, antes de encarar de nuevo a don Miguel—, pero mentira me parece que un hombre como usted, un señor rector y catedrático, dé crédito a esas vulgaridades. Me temo que de sus averiguaciones puede salir cualquier cosa menos algo bueno.

—No son los chismes lo que a mí me interesa, sino la autoría de los asesinatos —puntualizó Unamuno.

—¡Ya le he dicho que para mí solo hay uno! El otro no ha venido más que a enturbiar las cosas.

—Pero puede que a los dos los matara la misma persona.

—¡Eso es absurdo! —exclamó Ana Juanes.

—¿Sabe usted si esa noche su marido iba a reunirse con Amalia Yeltes?

—¿Qué insinúa?

—Junto al cadáver de la joven descubrimos una medalla con la imagen de la Virgen de la Peña de Francia y las iniciales de su marido.

—Esas iniciales pueden ser de otra persona. En todo caso, si era de Enrique, debió de perderla hace tiempo y cualquiera pudo encontrarla y ponerla allí.

—Pero ¿quién? Y, sobre todo, ¿para qué? —intervino por vez primera el abogado.

—Alguien del pueblo, para incriminarlo. De esa gente, como de ustedes, cabe esperar cualquier cosa.

—¿Y por qué motivo?

—¡Y yo qué sé, eso pregúnteselo a ellos! —exclamó Ana Juanes, a punto de perder los estribos.

—Por cierto, la medalla es muy similar a la que hallaron dentro del puño derecho de su marido, solo que la del señor Maldonado era más pequeña y con las iniciales «E. Y.» —le informó Unamuno.

—¡Otra vez con esas malditas medallas! ¿Adónde quieren ir a parar? Todo esto es un auténtico disparate.

En ese momento, apareció en el zaguán Juan Maldonado con una escopeta de caza y el rostro enrojecido. Los dos hombres lo miraron sorprendidos y sin saber muy bien qué hacer.

—¿Te están molestando, mamá? —preguntó con tono enfadado.

—Tan solo estábamos haciéndole algunas preguntas. No hace falta ponerse así —se defendió don Miguel.

—Han entrado ustedes por la fuerza en nuestra casa para acosar a mi madre, que es una mujer mayor que acaba de perder a su marido. Si quisiera, podría dispararles y nadie me pediría cuentas de nada —amenazó entre dientes con los ojos entornados.

—Nosotros no hemos entrado por la fuerza —negó el abogado.

—¿Y cómo piensan demostrarlo?

—Hijo, por favor, deja esa escopeta —le pidió la madre con tono imperativo—. Estos señores ya se iban.

Juan Maldonado obedeció a regañadientes. La mujer les mostró la puerta y los dos visitantes se marcharon tras despedirse. Una vez en el exterior, comenzaron a andar a toda prisa, no fuera a ser que el hijo saliera tras ellos.

—De menuda nos hemos librado —reconoció Unamuno, alargando la zancada.

—Su amiga Teresa, por cierto, nos la ha jugado con su mala información —le dejó caer Manuel Rivera, tratando de no perder el paso.

—Con todo lo que está ocurriendo, es normal que el joven Maldonado haya decidido quedarse en casa este sábado.

—¿Usted cree que la viuda sabe algo sobre los escarceos de su marido y sobre su hijo ilegítimo?

—Desde luego. Aunque no lo admita, se la ve muy despechada. Pero no quiere que las relaciones de su esposo con esa mujer se hagan públicas fuera del pueblo. Por otra parte, tengo la sospecha de que ella también tiene su apaño —dejó caer don Miguel.

—¿A qué se refiere? —quiso saber el abogado.

—Al capataz.

—¿Piensa de verdad que la viuda y él se entienden?

—No lo aseguro, pero bien pudiera ser.

—Es usted un mal pensado y un chismoso, don Miguel, ¿no se lo habían dicho nunca? —bromeó Manuel Rivera.

—Me reconocerá usted que el hecho de que tardaran tanto en abrirnos y él estuviera en mangas de camisa dentro de la casa familiar resulta harto sospechoso. Por lo demás, es comprensible que, después de todo lo que está saliendo a la luz sobre su marido, ella necesite algo de consuelo y de revancha. De todas formas, lo importante no es eso.

—Entonces ¿qué es?

—Supongamos que Ana Juanes sabía que su marido iba a reunirse con Amalia Yeltes la noche del crimen —sugirió Unamuno.

—¿Insinúa que fue ella la que los mató a ambos?

El abogado lo miró atónito y, por un instante, aminoró el paso. Pero enseguida tuvo que acelerar para ponerse de nuevo a su altura, porque don Miguel no se detuvo a esperarlo.

—De momento, solo se trata de una mera hipótesis. Por otro lado, no estoy sugiriendo que los matara Ana Juanes directamente, pues no creo que sea de esas personas a las que les gusta mancharse las manos, en el remoto caso de que hubiera querido y podido hacerlo. Pero es factible que se lo encargara a alguien. Como ella misma diría, de la gente pudiente se puede esperar cualquier cosa —añadió con ironía.

—¿Se refiere usted al capataz?

—Si mi hipótesis fuera acertada, él sería sin duda el más apropiado. Lo que en tal caso habría que averiguar es cómo se produjo todo. Una posibilidad es que ella supiese de este segundo embarazo y, por despecho, le pidiera a Villar que matara solo a Amalia Yeltes, y que el marido lo descubriera y al capataz no le quedara más remedio que acabar con su señor. O bien el encargo tuvo que ver directamente con los dos; de esa forma, Ana Juanes se vengaría también de su esposo por sus muchos engaños y vejaciones y, de paso, todas las posesiones de este pasarían a sus manos —argumentó Unamuno.

—No todas, pues una parte de la herencia le corresponde a Juan Maldonado —le recordó Manuel Rivera.

—Por supuesto, pero al hijo lo tiene bien controlado; este hará siempre lo que ella le diga —apuntó don Miguel.

—La hipótesis es cada vez más sugerente y razonable, aunque sigue siendo difícil de demostrar.

—¿Y quién le dijo a usted que esto de ser detective iba a ser fácil? Una cosa es averiguar la verdad y otra muy distinta encontrar pruebas que la avalen.


Una vez en el pueblo de Boada, se dirigieron a la bodega, pues necesitaban tomar algo que los entonara. Allí se encontraron con Teresa, que estaba hablando amigablemente con unos parroquianos. Don Miguel observó que iba vestida como una campesina, como si hubiera querido mimetizarse con el paisaje y el paisanaje, aunque desde que la conoció tuvo la impresión de que no era ese su entorno. En cuanto los vio entrar, se acercó a ellos y les preguntó por sus pesquisas.

—Primero en Salamanca y ahora en Boada. Es la segunda vez que nos encontramos hoy —respondió en su lugar Unamuno—. Y usted que decía que las casualidades no existen...

—Parece que me equivocaba —respondió ella con una sonrisa franca.

—Y no solo se equivocaba en eso —intervino el abogado, con el rostro serio.

Tras presentarle a Manuel Rivera, Unamuno le contó de forma resumida lo que había ocurrido en casa de los Maldonado y ella no pudo evitar sonreírse.

—Deje de burlarse de nosotros —le reprochó don Miguel, aunque no estaba enfadado—. Usted me aseguró que el hijo no estaría en casa.

—Lo siento de verdad; no fue mi intención ponerlos en peligro ni mucho menos. —Se llevó la mano al pecho, como reforzando la disculpa—. Lo importante es que no ha pasado nada.

—Estamos vivos de milagro —exageró Unamuno.

—Y ya que todo lo sabe, díganos algo del capataz —aprovechó Rivera.

—Es como el chico de los recados de la casa, aunque ya no es ningún jovencito, y está casado con una beata —comentó ella.

—¿Y también le hace favores a la señora?

—No me extrañaría; los grandes propietarios son todos unos pervertidos.

—Para ser una mujer tan liberada, se está poniendo usted muy moralista —la recriminó Unamuno con fingida seriedad.

—Es que no trago a esa gentuza —se justificó Teresa—. Pero ¿qué tiene eso que ver con los crímenes?

—Don Miguel tiene una teoría —apuntó el abogado.

—Es tan solo una hipótesis, y no la única —precisó Unamuno, antes de contarle de forma razonada lo que le había explicado a Manuel Rivera camino de Boada.

—Desde luego, es una posibilidad. —Teresa asintió despacio.

—Por eso propongo que vigilemos esta noche la casa —decidió de pronto Unamuno.

—¡¿Esta noche, después de lo ocurrido?! —se alarmó Rivera.

—¿Y por qué no?

—Si quieren, yo los acompaño —se ofreció Teresa.

—No es necesario, y podría ser muy peligroso para usted —rechazó él.

—No más que para ustedes —objetó ella.

—Le ruego que no insista.

—Entonces, déjenme al menos que les preste mi revólver, aunque solo sea para defenderse en el caso de que se tropiecen con Juan Maldonado.

—¡¿Su revólver?! —se escandalizó Unamuno—. ¿Por qué lleva usted un arma?

Teresa barrió el aire con la mano en un gesto desenfadado.

—Porque a veces me muevo por lugares muy peligrosos y nunca se sabe lo que puede suceder, y menos a una mujer. ¿Ha disparado usted alguna vez?

—¡¿Por quién me toma?! Yo soy un belicoso pacifista, jamás utilizaría un arma ni defendería su uso —protestó Unamuno.

—Como usted quiera.

—Pero no he dicho que mi amigo también lo fuera —añadió don Miguel—; él sí que debe de saber disparar, pues hizo la instrucción militar. Pero ¿cómo se lo devolveremos?

—Cuando volvamos a encontrarnos por casualidad, que será pronto, pues ya hemos comprobado que existe.

Teresa sacó entonces un revólver de pequeño calibre de su bolso y se lo pasó por debajo de la mesa al abogado, que lo cogió con mucha prevención, como si temiera que lo fuese a morder.

Tan pronto comenzó a oscurecer, se despidieron de Teresa, que les deseó buena suerte, y se dirigieron campo a través y en silencio a la casa de los Maldonado. Una vez allí, eligieron para esconderse un anexo que había junto a las caballerizas. Desde un vano que había en la parte superior, podían ver uno de los lados y casi todo el frontal del edificio, en el que solo se apreciaban dos habitaciones iluminadas en la planta baja. El cielo estaba completamente despejado y dejaba ver la luna, lo que les facilitó un poco la tarea; por otra parte, no hacía demasiado frío para las fechas en las que estaban. Ni en la casa ni en los contornos inmediatos se oía nada.

—¿Y qué le ha parecido a usted Teresa? —inquirió Unamuno con voz muy queda, como si le avergonzara un poco preguntarlo.

—¿Y qué me va a parecer una mujer que va armada? Que es peligrosa y no es de fiar —sentenció el abogado.

—¿Usted cree? Le confieso que a mí cada día me parece más interesante.

—No, si ya se nota que le *in-teresa* —replicó Manuel Rivera remarcando la gracia—. ¿No se habrá usted encaprichado?

En el interior de la casa se oyó de pronto a la viuda de Enrique Maldonado reñir a voces a su hijo, que apenas rechistaba y, cuando lo hacía, era para disculparse o suplicar algo, como si fuera un niño malcriado.

—Lo que yo le comentaba. Debe de tenerlo absolutamente dominado —dijo en voz baja don Miguel.

Al cabo de un rato, Juan Maldonado abandonó el edificio dando un portazo y se marchó a toda prisa en el automóvil. El catedrático imaginó que iría a desahogarse a alguna parte. Poco después, vieron salir al capataz de su casa de forma sigilosa y dirigirse a la de su señora.

—¡Ahí está! —exclamó Unamuno sin poder reprimirse.

—Parece que tenía usted razón. Pero no ha contestado a mi pregunta.

—¿Que si me he encaprichado de Teresa?

—Eso mismo.

Unamuno hizo una pausa antes de explicarse.

—Sepa usted que yo soy monógamo y quiero mucho a mi esposa; su alegría pura ha sido siempre mi mayor escudo, por lo que jamás cometería una infidelidad. Nuestro matrimonio es fiel, grave, sobrio y con olor a casto, si me permite decirlo. Lo que siento por esa mujer es una curiosidad puramente intelectual o, si lo prefiere, una fascinación metafísica, que nada tiene que ver, por tanto, con lo físico ni con lo sensual —aclaró con tono didáctico.

—Si usted lo dice...

—Lo digo y lo corroboro, y no se hable más.

Unos minutos más tarde, salió el capataz en mangas de camisa y entró en un pequeño cobertizo que había en un lateral. Allí cogió un pico, una pala y un farol y se dirigió a la parte trasera del edificio. Tras dejar la luz en el suelo, se puso a cavar con gran determinación.

—Parece que va a desenterrar algo —apuntó el abogado.

—O tal vez a enterrarlo —indicó don Miguel—. Deberíamos acercarnos para comprobarlo.

Salieron de su escondrijo, se aproximaron al lugar al amparo de la oscuridad y se ocultaron detrás de unos árboles sin hacer ruido. Pasado un rato, Pedro Villar dejó las herramientas y entró en la casa. Al poco salió con algo pesado y alargado en los brazos; iba envuelto en una manta. Al llegar al hoyo, se puso de rodillas y lo depositó con cuidado en el fondo. Unamuno y Manuel Rivera intercambiaron algunas señas y se decidieron a actuar, convencidos de que la partida les estaba brindando un tercer cadáver.

—Levante usted bien las manos si no quiere que dispare —dijo el abogado apuntando al capataz con el arma.

—Se están ustedes equivocando —indicó este con tranquilidad al tiempo que alzaba los brazos.

—Lo hemos pillado en plena faena.

—Pero no es lo que ustedes se piensan.

—Ahora lo veremos.

Don Miguel se acercó con mucho cuidado al otro lado de la supuesta tumba y, tras agacharse, tiró de la manta hasta dejar al descubierto el cadáver de un mastín de gran tamaño.

—¿Qué significa esto? —preguntó Unamuno.

—Era el perro preferido del señor —se apresuró a contestar el capataz—. Desde que mataron a su dueño, dejó de comer y esta noche se murió de pena. La señora me ha pedido que lo entierre ya, pues no quería tenerlo ni un segundo más en la casa, dado que le trae a la mente el recuerdo de su marido.

—Lamentamos mucho haber irrumpido así; pensamos que se trataba de otra cosa —se disculpó Unamuno.

—Eso ya lo imagino. Pero ¿quiénes son ustedes para andar espiando a la gente honrada que acaba de sufrir una triste pérdida? Es una suerte para ustedes que el hijo no esté aquí, pues les tiene ganas —les advirtió el capataz.

—Estoy de acuerdo en que hemos obrado mal —reconoció don Miguel.

—Y tan mal.

—Si lo ve bien, quiero proponerle un acuerdo. Nosotros nos iremos y no volveremos a molestar más a su señora si usted nos promete que no va a seguirnos ni nos va a denunciar. ¿Qué le parece?

El capataz los miró de soslayo, como si estuviera sopesando la propuesta y no acabara de fiarse de ellos.

—De acuerdo, les doy mi palabra —les dijo por fin Villar—. Pero, si vuelvo a verlos por aquí, seré yo quien les apunte con un arma y a lo mejor se me dispara.

—Descuide, no volverá a pasar. Le pedimos disculpas por lo ocurrido. Ha sido un lamentable error.

—Está bien, lárguense de una vez.

Por el camino, el abogado comentó la suerte que habían tenido de haber salido bien parados del incidente, ya que les podía haber costado muy caro. Al fin y al cabo, habían entrado en una propiedad privada con un arma de fuego y habían amenazado con ella a una persona que no había hecho nada malo.

—Si ha aceptado el trato y nos ha dejado marcharnos sin más ni más es porque tiene algo que ocultar, no le quepa duda —apuntó Unamuno con desconfianza.

—Es posible, pero no seré yo quien vuelva allí para averiguarlo. ¡Menuda nochecita!

—Con razón el perro no ladraba —cayó en la cuenta don Miguel.

—Calle, no me lo recuerde —le rogó el abogado—. Y, por cierto, aquí tiene el arma de su amiga. Devuélvasela usted, que yo no quiero saber nada más de ella.

Unamuno guardó el revólver en uno de los bolsillos de su chaqueta sin decir nada, casi de forma inconsciente. Se le veía cansado y taciturno, como si todos los esfuerzos y desvelos de esos días se le hubieran venido encima de golpe.

Después de andar un buen rato a la luz de la luna, llegaron a la estación de La Fuente de San Esteban a tiempo de coger el tren de madrugada para regresar a Salamanca. Durante el viaje apenas pronunciaron palabra; estaban tan avergonzados que prefirieron echar una cabezada para no tener que hablar más del asunto.

# XIII

Para disgusto de doña Concha, ese domingo Unamuno se quedó en la cama hasta la hora de comer, lo que alteró mucho sus rutinas y sus planes para el día. Aunque pudo dormir, don Miguel se levantó con la sensación de haber tenido sueños muy agitados, que no quiso esforzarse en recordar para no tener que revivirlos, y un cierto malestar en el estómago. Cuando entró en la cocina en busca de un vaso de leche, su mujer lo miró de hito en hito con gesto de desaprobación.

—¡Mira qué cara! Si no fuera porque te conozco muy bien, pensaría que te entiendes con otra —le espetó doña Concha.

—¡Qué cosas tienes! —se limitó a decir don Miguel.

—¿Y qué quieres que piense si has andado casi toda la noche por ahí como un zascandil y en la víspera de Nochebuena? Cualquier día de estos me avisan de que te han dejado muerto en una zanja.

—¡Qué exagerada eres!

—Yo sé lo que me digo. En mala hora fuiste aquel día a Boada.

—En eso tienes razón.

Esa mañana apareció en *La Correspondencia de España* la réplica de Maeztu a su artículo; en ella insistía en los mismos argumentos sin darse por enterado de lo sucedido en el pueblo en los últimos días. Durante la comida, Unamuno le recordó a su mujer lo importante que era para él descubrir a los responsables de los asesinatos, pues de ello dependían la vida y la dignidad de varios inocentes. Y, si no los investigaban ellos, nadie más iba a hacerlo, de eso estaba convencido. En todo caso, le aseguró que, a partir de ese día, iría con mucho más cuidado y no pasaría más noches fuera de casa.

Por la tarde, don Miguel recibió la visita de Manuel Rivera, que estaba un poco alborotado, pues acababa de enterarse de que la noche anterior, cuando ellos estaban en la finca de marras, el antiguo novio de Amalia Yeltes había tratado de matar a Juan Maldonado con un cuchillo de cocina en un prostíbulo de Salamanca. La víctima había tenido suerte y salido ilesa, mientras que el agresor había sido detenido e ingresado de inmediato en la Prisión Provincial, acusado de intento de homicidio.

—Pero ¿qué está pasando aquí? ¿Es que todo el mundo se ha vuelto loco? —exclamó Unamuno con semblante asombrado.

—No lo sé; este caso se está complicando mucho —observó el abogado con preocupación.

—Y, si no descubrimos algo pronto, se nos va a ir de las manos, ya lo verá.

—De momento, deberíamos acercarnos a la cárcel. Andrés Zamarreño también va a necesitar un abogado.

En la puerta de la prisión, se encontraron con una anciana vestida de negro que lloraba de forma desconsolada ante la mirada impasible del guardia que estaba en la garita. Según les dijo la mujer, era la madre de Zamarreño. Con gesto suplicante, les rogó que se ocuparan de él, que era una buena persona y nunca le causaría daño a nadie, ni siquiera a su peor enemigo, que alguien lo tenía que haber embaucado para que lo llevara a cabo. Ellos trataron de confortarla y le prometieron que harían todo lo que pudieran para que saliera libre.

En la recepción de la cárcel, Manuel Rivera dijo ser el abogado de Andrés Zamarreño y presentó a don Miguel como su asistente. Después de identificarse, los pasaron a un locutorio. Al poco rato apareció el detenido. Parecía estar destrozado, como si llevara varias noches sin comer ni dormir. Le preguntaron qué había ocurrido y por qué lo había hecho, y él respondió que no recordaba nada, que en aquel momento estaba lleno de rabia y que solo sabía que quería vengar la muerte de Amalia, ya que el poco tiempo que había estado con ella había sido lo mejor que le había pasado en la vida. Y que Enrique Maldonado se lo había arrebatado todo —«¡todo!», repitió—. Por eso había querido acabar con el hijo, al que encontró por casualidad a la salida de uno de los burdeles que frecuentaba, para que se reencontrara en el infierno con su padre y este fuera consciente de lo que había provocado.

—Entiendo sus sentimientos. Mas el hijo no tiene la culpa de los pecados del padre —objetó Unamuno.

—Estoy seguro de que, en este caso, eran tal para cual y los dos unos hijos de Satanás —replicó Andrés.

—Aunque así fuera; eso no le da a usted derecho a matarlo —intervino Rivera.

—Ojalá lo hubiera consumado; así mi vida habría merecido la pena. Pero no valgo para nada, ni siquiera para apuñalar a un malnacido —se lamentó el preso.

—¿Fue un arrebato suyo o alguien le dio la idea?

—¿Qué insinúa?

—Le pregunto que si alguien le sugirió que lo hiciera.

—Claro que fue idea mía. ¿No querrá quitarme también eso? —se ofendió—. Me faltó valor y determinación. Eso es todo.

Manuel Rivera le aconsejó que no hablara con nadie del asunto si no era en su presencia y Andrés pareció entenderlo.

—Díganle a mi madre, si la ven, que me perdone por haberle estropeado la Nochebuena y que la quiero mucho —les rogó el joven antes de que se fueran.

Cuando salieron del penal, la madre no estaba. Al ver la hora que era, Unamuno le dijo a Manuel Rivera que ya bastaba por ese día, que lo mejor sería irse a casa para celebrar la Nochebuena con la familia.

—Por suerte, mañana no hay periódicos y podremos descansar en paz —añadió con alivio.

—Por cierto, ¿ha visto usted con calma la prensa de estos últimos días?

—Esta mañana tan solo he leído el artículo de Maeztu y preferiría no haberlo hecho. La verdad es que apenas he tenido tiempo con tanto trajín. No se puede estar en misa y repicando —se justificó don Miguel.

—Yo tampoco, pero hoy, antes de encontrarme con usted, me he desquitado en el casino. En varios diarios, hablan de las pesquisas sobre el crimen de Boada que está llevando a cabo un tal Miguel de Unamuno. Hay unos que las aplauden y otros que las critican y hasta las ridiculizan; incluso hay uno que publica una caricatura en la que usted aparece ataviado como un detective llamado Sherlock Holmes, buscando pistas con una lupa y acompañado de su fiel escudero, el abogado Rivera. «Con tal de que se hable de él, es capaz de cualquier cosa», rezaba el pie de imagen, ¿qué le parece?

—Mientras escriban bien mi nombre, que digan de mí lo que quieran —confesó Unamuno con una leve sonrisa—. En este caso, no es que me agrade lo que comentan, pero podría ser peor. De todas formas, estoy acostumbrado.

—¿Y usted sabe quién es ese tal Sherlock Holmes con el que lo comparan? ¿Es acaso el mismo al que aludió usted hace unos días cuando me propuso que investigáramos el caso? —quiso saber el abogado.

—Así es. Por lo que tengo entendido, se trata de un célebre detective de ficción que siempre resuelve de forma brillante los casos a los que se enfrenta, y no como nosotros, gracias a su gran capacidad de deducción y de observación y a la inestimable ayuda de un tal doctor Watson, su homólogo, solo que, en lugar de abogado penalista, él es médico cirujano —le informó don Miguel.

—Entonces ¿no estamos hablando de una persona real? —quiso saber Manuel Rivera, intrigado.

—Yo no diría tanto; sepa usted que, para mí, los personajes de ficción pueden ser tan reales como sus propios creadores, o más; lo que quiero decir es que están más vivos, son más eternos. Don Quijote, por ejemplo, es más real que Cervantes; Hamlet, que Shakespeare; Sherlock Holmes, que Conan Doyle, y, por supuesto, don Avito Carrascal, que yo mismo —explicó don Miguel—. Dejando eso al margen, debo añadir que Holmes utiliza solo la razón y los conocimientos científicos para resolver sus casos. Por eso puede resultar un tanto frío; no tiene sentimientos, y, cuando lo asaltan, los adormece con la cocaína.

—¿Y no tiene previsto, por casualidad, escribir una novela sobre el caso que nos traemos entre manos? Porque sería la única manera de asegurar mi inmortalidad —bromeó el abogado.

—Ni por todo el oro del mundo. Eso lo dejo para usted, mi querido Watson. Yo tengo otras cosas más interesantes que escribir.

—Y, si tales relatos no son importantes, ¿por qué los lee?

—¿Y quién le ha dicho que yo los leo? Sepa que eso jamás lo admitiré en público. Y usted tampoco puede contarlo. Apelo para ello a la confidencialidad entre abogado y cliente, o ayudante, más bien, en este trance.

—Tomo nota —concedió el abogado siguiéndole el juego.

Al llegar a uno de los arcos de entrada a la plaza Mayor, se desearon una feliz Nochebuena y se despidieron estrechándose la mano, como dos amigos que se conocieran desde hacía tiempo.

Cuando estaba a punto de apretar el paso para cruzarla, Unamuno pudo ver a Teresa a través de una de las cristaleras del Novelty, un café recién inaugurado que daba a los soportales del ala norte, la del ayuntamiento. Estaba leyendo un libro en uno de los veladores de mármol situados cerca de la puerta. Don Miguel dudó si llamar su atención repiqueteando con los dedos en el cristal o seguir su camino como si no la hubiera visto. Pero, antes de que se decidiera, Teresa levantó la vista de la página y lo descubrió, inmóvil como un pasmarote delante de ella. Al ver que Unamuno no se movía, le hizo señas para que entrara y se sentara unos minutos.

—Si usted quiere, lo invitó a un café —le propuso la mujer en cuanto él se situó a su lado.

—Me vendrá bien para mantenerme despierto esta noche durante la cena —aceptó don Miguel.

Mientras se sentaba, descubrió que el libro que ella estaba leyendo era su novela *Amor y pedagogía* y eso lo emocionó, y no solo por ver satisfecha su vanidad, también por otros motivos más inconfesables.

—La compré ayer en la librería de Núñez. Hasta ahora tan solo me habían interesado sus ensayos y artículos —le explicó Teresa.

—¿Y qué le está pareciendo?

—La verdad es que acabo de empezar, ya le comentaré. Ahora cuénteme usted qué pasó anoche.

Unamuno, algo frustrado, le refirió lo sucedido en la casa de los Maldonado y ella se echó a reír con ganas, con esa risa suya tan contagiosa y que tanto alegraba siempre a don Miguel.

—Al final les vino bien mi revólver.

—Visto cómo acabó la cosa, ni lo necesitamos para salvar la vida ni nos ayudó a librarnos del ridículo. Más bien diría que fue un tiro en el pie —comentó con humor el catedrático metido a detective.

Hablaron asimismo del ataque contra Juan Maldonado por parte de Andrés Zamarreño.

—Es una pena que no lograra su objetivo. Hay personas con muy mala suerte —comentó Teresa con pesar.

—¿No tendrá usted alguna relación con eso?

—¡Claro que no! ¿Por qué lo dice?

—Porque usted me dijo que lo conocía y porque estoy seguro de que a él nunca se le habría ocurrido dar semejante paso sin que alguien lo incitara a ello.

—Hay que ver qué mal concepto tiene usted de mí. El pobre debía de estar muy dolido y enfadado cuando hizo eso. Yo le aseguro que no hablé con él. No me gusta aprovecharme de los demás —añadió con cierto enfado.

—Está bien, dejémoslo —concedió don Miguel.

—Antes de que se me olvide, quiero decirle que tengo una cosa para usted —anunció Teresa—, aunque no sé si debería dársela tras ver cómo me trata.

—¡¿Para mí?!

—Ande, tome. —Le tendió un sobre de gran tamaño que sacó del bolso—. Pero ábralo mañana tranquilamente en su casa.

Aunque sentía una gran curiosidad, Unamuno lo dobló con cuidado por la mitad y lo metió en uno de los bolsillos exteriores de su chaqueta.

—Tengo que irme —anunció de pronto.

—Sí, es tarde. Déjeme que lo acompañe un rato.

Cuando salieron, estaba empezando a nevar y Unamuno echó de menos la calidez de su sombrero de fieltro, perdido en algún vericueto del páramo salmantino. Sin él, se sentía desprotegido e incómodo; era una sensación extraña, como si le faltara algo. Y los demás sombreros que poseía no terminaban de agradarle, habituado como estaba al otro. Al final tendría que comprarse uno, pero no iba a ser igual. Esto le hizo pensar en cómo el ser humano se aferra a la costumbre y se resiste al cambio, lo mismo en las cosas más insignificantes de la vida diaria que en lo verdaderamente esencial. «Lo nuevo nos asusta y nos descoloca», se dijo para sí.

En la plaza, ya solo quedaban algunos rezagados que la atravesaban a toda prisa rumbo a sus casas. Mientras se subía el cuello del abrigo para guarecerse del aire frío de la noche, Teresa echó un vistazo a su alrededor.

—Vive usted en una ciudad muy hermosa —comentó.

—Así es. Lo peor son algunos salmantinos —bromeó Unamuno—. Pero lo dice como si le fuera ajena... ¿Acaso esta ciudad no es la suya? —Acababa de darse cuenta de que no sabía nada de Teresa, ni siquiera de dónde era. ¿De algún otro lugar de la provincia de Salamanca? ¿De fuera?

Por toda respuesta, ella se encogió de hombros. O quizá tan solo se arrebujaba en el abrigo a causa del frío.

—¿Dónde va a pasar la noche? —insistió don Miguel—. De buena gana la invitaría a mi casa, pero no creo que a Concha le fuera a gustar, más que nada porque a mi mujer no le agradan las sorpresas.

—Se lo agradezco, no se preocupe. En realidad, esta noche es para mí como cualquier otra, por lo que no suelo santificarla. Me dormiré leyendo su novela —añadió ella con una sonrisa.

Se despidieron al comienzo de la Rúa Mayor con un rápido abrazo, apenas un roce.

—Feliz Navidad, don Miguel —le deseó Teresa.

—Que disfrute de la lectura —exclamó él.


Al poco de separarse, Unamuno observó que alguien lo seguía bajo la nieve a cierta distancia. Pero esta vez no se asustó. Pensó que se trataba de Teresa, que quería gastarle una broma. De modo que se escondió en un portal que había poco antes de la Casa de las Conchas. Cuando los pasos llegaron a su altura, se asomó de repente para sorprenderla y se dio de bruces con un hombre ceñudo y corpulento. Este lo agarró con fuerza por las solapas y lo empujó sin miramientos contra la fría pared de piedra.

—¿Quién es usted? —preguntó don Miguel aterrado.

—Le recomiendo que deje de meter las narices donde no lo llaman —soltó el desconocido con voz cavernosa.

—¿Qué quiere decir?

—No se haga el tonto conmigo, señor catedrático; sabe de sobra de lo que le estoy hablando.

—No soy tan listo, no se crea —dejó caer Unamuno.

—Si sigue haciéndose el gracioso y jugando a detective, no verá el nuevo año, se lo garantizo.

—Entonces ¿qué debo hacer? —preguntó don Miguel.

—Nada, absolutamente nada. De eso se trata, de que se esté quietecito y sin decir ni mu —sentenció el hombre antes de irse por donde había llegado.

# XIV

*Salamanca, domingo 24 y lunes 25 de diciembre*

Unamuno entró en su casa muy agitado. El corazón le latía muy deprisa y le temblaban las piernas y las manos, por no hablar del sudor frío que notó en las axilas y en la nuca. Cuando doña Concha lo vio, lo miró con gesto preocupado, como una madre que acabara de descubrir que su hijo pequeño tiene mucha fiebre.

—Estás muy pálido. ¿Ha pasado algo? —le preguntó.

—Nada, que está nevando en la calle y, además, he venido corriendo porque se hacía tarde. Me entretuve con unos amigos en el casino, ya sabes —mintió piadosamente don Miguel.

Varios de sus hijos acudieron también a recibirlo al pasillo y él les pidió que fueran a ayudar a su madre, pues no quería que lo contemplaran en ese estado.

Tras quitarse los zapatos, fríos y húmedos, y ponerse las zapatillas, se dirigió al estudio con la intención de ver qué había en el sobre. Estaba como un niño en la mañana de Reyes. Pensó que podía tratarse de un regalo navideño de Teresa y no quería esperar más tiempo para abrirlo. Cuando rasgó el sobre y le echó un vistazo al contenido, un gesto de decepción se dibujó en su rostro. Se trataba de unos papeles, concretamente de varias cartas y documentos que daban cuenta de las turbias relaciones económicas entre Daniel Llorente y Enrique Maldonado, que, más que socios, parecían ser cómplices de diversos delitos, aunque tuvieran luego sus diferencias. Entre las misivas había una en la que el primero acusaba al segundo de haberle hecho perder una gran suma de dinero por no haberse atenido a lo que habían pactado previamente. En verdad, esos papeles eran un buen regalo, pero de una índole muy distinta a la que Unamuno habría deseado.

Antes de ir a cenar con su familia, los escondió en el doble fondo del archivador, donde había guardado también el revólver de Teresa, que, al verlo ahora, le resultó muy inquietante, como si se hubiera infiltrado el enemigo en casa. ¡Cuántos secretos se habían acumulado ya en tan poco espacio! ¡Cómo había podido permitirlo! Tenía que andarse con más cuidado.

Mientras recorría el pasillo que llevaba hasta el comedor intentó cambiar su semblante triste y agobiado por uno más jovial y despreocupado, como correspondía a la celebración de esa noche. De la cocina le llegaron olores que lo trasladaron de inmediato a su infancia en Bilbao: berza cocida, bacalao, por ser vigilia, y compota de manzana y castaña; y eso lo confortó. Luego vio a su mujer y a sus hijos sentados a la mesa y pensó en la inmensa suerte que tenía. Gracias a la alegría de su familia, logró olvidar los problemas, miedos y zozobras de las últimas jornadas. Todo eso tenía que acabar de una vez. Tan pronto resolviera el caso, volvería para siempre al refugio de su hogar y de sus escritos. Doña Concha tenía razón. Ojalá no hubiera leído aquel periódico de hacía dos semanas.

Durante la cena, Unamuno se puso al día de todo lo que concernía a sus hijos: las novedades escolares, lo que en ese tiempo estaban aprendiendo en clase, sus pequeñas disputas, las caídas y accidentes en el patio, las nuevas amistades... Fernando le contó a don Miguel que había descubierto que le gustaba mucho dibujar, sobre todo edificios y puentes, y doña Concha comentó que en eso había salido a su padre, al que se le daba muy bien hacer trazos.

Unamuno se sentía muy orgulloso de sus vástagos, aunque estos lo obligaran a trabajar más de la cuenta, pues eran siete bocas a las que había que alimentar, para lo que no bastaba con su sueldo de catedrático y rector. Esto hacía que tuviera que escribir muchos artículos y hacer numerosas cuentas. En ese año apenas había sacado dos mil pesetas de sus libros, y de ellas más de setecientas provenían de su *Vida de don Quijote y Sancho*, publicado unos meses antes con relativo éxito. Y aun así seguía en sus trece de no querer «acuñar su alma», como él decía, o enfocar las letras por el lado del negocio. De modo que, si conseguía llegar a final de mes, se debía a que era sobrio y austero y se privaba de mil cosas gracias a lo que él llamaba sus «instintos casi puritanescos». No bebía alcohol, no fumaba, comía poco y no usaba abrigo. Además, hacía dos años que casi no compraba libros; también era muy parco en viajes, pues costaban más de lo que su economía podía soportar. Y ya no hablemos de otros gastos superfluos, como un sombrero nuevo.

Después de recoger la mesa y acostar a los niños, don Miguel le propuso a su mujer ir a la misa del gallo en la catedral, dado que la tenían muy cerca de casa. Doña Concha lo miró sorprendida y agradecida y le dijo que en un minuto estaría lista. Aunque se sentía muy distante de la liturgia católica, don Miguel acostumbraba a pensar que los viejos ritos, por muy vacíos de contenido que estuvieran, tal vez pudieran ayudarlo a recobrar la fe perdida, la fe ingenua y candorosa de cuando era niño allá en Bilbao, aunque solo fuera por unas horas, tampoco pedía más. «Condúcete como si creyeras y acabarás creyendo. Al rezar reconozco con el corazón a mi Dios, que con mi razón niego», solía decir.

En la calle estaba nevando mansamente. Cuando entraron en el templo, se pusieron en un lugar algo apartado, en las últimas filas. En las primeras creyó distinguir al gobernador civil y al militar, al alcalde y demás ediles, al presidente de la Diputación, a algunos diputados y senadores de la provincia, al teniente coronel de la comandancia de la Guardia Civil, a algunos catedráticos de la Universidad y a varios ganaderos, empresarios y potentados salmantinos. Todos ellos bien cenados y trajeados y acompañados de sus respectivas esposas, que para ellos eran como un complemento más, celebrando y conmemorando el nacimiento de Cristo en un portal, mientras varias decenas de inocentes pasaban frío en la cárcel, lejos de sus casas, sin el consuelo ni el calor de sus parientes, a la espera de que la Justicia descargara sobre ellos todo el peso de la ley.

Él también estaba en la catedral, pero nada tenía que ver con los otros. Aunque en ese momento fuera rector, no pertenecía a esa casta de privilegiados. Unamuno era un solitario, un espíritu libre, un independiente. Sentado ya en el banco corrido, pensó en Teresa, que todavía estaría en la cama leyendo su novela, tal vez acordándose de su autor, menos real que sus personajes. Una mujer libre, que sabía valerse por sí sola y vivir a la intemperie, aunque para ello tuviera que llevar consigo un revólver. Don Miguel la admiraba mucho; era posible que también se sintiera atraído por ella, no lo iba a negar, pero eso no era lo más importante. Su fascinación iba mucho más allá de lo meramente sensual o, al menos, eso era lo que él imaginaba.

A su izquierda, tres filas por delante, descubrió sin buscarlo al rico propietario Daniel Llorente y sintió que el estómago le daba un vuelco, tal vez porque había cenado más de la cuenta y ahora lo acusaba. No lo había visto antes, ya que lo tapaba una de las columnas de la nave central. Don Miguel adelantó un poco la cabeza para contemplarlo bien y el otro debió de advertirlo porque se giró un poco y sus miradas se encontraron durante un instante, sin que ninguno de los dos hiciera amago de saludar.

Justo entonces el sacerdote llamó a los feligreses para que fueran a comulgar. Uno de los primeros en ponerse en pie fue Daniel Llorente, como si con ello quisiera demostrar que tenía la conciencia tranquila y estaba libre de culpa y, por lo tanto, en gracia de Dios. Tras recibir en la boca la sagrada forma, se dio la vuelta y comenzó a caminar hacia su banco por el pasillo central. Sin pensárselo dos veces, don Miguel se levantó para salirle al paso. Cuando estaban a punto de cruzarse, se inclinó hacia el terrateniente y le dijo al oído:

—Sé que ha sido usted. También sé a lo que se dedica. Y quiero que tenga claro que no me dan miedo su poder ni sus matones y secuaces.

—Pero ¿qué le pasa? Es usted un hereje y un blasfemo. Ni siquiera respeta lo más sagrado —le soltó Daniel Llorente.

—Lo más sagrado es la vida y la dignidad humanas —le recordó Unamuno reanudando su marcha.

Una vez que llegó al crucero, giró a la derecha y regresó a su banco por uno de los pasillos laterales.

—¿Qué te pasa? Pareces distraído. ¿Por qué no has ido a comulgar? —se extrañó doña Concha.

—Porque acabo de darme cuenta de que no me había confesado.

—¡Vaya por Dios, ni que fuera la primera vez! —exclamó ella—. ¿Y quién era ese hombre al que saludaste?

—Un canalla que, por mucho que comulgue, jamás tendrá la conciencia tranquila.

—¿Y eso tú cómo lo sabes?

—Porque tiene la mirada llena de rabia y codicia.

Cuando el cura les dio su permiso, los asistentes se fueron en paz. En la calle, seguía nevando de forma persistente, lo mismo sobre los justos que sobre los injustos, porque la nieve no hacía distingos, los cubría a todos por igual con su manto de aparente inocencia. Antes de cruzar al otro lado, Unamuno agarró del brazo a su mujer, no solo para que no resbalara, sino también para sentirse arropado en esa noche fría e inhóspita, como debió de ser aquella en la que, según predicaba la tradición bíblica, nació un tal Jesús, un personaje seguramente ficticio, aunque, para muchos, más real que el propio Dios, su padre y creador.

El día de Navidad se habría quedado con gusto en la cama, bajo las cobijas, hasta la hora de comer. No había nada en el mundo como ese calorcito que se desprendía de las sábanas en una mañana de invierno, y más si estaba uno acompañado de la persona amada. Pero sus hijos fueron a su dormitorio a eso de las nueve para decirles que la nieve había cuajado y todo en la calle estaba teñido de blanco, y que por qué no salían para jugar con ella, y don Miguel, claro, no se hizo rogar, pues había decidido que, por primera vez en mucho tiempo, ese día se lo dedicaría enteramente a sus niños, con los que se entendía muy bien, sin escribir ni leer ni una sola línea.

Tan pronto desayunaron y se abrigaron convenientemente, don Miguel y cinco de sus hijos —todos menos Rafael y la pequeña María, que apenas tenía tres añitos— bajaron al patio de Escuelas y juntos moldearon un muñeco de nieve delante de la estatua de fray Luis, que los miraba con cierta envidia desde su frío pedestal, enjaulado tras una verja de hierro. Cuando lo terminaron, le pusieron una vieja gorra, una bufanda, una zanahoria y unos botones a modo de ojos.

—Mirad, se parece a papá —bromeó Fernando, el mayor, y los demás se rieron a carcajadas.

Luego jugaron a lanzarse bolas de nieve los unos a los otros, mientras don Miguel contemplaba la fachada del Estudio. Nunca antes la había visto bajo esa luz tan espectral, que la hacía más bella y sorprendente que de costumbre, como si fuera una creación de la naturaleza y no una obra humana, una especie de jardín de piedra y no un retablo propagandístico del imperio de Carlos V y del papel que la Universidad debía desempeñar en él.

Cuando bajó la vista, vio que un hombre corpulento con un sombrero de fieltro y un abrigo largo se había parado junto a su hija Felisa, que tenía seis años, y no dejaba de mirarla mientras se fumaba un cigarrillo con demasiada parsimonia. Al poco rato, arrojó la colilla al suelo y se agachó para comentarle algo a la pequeña. Esta le contestó de forma escueta y señaló con la mano derecha hacia don Miguel, que se sobresaltó.

—Eh, oiga, ¿quién es usted? ¿Qué es lo que quiere? —le gritó al hombre.

Al ver que Unamuno lo increpaba, el desconocido dio media vuelta y comenzó a andar a toda prisa por la calle de Libreros en dirección al río. Don Miguel dudó si salir tras él, y al final optó por quedarse con sus hijos.

—¿Qué te ha dicho? —le preguntó a Felisa.

—Que si tú eras mi papá —contestó ella con naturalidad.

Unamuno llamó entonces al resto de sus polluelos y les dijo que volvieran a casa. Algunos de ellos se resistieron, pero su padre insistió de forma imperiosa. Una vez dentro, doña Concha le preguntó si había pasado algo.

—Un extraño se acercó a Felisa y tuve un mal presentimiento —le confesó.

—¿Y no serán cosas tuyas?

—Claro que no —rechazó don Miguel—. Tengo la impresión de que os estoy poniendo en peligro.

—¿A qué te refieres?

—A que creo que me estoy enredando con gente muy peligrosa.

—¿De qué gente hablas? ¿Qué me quieres decir? —se alarmó doña Concha.

—Aún no lo sé. Mientras lo averiguo, deberías irte con los niños a Guernica para pasar unos días con tu familia; me temo que aquí no estáis seguros.

Ella negó con la cabeza.

—¿Cómo vamos a irnos ahora? Así, de repente, sin haber preparado nada y sin avisar.

—Puede que haya exagerado un poco —concedió Unamuno—. Pero, por si acaso, tenemos que ir preparándonos para ello.

—Lo que tienes que hacer tú es dejar esas pesquisas que tanto daño nos están causando —replicó su mujer.

—No creas que no lo he pensado. —Se acercó a ella y le estrechó el hombro en un gesto cariñoso—. Si te parece, mañana lo hablamos con calma. Hoy quiero aprovechar para estar con los niños, como había planeado.

Ese día jugó con ellos a la pelota, les leyó algunos cuentos, les hizo gorros y pajaritas de papel con mucha destreza, los ayudó a preparar una función de teatro con marionetas, montó a los más pequeños a caballito, se escondió en la despensa para darles un susto —lo que le trajo malos recuerdos—, e incluso saltó a la comba con gran ligereza para regocijo de todos. Cuando se fue a la cama, estaba tan exhausto que se quedó dormido antes de que doña Concha le diera las buenas noches.

# XV

*Salamanca, martes 26 de diciembre*

Suele decirse que tras la tempestad viene la calma, pero lo cierto es que con frecuencia la calma no es más que un preludio de la tempestad. Como bien había dicho Rivera, una de las principales bendiciones de la fiesta de Navidad era que ese día no había periódicos y, por lo tanto, tampoco malas noticias. Por desgracia para don Miguel, el 26 sí que los hubo. Uno de ellos lo acusaba en primera plana de haber puesto en la diana a Juan Maldonado, como ya había hecho en su momento con el padre, «ese gran filántropo salmantino al que unos salvajes sin escrúpulos asesinaron tal vez instigados por el célebre escritor». En el artículo se dejaba entrever que el rector podría haber inducido también a Andrés Zamarreño para que asesinara a Juan Maldonado y, al igual que había ocurrido con el otro caso, el abogado Manuel Rivera, asesorado por el propio Unamuno, se iba a encargar de la defensa del sospechoso. Asimismo, el autor del libelo culpaba al catedrático de estar hostigando a la viuda del terrateniente y ganadero, Ana Juanes, y terminaba con este párrafo lleno de rencor:

> *¿A qué viene toda esa inquina contra esa excelente familia? ¿Acaso Unamuno tiene algo contra los ricos propietarios y las familias honradas? Eso explicaría que últimamente se le haya visto en malas compañías, nada menos que con una activista anarquista sospechosa de haber participado en varios atentados. Pero lo peor de todo es que este mismo individuo es el rector a quien el Gobierno viene,*

*desde hace cinco años, encomendando el futuro de la Universidad de Salamanca y la educación superior de nuestros hijos. Parece mentira que hace apenas unos meses el rey Alfonso XIII le otorgara la Gran Cruz de Alfonso XII, a él, que es un antipatriota y un hereje que no respeta nuestras tradiciones ni nuestras más arraigadas creencias. Así que no es de extrañar que el señor obispo y otras personalidades de la ciudad hayan solicitado con firmeza su cese inmediato como rector y la retirada de la mencionada condecoración.*

—¡Lo que me faltaba! —exclamó en voz alta don Miguel, después de acabar el artículo—. Se ve que el mal no descansa ni siquiera en Navidad. Pero, si se han pensado que voy a dejar la partida, están muy equivocados. Por mí pueden quitarme la condecoración cuando quieran.

Aunque sus enemigos fueran legión, Unamuno estaba convencido de que detrás de esa operación de desprestigio andaba la mano negra y poderosa de Daniel Llorente. Se preguntó si esta alcanzaría también a manchar la reputación de Teresa solo por hacerle a él daño —pues daba por hecho que a ella se referían al hablar de esa peligrosa anarquista—, o si habría algo de verdad en eso. En todo caso y como suele suceder, las desgracias nunca llegan solas, sino por parejas, como los agentes de la Guardia Civil, y en este caso la siguiente no se hizo esperar. A eso del mediodía, el gobernador lo convocó urgentemente a su despacho oficial a través de un ujier.

Como Unamuno ya se había imaginado, Pablo Aparicio estaba que trinaba detrás de su mesa de caoba abarrotada de expedientes polvorientos, plumas estilográficas y absurdos pisapapeles de bronce.

—Supongo que habrá visto el artículo —le soltó sin haberlo saludado.

—Dudo que a estas alturas haya alguien que no lo haya leído —se limitó a decir don Miguel.

—Se lo advertí la semana pasada: le dije que, si no dejaba usted de interferir en la labor de la Guardia Civil y de la Justicia, me vería obligado a tomar medidas y no pienso repetírselo. Todo esto tiene que terminar.

—Eso creo yo también.

—Le ordeno, en nombre del Gobierno de España, que abandone de inmediato las investigaciones y también las malas compañías con las que anda, si no quiere llevarse un disgusto.

—¿A qué malas compañías se refiere? ¿A Daniel Llorente y a la familia Maldonado? —preguntó Unamuno con ironía.

—No me sea usted cínico. Me refiero a esa mujer con la que se ve de cuando en cuando.

—¡¿Acaso me espía?! —exclamó don Miguel, sorprendido.

—No me hace falta. Como usted ha dicho, todo el mundo lo sabe, ya que viene en el periódico. ¿Tan poco le importa lo que pueda pensar de usted la ciudad? ¿Acaso se siente por encima del bien y del mal? Y conste que estamos hablando de una mujer con antecedentes penales por desórdenes públicos, sospechosa, además, de haber participado en algún que otro atentado —apuntó el gobernador.

—A mí me contó que era amiga de varios vecinos de Boada.

—No sé qué le habrá dicho ella exactamente, pero sabemos que se llama Teresa Maragall López y es una conocida anarquista de Barcelona que se trasladó hace unos meses a Valladolid, probablemente huyendo de algo o con la intención de montar alguna huelga allí, vaya usted a saber —le informó Aparicio—. Llevaba ya varios días en Salamanca cuando don Enrique Maldonado fue asesinado; lo sé porque la teníamos bajo vigilancia, como no podía ser de otro modo. Si esa mujer lo engatusó y se hizo amiga de usted es porque quería saber qué era lo que averiguaba sobre el crimen de Boada y tal vez orientar sus pesquisas en

139

una determinada dirección, para que así ella quedara libre de toda sospecha.

—¡No es posible! —exclamó don Miguel con incredulidad.

—¡Y tanto que lo es! Estas cosas pasan cuando uno se mete donde no lo llaman. Usted se considera tan inteligente y superior que cree que nada se le escapa y que puede resolver cualquier cosa a la que se enfrente. Pero no es así. Para pesquisar hay que tener mucho olfato y una gran formación y una probada moralidad, y usted carece de las tres cosas. De modo que ocúpese de sus asuntos de una vez y deje que la Guardia Civil y la Justicia hagan su trabajo, que para eso están. Y, sobre todo, cuídese de determinadas compañías, que no tiene usted edad para devaneos ni su condición de rector y catedrático se lo permiten.

Unamuno trató de protestar, de precisar, de poner los puntos sobre las íes. Pero el gobernador no lo quiso dejar hablar, y, al ver que el catedrático persistía en sus ideas, lo amenazó con pedir que lo expedientaran e, incluso, con solicitar al Ministerio de Instrucción Pública y Bellas Artes que le quitaran de una vez el cargo de rector, lo que supondría una gran mancha en su carrera académica, y a nadie iba a extrañarle semejante medida; de hecho, aseveró, la reclamaba casi toda la ciudad.

—¡Hasta usted mismo parece pedirlo a gritos! Así que ya sabe lo que tiene que hacer. Y no se crea que porque ahora esté de vacaciones y no tenga clases va a poder dedicarse a lo que le dé a usted la gana. Tenga claro que lo estaré controlando —concluyó el gobernador.

—¿Y qué va a pasar con las pesquisas del caso?

—La comandancia de la Guardia Civil de Salamanca ha dado orden de que se investiguen todas las posibilidades, por eso no se preocupe. Se hará justicia, no lo dude; somos un país serio —insistió antes de dar por zanjada la reunión y volver a sus papeles.

Unamuno regresó a casa muy confuso y contrariado, como sumido en una densa y pegajosa niebla, pero, por otra parte, aliviado, pues ya no tenía que resolver sobre la conveniencia de seguir o no con el caso. Alguien había tomado la decisión por él de forma irrevocable.

Esa noche, mientras cenaban, Unamuno se lo contó a su mujer con tono pesaroso. Ella lo escuchó sin interrumpirlo, pero, tan pronto terminó, no pudo evitar decirle lo que opinaba de todo aquello y lo feliz que estaba de que la cosa hubiera acabado, si es que en efecto era así, que no las tenía todas consigo.

—Yo solo quise ayudar a los vecinos de Boada, pues no me parecía justo lo que les estaba pasando y, además, me sentía responsable —razonó él.

—De acuerdo. Pero ¿quién te mandaba a ti meterte en camisas de once varas? Mira que te lo tengo dicho: zapatero a tus zapatos. Pero tú, erre que erre, dale que te pego, vuelta la burra al trigo...

—¡¿Tú te estás oyendo?! —exclamó don Miguel escandalizado—. Hablas como si fueras Sancho Panza, embutiendo refranes y frases hechas sin ton ni son en cada cosa que sueltas. Que uno de vez en cuando está muy bien y hasta se agradece, pero tantos, así de golpe, cansan.

—Y tú te comportas como si fueras un quijote de tres al cuarto, peor que don Quijote, pues él al menos estaba loco, pero tú eres una persona muy inteligente e instruida, nada menos que el rector de la Universidad de Salamanca. Y, sin embargo, no haces más que tonterías, que, de tan bueno que eres, acabas siendo cómplice del mal que quieres combatir o dejándote manejar por él, hasta el punto de que a veces pienso que, en algunos aspectos, pareces un orate —replicó doña Concha.

—Yo también tengo esa impresión, no te creas —confesó de pronto don Miguel.

—Menos mal que lo reconoces.

—Lo cierto es que muestras mucha razón en lo que dices, para qué me voy a engañar, pero, por suerte o por desgracia, la cosa se acabó.

—A ver si es verdad. Supongo que, en ese caso, ya no hará falta que nos vayamos a Guernica —quiso saber doña Concha.

—Eso imagino, pues esa gentuza ya no tendrá nada que temer en lo que a mí respecta.

—En cuanto a esa mujer, no quiero que vuelvas a verte con ella, ¿me has entendido? Que no me entere yo, hasta ahí podíamos llegar —le advirtió su esposa.

—Con esa mujer no ha habido nada más que un intercambio de información —aseguró don Miguel.

—De todas formas, lo mejor es que te mantengas a distancia para evitar la tentación, que ojos que no ven, corazón que no siente.

—¡Y dale!


Por la tarde, Unamuno quedó con el abogado en el casino para hablar del asunto y desahogarse un poco. Allí pudo sentir, una vez más, cómo los otros socios le hacían el vacío y murmuraban a su paso. La mayoría debía de considerarlo un traidor a su clase y un enemigo de la gente de orden, por no hablar de las burlas que hacían de sus supuestos escarceos amorosos. Después de saludarlo de manera muy efusiva, Manuel Rivera le propuso jugar una partida de ajedrez para distraerse.

—Hay que ver qué obsesión le ha entrado con esto de los escaques, y conste que respeto mucho las manías; desgraciado de aquel que no tenga ninguna. Pero todo tiene un límite, créame. En esto me recuerda a mí cuando era muy joven, solo que yo ya entonces jugaba mucho mejor que usted —dejó caer don Miguel con ánimo provocador.

—Pronto cambiarán las tornas, ya lo verá. Usted va con blancas —le indicó Manuel Rivera.

—¿Se ha fijado en cómo me miran los demás socios? Si la cosa sigue así, pronto me expulsarán del casino —comentó don Miguel abriendo el juego.

—Por eso no debe preocuparse, ya sabe cómo es la gente de esta ciudad —le recordó el abogado moviendo uno de sus peones.

—No, si eso a mí no me afecta, casi que lo prefiero; siempre he sido un verso suelto y una *rara avis* en este sitio. Es el precio que hay que pagar por ser independiente y no casarse con nadie. Por otra parte, Salamanca me debe mucho más a mí que yo a ella. Aunque no lo quieran y ello les disguste, esta ciudad está llena de mí —explicó don Miguel con tono jactancioso—. Lo que de verdad me apena es no poder seguir investigando.

—¿Por qué lo dice?

Al tiempo que se desarrollaba la partida, Unamuno le contó lo sucedido desde que se habían separado en la noche del día 24: el sobre que le había entregado Teresa en el Novelty, la amenaza del matón en la calle, el encuentro en la misa del gallo, el hombre que se acercó a su hija Felisa, el libelo publicado contra él y, para remate, su conversación con el gobernador de esa mañana.

—¡Cuánto lamento todo lo ocurrido! De alguna manera, me siento responsable por haberlo metido a usted en este embrollo —dijo el abogado dando buena cuenta de una de las torres blancas.

—Más bien fui yo quien se involucró de lleno desde el momento en que decidí ir a Boada —le recordó este dejando fuera del tablero uno de los caballos negros.

—Tenía que haberme contado usted lo de los papeles de Daniel Llorente.

—¿Cuándo, el día de Navidad?

—Ya ha visto usted que esta gente no para ni siquiera en esas fechas.

—Eso mismo pensé yo.

—¿Y qué ha hecho con los documentos?

—Los tengo a buen recaudo, por eso no sufra.

—Entonces ¿se los pasó esa mujer tan peligrosa y enigmática?

—Así es.

—¿Y de dónde cree que los sacó? ¿Cómo los consiguió? ¿Con qué oscura intención se los dio?

—Lo ignoro totalmente.

—¿Cree, de verdad, que son auténticos?

—¿Por qué no iban a serlo?

—¿Y de ella qué sabe?

—El gobernador insistió en que se trata de una importante activista anarquista, lo mismo que decía el periódico —reconoció don Miguel.

—La verdad es que no me sorprende. Nunca me inspiró confianza. A usted, sin embargo, le tiene bien sorbido el seso, de eso no cabe duda.

—Dejemos eso ahora, se lo ruego.

—Me parece muy significativo que no quiera hablar de ello cuando es justo el nudo de la cuestión.

—Es que, últimamente, todo el mundo me viene con lo mismo —se quejó don Miguel moviendo pieza.

—Yo no soy todo el mundo, yo lo hago por su bien —replicó el abogado cambiando de sitio el caballo que aún tenía.

—Se lo agradezco. Pero concentrémonos ahora en la partida, quiero decir: en el caso. Imaginemos que este tablero es Boada. Y que este rey muerto de aquí es Enrique Maldonado.

—¿A qué rey se refiere?

—Naturalmente, al suyo. ¡Jaque mate! —exclamó Unamuno derribando el rey negro con un alfil.

—¡No me lo puedo creer! ¿Cómo lo ha hecho? —bufó el abogado.

—Para alguien ajeno a la partida, cualquiera de las figuras que rodean al rey ha podido ser el asesino —prosiguió don Miguel—. Estos peones blancos, por ejemplo, son los vecinos de Boada. La reina es, por supuesto, su esposa, Ana Juanes...

—¿Y el alfil? —inquirió de pronto Manuel Rivera.

—Todavía no lo sé; es una de las cosas que habría que averiguar —reconoció Unamuno, pensativo.

—Una vez más, me ha dado usted una lección. En cuanto a las pesquisas del caso, no se preocupe, que yo seguiré con ellas, faltaría más. Sin usted no será igual, por supuesto, pero confío en poder descubrir algo lo antes posible. Le prometo que, de una manera u otra, lo mantendré al corriente de todo sin que el gobernador se entere.

—Eso espero. De esa forma, podré echarle a usted una mano desde casa —se ofreció don Miguel—. Ahora que le he cogido gusto, no me gustaría quedar al margen.

# XVI

*Salamanca, miércoles 27 de diciembre*

Tras lo ocurrido en los días anteriores y su conversación con el gobernador civil, Unamuno trató de refugiarse en su trabajo de rector, que tenía algo descuidado y que, a grandes rasgos, consistía en celebrar todo tipo de reuniones y entrevistas, redactar y revisar informes, convenios y resoluciones que luego había que aprobar y firmar, conseguir dinero y apoyos, resolver contenciosos o disputas entre profesores o entre facultades... También intentó escribir algo que no fueran simples artículos o cartas, aunque debía reconocer que a veces en estas brotaban sus mejores frases y ocurrencias; de modo que retomó su ensayo, que cada vez lo convencía menos, y, al poco rato, lo volvió a dejar. Lo vivido en los días previos estaba cambiando su percepción de algunas de las cuestiones que más lo acuciaban. Pero había que dejar transcurrir un tiempo para que eso fructificara. Lo que sí dio a luz fueron varios poemas. Desde hacía un tiempo, tenía el proyecto de publicar un libro con las composiciones que tenía ya terminadas. Sería su primera obra poética, un género que había empezado a cultivar tardíamente, a pesar de que él, que en literatura había tocado ya casi todos los palos, se consideraba por encima de todo y antes que nada un poeta, un creador.

Y, por supuesto, siguió dándoles vueltas a los crímenes de Boada, pues estaba convencido de haber pasado algo por alto, tal vez lo más importante, lo que haría que pudiera observar el caso de otra manera, bajo una luz distinta, desde otro punto de vista. De vez en cuando, echaba mano del tablero de ajedrez para intentar visualizar mejor los hechos, así como a los posibles sospechosos. Pero en ese momento lo percibía todo oscuro y muy enredado. ¿De qué servía ser doctor o catedrático o rector de la Universidad de Salamanca, si no era capaz de resolver un enigma del que dependía el futuro de todo un pueblo? ¿Para qué valían su filosofía, su dominio del ajedrez y su capacidad de raciocinio, si nada de eso lo ayudaba a encontrar a los verdaderos culpables de unos asesinatos que les habían cambiado la vida a muchas personas, él incluido?

En esas estaba cuando su esposa le dijo que se iba con los niños y la asistenta a ver los belenes que habían montado en algunos lugares de la ciudad. Por un segundo, estuvo tentado de decirle que los acompañaba, que él también quería contemplar las figuritas del portal y, sobre todo, la cara de sus hijos, sus gestos y expresiones de alegría y admiración, para ver si así se contagiaba, pero al final decidió quedarse a solas en su estudio, con sus papeles y sus elucubraciones, literalmente atrincherado detrás de sus libros.

A eso de las seis llamaron a la puerta. Don Miguel estaba enfrascado en la escritura de un poema que no acababa de salirle y decidió no ir a abrir. Mas la visita, además de inoportuna, resultó ser muy insistente; seguramente habría visto luz en la casa y supuesto que había alguien, así que no tuvo más remedio que ir a averiguar de quién se trataba e intentar quitárselo de encima. Y allí estaba ella, al otro lado del umbral, encogida por el frío, pues en esa parte de la calle soplaba siempre un aire gélido, y sin dejar de sonreír.

—¿Qué hace usted aquí? Si se enteran de que ha venido a la casa rectoral, me expulsarán de la Universidad, por no hablar de lo que me haría mi mujer —le dijo Unamuno en voz baja.

—Si quiere, me voy —replicó Teresa.

—Bueno, ya que está aquí, me gustaría que aclaráramos ciertas cuestiones. Pase, pase, por favor —concedió él echándose a un lado para franquearle la entrada.

El catedrático no la condujo a la vivienda, sino a su estudio del salón rectoral, donde se sentía más seguro y menos culpable por recibirla.

—Si la he dejado entrar es porque quiero que hablemos de usted —le advirtió mientras le indicaba con un gesto que tomara asiento.

—Como guste. Pero antes déjeme contarle que, en la casa de los Maldonado, las cosas andan muy revueltas.

—¿Por qué lo dice?

—Porque se pasan todo el día discutiendo: la madre con el hijo, el hijo con el capataz, el capataz con su mujer... Me lo ha revelado una sirvienta a la que he tenido que camelar. Creo que ahí se está cociendo algo —dejó caer.

—Después de todo lo sucedido, es normal que los ánimos estén exaltados —adujo don Miguel—. En cualquier caso, se lo comentaré al abogado para que trate de averiguar qué es lo que sucede.

—¿Vio los papeles que le di? —preguntó Teresa.

—Los vi, sí.

—¿Y ha hecho algo con ellos? ¿Ha seguido su pista? Me arriesgué mucho para conseguirlos —le confesó.

—Aún no he tenido tiempo de eso; recuerde que estamos en Navidad y tengo una familia que atender. Por otra parte —añadió Unamuno con un tono más sombrío—, han ocurrido cosas. La noche del 24, cuando nos separamos, un individuo me siguió y luego me amenazó con matarme si no dejaba de jugar a detective; y, al día siguiente, otro me estuvo acosando mientras estaba con mis hijos en la calle.

Teresa se llevó una mano a la boca mientras negaba con la cabeza.

—No sabe cuánto lo siento.

—Algún periódico me acusa, además, de haber provocado el ataque contra Juan Maldonado y, para colmo, el gobernador civil me ha prohibido que lleve a cabo más

pesquisas si no quiero que me expedienten y me destitu-
yan como rector —se lamentó don Miguel, mientras gira-
ba entre los dedos el abrecartas plateado.

—¿Y usted qué va a hacer?

—¿Y usted qué cree?

—Que todo eso apunta a que estamos, está —se corri-
gió—, en el buen camino, y a que por ese motivo lo ame-
nazan, tratan de desprestigiarlo y quieren prohibirle investigar. Por eso, pienso que no debería rendirse, que debería
seguir con las averiguaciones.

—¿Quiere que le diga lo que opino yo? Que me da la
impresión de que me está usted manipulando y utilizando.

—¿Y eso qué significa?

—Que sabe usted más de lo que reconoce y lo poco
que me cuenta no resulta demasiado fiable —puso las cartas boca arriba Unamuno.

—No entiendo a qué viene eso, la verdad.

Teresa se puso en pie, algo molesta, aunque no daba la
impresión de que pretendiera irse.

—El gobernador me ha comentado que es usted una
conocida anarquista catalana con antecedentes penales por
desórdenes públicos.

—Eso es cierto, sí, pero, con respecto a usted, mis intenciones siempre han sido buenas, se lo aseguro. Y lo que
para el gobernador y la gente de orden puede ser un delito,
para mí es una forma de lucha y de entrega. De modo que
eso que usted llama «antecedentes penales» es, en realidad,
mi hoja de servicios a la causa obrera y anarquista, por no
hablar de que algunos son falsos o se han exagerado mucho. En cualquier caso, no me avergüenzo de ellos, sino
todo lo contrario. En un país como este, solo los pobres y
los revolucionarios van a la cárcel, mientras que los mayores ladrones y asesinos están en los grandes despachos
—sentenció Teresa con tono firme, clavando en él sus ojos
claros.

—¿Y por qué no me dijo quién era en realidad?

—Porque usted se habría asustado y cerrado en banda, como está haciendo precisamente ahora que acaba de enterarse de quién soy.

—Es posible, sí. Pero antes de seguir hablando deseo que me diga qué clase de anarquista es usted. ¿Es acaso miembro de la Federación de Sociedades de Resistencia de la Región de España?

—Yo pertenezco a un grupo que va por libre.

—O sea: una anarquista de verdad —precisó don Miguel.

—Eso espero.

Unamuno se recostó en su asiento y dejó escapar un suspiro.

—Que conste que no me parece mal. Yo de joven también lo fui, a mi manera, y todavía hoy tengo un fondo anarquista y no me importa considerarme como tal, si bien soy, por así decirlo, un anarquista conservador; de ahí que unos me llamen revolucionario y otros reaccionario, y loco o quijote los demás. En todo caso, soy un anarquista sin filiación, es decir, a mi aire; porque a mí eso de ser un anarquista con carné me parece inconcebible, amén de dogmático y sectario, y para eso ya está la Iglesia católica. Esto explica que, cuando leo ataques contra los suyos, yo me sienta uno más, pero, al leer sus propias proclamas, me rebele. Debe de ser mi radical individualismo —puntualizó don Miguel con tono tajante.

—Pues ya somos dos. Si queremos combatir al Estado, no podemos reproducir los errores y tachas del enemigo ni los mecanismos del sistema.

—Lo que no sabía es que hubiera mujeres anarquistas en España.

—Somos pocas, desde luego, pero muy aguerridas.

—Si todas son como usted, no me cabe duda. Y ahora cuénteme qué es lo que la ha traído hasta aquí. El gobernador me ha dicho que ya se encontraba en Salamanca cuando se produjo el asesinato de Enrique Maldonado.

Teresa se quedó pensativa durante unos segundos, tal vez para decidir sus siguientes pasos, pero finalmente volvió a tomar asiento como quien firma una tregua.

—Estaba siguiéndole la pista a otro asunto. —Habló sin fijar la mirada, dejando que vagara por las estanterías cargadas de libros.

—¿Qué asunto?

—Por desgracia, no puedo hablar de ello; es algo muy delicado. Si se lo cuento, pondría en peligro a mucha gente. También a usted —argumentó Teresa.

—Sí, ya. Menuda argucia —protestó Unamuno.

—Le ruego que confíe en mí. —Se inclinó hacia delante y lo miró muy seria—. Reconozco que con mucho gusto habría actuado contra ese maldito terrateniente o habría instigado para que otros lo hicieran. Pero no lo consideré conveniente, dadas las circunstancias, y menos después de la tolvanera que levantó usted con su artículo —explicó Teresa—. Por otra parte, ¿por qué iba a asesinar a Amalia, si puede saberse? Una mujer inocente y humilde, víctima, además, de ese depravado.

—Yo no he insinuado que los matara usted. Pero puede que lo hiciera su grupo. Tal vez estaban ustedes vigilando o espiando al terrateniente y, por casualidad, observaron cómo él se deshacía de Amalia Yeltes, y entonces no pudieron contenerse y lo liquidaron con la misma arma. O descubrieron algo sobre ella que no les gustó o que consideraron una traición y, por el mismo precio, los asesinaron a los dos. O la suya tal vez fuera una muerte no deseada o accidental. Sea lo que sea, terminaré averiguándolo, a pesar de la prohibición del gobernador.

—Pero usted sabe que yo he tratado de ayudarlo desde el primer momento —se revolvió Teresa.

—Más bien lo que ha hecho es sembrar pistas falsas para distraernos y hacer que nos equivocáramos. Y hasta es posible que manipulara también a ese pobre diablo que trató de matar a Juan Maldonado. Siempre anda usted al acecho, como un ave de presa —se atrevió a decir Unamuno.

—Eso es completamente falso —rechazó, indignada—. Lo que le pasa es que le han prohibido que investigue en la dirección adecuada y ahora trata de pagarla conmigo y de convertirnos a mi grupo y a mí en los principales sospechosos. Pero su hipótesis es descabellada. Desde el primer momento, ha desconfiado de mí.

—Y no me equivoqué; a las pruebas me remito —replicó Unamuno—. Me ha estado usted ocultando la verdad todo este tiempo. ¡Si hasta la consideran sospechosa de haber participado en algunos atentados! A saber en qué fechorías habrá estado involucrado el revólver que aún no le he devuelto.

Unamuno se incorporó de forma repentina y se dirigió al archivador. Tras rebuscar con cuidado en el doble fondo, sacó el arma aludida y se la entregó a Teresa como si fuera un objeto sacrílego.

—Gracias por conservarla —comentó ella guardándola en su bolso—. En cuanto a mi implicación en los atentados, debo decirle que nunca pudieron probarla, y, de ser así, no hablaríamos de un asesinato, sino de una ejecución en nombre de la causa y después del correspondiente juicio.

—Sí, ya, como la de Enrique Maldonado.

—Le repito que yo no he tenido nada que ver en la muerte de ese individuo, se lo aseguro, y no es que no me apeteciera, pues se lo tenía bien merecido.

Unamuno la miró a los ojos con recelo y, al mismo tiempo, con ganas de creerla.

—¿Y en las otras ejecuciones, como usted las llama? —preguntó por fin.

—Me parece mentira que sea usted el que está lanzando tales acusaciones contra mí, como si fuera una vulgar criminal; con lo que yo lo admiro como escritor y como intelectual, hasta el punto, fíjese, de que lo considero verdaderamente de los nuestros si me permite usted que lo diga —se lamentó Teresa, muy dolida.

—Soy demasiado independiente y heterodoxo como para ser uno de los suyos, por no hablar de que repudio toda forma de violencia, venga de donde venga —le recordó don Miguel.

—En cualquier caso, sepa que lo venero, y, para una anarquista como yo, que no respeta ninguna clase de autoridad, eso es mucho decir. Todavía recuerdo cómo, hace nueve años, apoyó usted al compañero Pere Coromines, condenado a la pena de muerte, como está haciendo ahora con esos pobres campesinos de Boada.

—A él lo defendí porque lo consideraba un amigo y porque nadie se merece una condena injusta, como haría por usted, llegado el caso. Pero, si tanto me venera, cuénteme todo lo que sepa sobre los crímenes de Boada.

—Ya lo he hecho —insistió Teresa.

—Pues entonces no me haga perder más tiempo.

—Sí, me iré, no vaya a ser que aparezca el gobernador o su esposa y lo riñan por haber recibido en su casa a una mujer tan infame como yo.

—Será lo mejor.

Teresa abandonó la casa de Unamuno muy ofendida y dando un portazo. Don Miguel se quedó un rato más en el salón rectoral, solo y angustiado, como un niño que se hubiera perdido de camino a casa, preguntándose por qué esa mujer despertaba en él reacciones y sentimientos tan contrarios. ¿Estaría de verdad encaprichado de ella?

Cuando llegó su esposa, aún seguía en el mismo sitio, con la mirada perdida y la mejilla apoyada en la palma de la mano.

—Pero ¿qué haces ahí? —le preguntó doña Concha.

—Meditando sobre la vida. Por eso estoy a oscuras y en este lugar tan frío y desangelado.

—¡Hay que ver qué cosas más extrañas dices! —exclamó ella con cierto pesar.

—Las que me pasan por la cabeza —reconoció él.

# XVII

*Salamanca, jueves 28 de diciembre*

El día de los Inocentes, a primera hora de la mañana, Unamuno recibió una nota del abogado a través de un repartidor de periódicos. En ella le informaba de que el juez de instrucción tenía la intención de cerrar pronto el sumario para que la vista oral pudiera celebrarse cuanto antes en la Audiencia Provincial de Salamanca, ya que, para él, cada vez estaba más clara la autoría del crimen. Por otra parte, había decidido que el asesinato de Amalia Yeltes fuera una pieza separada, cuya instrucción llevaría a cabo otro magistrado, ignorando así las circunstancias que vinculaban ambos casos, con lo que la situación se estaba poniendo cada vez más complicada para los encarcelados.

Acuciado por todo ello, Unamuno repasó una vez más los hechos, los indicios, las hipótesis y los posibles sospechosos barajados hasta ese momento, pero no fue capaz de deducir nada nuevo, como si la investigación se hubiera estancado. Su último encuentro con Teresa, además, lo había dejado intranquilo y sumido en la perplejidad. ¿Y si, en efecto, ella tuviera algo que ver con los crímenes? ¿Y si con la información que le facilitaba no estuviera más que tratando de desviar su atención hacia otro lado, ya fuera hacia alguien del entorno de la familia Maldonado, ya fuera hacia su rival Daniel Llorente? Era como para volverse loco. Estaba claro que, si quería salir de dudas, tendría que averiguar algo más sobre esa mujer. Pero ¿cómo?

Entonces se acordó de Anselmo Sánchez, un viejo anarquista de unos sesenta años, seguidor de Bakunin, al que él conocía desde hacía tiempo. De modo que fue a visitarlo. Vivía en una especie de buhardilla al otro lado del río, desde la que se veía a lo lejos la ciudad, con sus torres, cimborrios y espadañas. El hombre salió a recibirlo a la puerta con un mandil lleno de manchas de todos los colores, ya que le gustaba mucho pintar al óleo. Estaba igual que la última vez que se habían visto: el pelo desgreñado, gafas de concha y una barba muy larga, lo que, unido al hecho de que le faltaba un brazo, el izquierdo, le daba un cierto parecido a don Ramón María del Valle-Inclán.

—¡Dichosos los ojos! —exclamó al ver a don Miguel—. Desde que es usted rector magnífico se vende muy caro.

—Me temo que es usted el que no quiere saber ya nada de mí, pues debe de pensar que me he rendido completamente al poder y no desea que me vean en su compañía —bromeó Unamuno.

—Todo lo contrario: lo que imagino es que es usted un infiltrado que pretende hacer la revolución desde dentro, y qué mejor sitio que el lugar en el que se forman nuestros jóvenes, que son el futuro de este desgraciado país.

—¡Qué más quisiera yo que tener ese poder! A mí los jóvenes, salvo contadas excepciones, no me hacen ningún caso; soy demasiado severo y exigente para ellos. Y usted, ¿qué tal está?

—Nunca mejor. Pero pase, por favor. Mire qué vistas —le dijo el anarquista señalando hacia la ventana—. Salamanca es más bonita de lejos, sin la presencia de sus habitantes, que son casi todos unos meapilas, ¿no le parece? Y conste que no lo digo por usted, que ya sé que es ateo y nacido en Bilbao.

—En eso último tiene usted mucha razón. En cuanto a lo de ateo, nada más lejos de la realidad. Pero, como ya se imaginará, no he venido a contemplar el paisaje ni a hablar de mis creencias o de mi carencia de ellas, que es algo muy complejo.

—¿Y a qué se debe la visita?

156

—¿Conoce usted a una camarada anarquista llamada Teresa Maragall?

—¡¿Que si la conozco?! —Don Anselmo dejó escapar un silbido entre dientes—. Es una celebridad en el anarquismo ibérico. Esa mujer tiene más redaños y más astucia que usted y yo juntos, y perdone mi franqueza, pero es así; no exagero ni un ápice. Si hubiera más como ella, en dos días acabábamos con el Estado español. Por suerte o por desgracia, Teresa es única e irrepetible; o, mejor dicho, santa Teresa de Geltrú, pues así es como algunos la llaman con ironía, ya que procede de ese municipio o barrio o lo que sea, si bien tiene otros alias, tantos como personalidades puede adoptar, que son muchas, créame —explicó Anselmo con entusiasmo.

—Y, aparte de eso, ¿qué me puede contar de ella? He oído que el gobernador civil la tiene vigilada.

—Como usted debe de imaginarse, yo no delato nunca a mis compañeros anarquistas, aunque estos se dediquen a poner bombas, porque hasta cierto punto entiendo su postura, si bien creo que en ese aspecto están equivocados, y con esto no estoy diciendo que la persona por quien pregunta se dedique a eso, ni mucho menos. —Levantó los brazos, como frenando la duda—. Ya sabe que yo soy pacifista, como usted, y que por eso nos entendemos. Son muchos los que dicen por ahí que perdí el brazo cuando preparaba un explosivo. Pero, por mi admirado Bakunin, le aseguro que no fue así; lo perdí en el taller en el que trabajaba como soldador doce horas al día por un salario de miseria...

—Por supuesto, no quiero que la traicione ni que me cuente su vida, a la de usted me refiero —lo interrumpió Unamuno con cierta impaciencia—. Solo necesito saber si esa mujer es de fiar.

—Hasta donde yo sé, claro que lo es. Los anarquistas somos gente leal y de palabra, qué le voy a contar a usted. Otra cosa es que tenga que mentir o fingir para conseguir sus objetivos, ya que en ese caso sus falsedades están justificadas, pues se trata con ello de proteger o facilitar un bien mayor —argumentó el pintor.

—¿Sabe usted si tuvo algo que ver con el asesinato de Enrique Maldonado? —inquirió don Miguel sin rodeos.

—¡En absoluto! —aseguró Anselmo—. Sé con certeza que la mandaron desde Valladolid cuando se supo de la famosa carta en la que los vecinos de Boada decían que querían emigrar a Argentina. Al parecer, su misión era intentar que el pueblo se organizara y se amotinara contra el terrateniente o se rebelara de alguna forma contra el Estado, que era el que había vendido los bienes comunales. Pero en estas mataron al diputado y todo se desmandó. Eso es lo que a mí me consta, y lo sé de buena tinta, que me lo dijo un camarada impresor. El grupo al que ella pertenece no deseaba matarlo, de eso estoy seguro; solo quería que los vecinos se sublevaran con el fin de que les devolvieran las tierras o, al menos, se las arrendaran y así no tener que abandonar el pueblo. Y estoy seguro de que lo habrían conseguido si no llega a ser por el asesinato.

—Ya comprendo —dijo Unamuno más relajado.

—Pero ¡qué mal anfitrión soy! ¿Le apetece una absenta?

—Se lo agradezco; ya sabe que no bebo, y menos a estas horas y de ninguna manera ese brebaje que le hace a uno perder la conciencia y ver alteradas sus percepciones —rechazó don Miguel—. Además, tengo que irme.

—Antes de que se vaya, quiero enseñarle algo.

Anselmo desapareció tras una cortina y, a juzgar por el ruido que hacía al otro lado, debía de estar rebuscando entre sus cosas de forma apremiante y desesperada. Al rato apareció con un óleo bajo el brazo y el rostro satisfecho.

—¿Qué, la reconoce? —le preguntó a don Miguel al tiempo que se lo mostraba.

Se trataba de un retrato de Teresa, recostada cómodamente en un diván estampado con un libro entre las manos y la mirada soñadora. Llevaba un vestido blanco muy

158

ceñido, tal vez demasiado escotado para el gusto de don Miguel, los pies descalzos y el pelo suelto sobre los hombros, como una cascada de oro.

—Pero ¡si es ella! —exclamó con gran sorpresa—. Ha logrado captar usted su espíritu y no solo su belleza física; también su inteligencia, su alegría, su vitalidad... ¡Qué más quisiera la Gioconda que tener esa sonrisa! Lo felicito.

—Gracias por lo que me toca, aunque el mérito no es mío, sino de la modelo —replicó Anselmo con fingida modestia—. Y eso que he tenido que pintarla de memoria, pues no ha querido posar para mí.

—¿Y no me vendería usted el cuadro? —se atrevió a proponer don Miguel.

—Lo siento mucho, pero este es para consumo propio, quiero decir que lo pinté para mí, como recuerdo, ya sabe.

—¿Y por qué no me hace usted una copia?

—De ningún modo —rechazó Anselmo con firmeza—. Para un pintor como yo, eso sería poco menos que una blasfemia, no solo contra el arte, sino también contra mis principios éticos.

—Respeto, por supuesto, sus principios, pero me parece un poco egoísta por su parte.

—Es lo que hay, qué le vamos a hacer.

—Eso me pasa por tener amigos anarquistas —rezongó don Miguel.


De regreso a casa por el puente romano, Unamuno no podía dejar de cavilar. Esa mujer continuaba sorprendiéndolo. Cada detalle nuevo que descubría sobre su persona la hacía más interesante a sus ojos, lo que no quitaba para que recelara de ella, pues lo cierto era que lo había engañado o, al menos, le había ocultado una parte de la verdad; tal vez por una buena causa, no lo discutía, pero una mentira era una mentira. Y, siendo así, ¿por qué lo fascinaba y lo atraía tanto esa mujer? ¿Se había encaprichado simplemente de ella, o más bien se había enamorado? Él amaba, y mucho, a doña Concha, de eso no cabía duda; y jamás la traicionaría, eso también lo tenía claro. Sin embargo, no podía dejar de pensar en Teresa y le daba mucho miedo lo que pudiera pasar.

De pronto, se acordó de una novela que acababa de leer de Heinrich Mann, en la que un profesor muy severo y moralista con sus alumnos se enamoraba perdidamente de una seductora cabaretera, y ello lo terminaba sumiendo en un proceso de degradación física y moral. La historia lo había conmovido mucho, y el personaje del profesor Unrat, pues así se llamaba el protagonista, le había inspirado cierta compasión a pesar de su excesivo patetismo. Y ahora resultaba que era él el que estaba contorneando los bordes del precipicio, a riesgo de caer en lo más hondo en cuanto se descuidara un poco. Por eso no podía bajar la guardia.

Cuando llegó a casa, don Miguel descubrió que la puerta de la calle estaba abierta. Preocupado, subió a la vivienda a toda prisa. En ella no había nadie ni percibió nada extraño, pero, en su estudio del salón rectoral, todo estaba revuelto y sus papeles y libros tirados por el suelo, como si alguien lo hubiera estado registrando de forma precipitada. A simple vista, no faltaba nada, por lo que no podía tratarse de unos simples ladrones. En cuanto a los documentos que le había entregado Teresa, seguían en el doble fondo del archivador. Tampoco parecía que hubieran hecho una búsqueda demasiado exhaustiva. Pensó que se trataba de una advertencia de los hombres de Daniel Llorente con el objeto de amedrentarlo. Y lo cierto era que lo habían conseguido. Nunca en la vida se había sentido tan vulnerable y en peligro como entonces. Había llegado, pues, la hora de actuar y hacer frente a los problemas con resolución.

Tan pronto doña Concha entró por la puerta, le contó lo sucedido y le rogó que esa misma tarde saliera para Guernica con la asistenta y sus hijos con el pretexto de pasar unos días de vacaciones con la familia.

—¿Y tú qué vas a hacer? —inquirió ella muy preocupada.

—Yo me quedo aquí, guardando el fortín —respondió él—. A los tuyos les dices que estoy escribiendo un libro muy importante y necesito tiempo y tranquilidad. Ellos lo entenderán.

—Pero ¿y si esa gente te causa algún daño?

—No lo permitiré; además, tengo quien me proteja en caso necesario. Tú confía en mí, te lo ruego —insistió.

—Lo haré porque no me queda otra, Miguel, pero no estoy muy convencida.

Mientras su esposa lo preparaba todo, él fue a comprar los billetes de tren para Bilbao y a poner un telegrama a Guernica avisando de la llegada de doña Concha y los niños. De vuelta en casa, se ocupó de que estos estuvieran listos y no se les olvidara nada. No era fácil movilizar a una tropa tan díscola, pero al final lo consiguieron. En la estación, don Miguel le rogó a su esposa que no se preocupara, que todo iba a resolverse en unos días y que, cuando regresara, él ya habría vuelto a su bendita rutina de siempre: sus escritos, sus clases, sus paseos y, sobre todo, su querida familia. Ella lo miró a los ojos y, tras decirle que se cuidara mucho y no se metiera en más problemas, lo estrechó con fuerza entre sus brazos, como solía hacer cuando lo veía angustiado o sumido en una de sus crisis espirituales.

—Ya sé que estas cosas no te gustan, pero quisiera darte una medalla de Jesús Nazareno para que te proteja. Pensaba regalártela el día de Reyes; sin embargo, me parece más oportuno entregártela ahora, con todo lo que tienes encima.

Unamuno la cogió entre sus dedos y la observó con interés. En el borde del reverso, llevaba acuñada una pequeña «c».

—¿Dónde la has comprado?

—¿Es que piensas devolverla?

—¡Qué cosas tienes! Es por esta marca que se ve aquí. Tengo curiosidad.

—En la joyería Cordón, la que está en la calle de Miñagustín.

—No sabes cómo te lo agradezco, la medalla y la información que me has dado; tal vez pueda serme de utilidad.

—Pero ¿de qué estás hablando? —quiso saber doña Concha.

—Es hora de subir al tren —indicó él, guardando la medalla en el bolsillo.

Antes de retornar a casa, Unamuno se pasó por el bufete de Manuel Rivera. Este se sorprendió mucho de verlo por allí después de lo hablado la última vez, pero enseguida comprendió que había pasado algo grave. Tan pronto don Miguel lo puso al corriente, él trató de confortarlo y le ofreció su ayuda incondicional.

—Lo importante es que mi esposa y mis hijos ya están a salvo —suspiró Unamuno.

—¿Y ahora qué piensa hacer?

—Mañana iré a hablar con el gobernador. Por lo que he visto, los trapicheos de esta gente afectan también al Gobierno, ya que tienen que ver, entre otras cosas, con las subastas públicas de bienes comunales. Así que puede que le interese saberlo. Tal vez todo esto le haga cambiar de opinión y me permita seguir colaborando con usted.

—Nada me alegraría más.

—Y luego haré la correspondiente denuncia para que el juez de instrucción del caso tome cartas en el asunto y ordene investigar a Daniel Llorente como posible autor de los crímenes que investigamos —anunció don Miguel.

—Nos vendría muy bien, la verdad, porque ahora mismo no las tengo todas conmigo —reconoció el abogado.

—Es evidente que esos individuos no eran trigo limpio y que había serias desavenencias entre ellos, lo que convierte a Llorente en un claro sospechoso.

—Esperemos que el juez lo vea también así.

—Ahora tengo que irme.

—¿Quiere que lo acompañe y pase la noche en su casa?

—No es necesario —rechazó don Miguel—; no creo que vuelvan, al menos no hoy. Mañana ya veremos lo que nos depara el día.

Mientras bajaba a la calle, sintió el deseo de ir en busca de Teresa con el pretexto de pedirle las debidas explicaciones sobre los documentos que le había entregado. Lo que en realidad quería era que le brindara un poco de afecto y de consuelo en esos malos momentos, estar cerca de ella, contemplar su rostro, escuchar su voz, oler su perfume... La atracción era tan intensa que llegó a pensar que el verdadero motivo por el que le había pedido a su esposa que se alejara de casa por unos días era poder estar con su amada. Y, aunque no fuera cierto, esa mera sospecha lo hizo sentirse tan avergonzado que, gracias a ello, logró vencer una vez más la tentación. De modo que, cuando ingresó en su vivienda, cerró la puerta con doble vuelta, pestillo y tranca, no para impedir la entrada de los posibles asaltantes, sino más bien para obstaculizar su propia salida.

# XVIII

Aunque apenas había podido dormir, don Miguel se levantó muy temprano. Tenía mucho que hacer esa mañana y quería llevarlo a cabo cuanto antes. Tras asearse y tomar un café muy cargado con unas magdalenas, se dirigió al Gobierno Civil. El día había amanecido frío, aunque muy soleado, lo que era de agradecer. Cuando estaba llegando a su destino, descubrió en una calle lateral al gobernador hablando con Daniel Llorente; se les veía a los dos muy alterados, como si estuvieran discutiendo de forma acalorada, ante la mirada atenta del guardaespaldas del terrateniente. Este último no paraba de hacer gestos admonitorios con las manos, mientras que los del gobernador eran más bien amenazadores. Pero era evidente que se conocían y se entendían bien, aunque en ese preciso instante pudiera haber algunas discrepancias entre ellos; incluso el esbirro parecía hacer buenas migas con Pablo Aparicio.

De los negocios entre Maldonado y Llorente, Unamuno ya sabía algo gracias a la documentación que le había pasado Teresa, pero ¿qué papel desempeñaría en todo eso el gobernador? ¿Qué vínculos los unirían? ¿Y qué era lo que ahora los enfrentaba? ¿A qué se debía la tensión que había entre ellos? ¿Tendría alguna relación con los crímenes de Boada? ¿Era por eso, entonces, por lo que el gobernador no quería que siguiera investigando? Cuanto más tiraba del ovillo, más se enredaba el hilo y se mezclaba con otras hebras, cada vez más oscuras y enmarañadas. Y Teresa, ¿qué sabría del asunto? ¿Por qué se había limitado a pasarle la documentación? ¿De dónde y cómo la había conseguido? ¿Por qué no le había contado de qué se trataba en realidad? ¿Lo estaba utilizando para alcanzar algún objetivo u obtener un beneficio sin importarle el hecho de ponerlos a él y a su familia en peligro?

Don Miguel no sabía qué pensar. Lo que sí tenía claro era que no debía hablar con el gobernador, pues parecía estar involucrado en el asunto y no dudaría en deshacerse de él si lo consideraba necesario. Asimismo, optó por no denunciar el caso ante el juez de instrucción, ya que cabía la posibilidad de que él también estuviera implicado de alguna forma. A esas alturas, no se fiaba de nadie, ni siquiera de sí mismo, dado que últimamente se había vuelto muy frágil e inconstante.

Abrumado por tantas preguntas y dilemas, se fue a ver a un amigo que conocía bien los entresijos políticos y económicos de la ciudad y, a la vez, estaba muy enterado de lo que se cocía en Madrid. Se ganaba la vida como corresponsal de varios periódicos de la capital, entre ellos *El Liberal*, y solía parar en el bar del Armuñés, en la calle del Doctor Riesco, donde redactaba sus artículos y entablaba conversación con todo el mundo que pasaba por allí, ya que era un local muy frecuentado; de ahí que estuviera tan bien informado. Desde luego, no era de esos que solo se alimentaban de lo que publicaban los periódicos salmantinos. Salvo dormir, todo lo hacía en el bar del Armuñés; por eso le tenían reservado un velador, que era sagrado, y, cuando no estaba, le guardaban en el almacén sus papeles y la máquina de escribir.

Allí lo encontró don Miguel, aporreando rítmicamente su vieja Underwood como si de ello dependiera el futuro del mundo. Se llamaba Antonio Oliva, rondaba los cuarenta años y era muy delgado y con el rostro anguloso. Como de costumbre, tenía el pelo alborotado, como de recién salido de la cama, y lucía una barba de varios días.

—¿Tiene usted un minuto? —preguntó Unamuno.

—Para usted, todo el tiempo que sea necesario. Déjeme solo que remate este párrafo —le rogó.

Tan pronto terminó de teclear, encendió un cigarrillo con la colilla de otro que había en un cenicero ya muy repleto e invitó a don Miguel a que expusiera sin ambages qué lo había llevado allí.

—Lo que le voy a contar y mostrar es confidencial. No podrá hablar ni escribir sobre ello sin mi permiso —le advirtió don Miguel.

—Le confieso que solo con eso ya me tiene usted en vilo. En cuanto a lo que me pide, cuente con ello —concedió el periodista.

—Se trata de algo relacionado con Enrique Maldonado, Daniel Llorente y el gobernador civil. Gracias a estos documentos que aquí le traigo, he sabido que los dos primeros tenían intereses comunes y negocios un poco turbios. Lo que me gustaría averiguar es qué papel podría desempeñar en esto Pablo Aparicio.

Antonio Oliva les echó un vistazo a los papeles con expresión concentrada y mirada escrutadora, cada vez más interesado en lo que estos decían. Cuando acabó, dio un resoplido y comenzó a explicar:

—A juzgar por los chanchullos de estos dos terratenientes y ganaderos, y uno de ellos diputado provincial, pienso que el gobernador podría ser uno de sus principales contactos con la gente del Gobierno y tal vez una especie de intermediario, pues sabemos que es un individuo al que le gustan mucho el dinero y la buena vida. Como usted tal vez conozca, las subastas de los bienes comunales y otras propiedades del Estado suelen estar amañadas. Esto quiere decir que ciertos compradores bien situados y relacionados los consiguen por un precio muy inferior al valor real o de mercado, pero, a cambio, tienen que darles una cantidad a determinados altos cargos, así como untar a los funcionarios que llevan a cabo las licitaciones. También sucede que algunos compradores se ponen de acuerdo entre ellos para repartirse los lotes sin tener que pujar alto; esto para ti, esto para mí, esto para los dos, usted ya me entiende.

—¿Y cómo lo hacen? —inquirió don Miguel.

—Por norma, a través de un tercero, que también se lleva una parte, claro está, con lo cual todos ganan: la gente del Gobierno y de la Administración, los compradores y, por supuesto, los intermediarios —le informó el periodista—. En el caso de los bienes comunales de un municipio, el único que pierde es el pueblo en cuestión, pues no solo se queda sin las tierras, sino que tampoco suele percibir la parte que le corresponde por la venta, dado que el Gobierno no se la abona con el pretexto de que necesita hacer caja para pagar los gastos acarreados, por ejemplo, por la guerra de Cuba o cualquier otra cosa por el estilo. Se trata de un expolio en toda regla. Pero lo peor es que esto tiene un efecto muy pernicioso, como usted bien sabe, y es la progresiva privatización del terreno público, por no hablar del consiguiente abandono de aldeas y pueblos enteros, cuyo territorio acaba incorporándose a las dehesas de algunos grandes propietarios y ganaderos hasta crear eso que algunos llaman un coto redondo.

—Estoy muy de acuerdo con usted —indicó Unamuno—. Y, en el caso de Boada, ¿qué cree que pasó?

—Por lo que he visto en la documentación, parece claro que Daniel Llorente no estaba contento con la adjudicación de los bienes comunales de Boada a Enrique Maldonado, pues él también los pretendía, o al menos una parte, para formar su propio coto redondo. Debían de haber llegado a un acuerdo, que, al parecer, el otro no cumplió o no del todo. El caso es que surgieron algunas fricciones serias entre ellos.

—¿Hasta el punto de que uno de los socios decidiera matar al otro? —inquirió don Miguel.

Oliva se encogió de hombros.

—Pudiera ser, con esta gente nunca se sabe, aunque lo normal es que en estas cosas la sangre no llegue al río, ya que va contra sus intereses llamar la atención.

—Lo que dice es muy razonable. Le agradezco mucho la información.

—¿Y qué piensa hacer con estos papeles? Si usted quiere, yo puedo destapar el asunto —se ofreció el periodista.

Unamuno se quedó absorto. El paso que se disponía a dar podría tener graves consecuencias para él y su familia. Pero también sabía que, si a esas alturas se volvía atrás, estaría lamentándolo toda su vida. Por otra parte, tenía que pensar en los vecinos de Boada, víctimas por partida doble de esos desafueros que quería denunciar, puesto que lo habían perdido todo y ahora los acusaban de haber matado a uno de los responsables de ello.

—Se los dejo si me promete que no mencionará mi nombre y que el artículo saldrá publicado mañana sábado, y no otro día, pues los siguientes son festivos y el martes podría ser ya demasiado tarde —le propuso por fin.

—Cuente con ello. Le devolveré los documentos tan pronto termine. Otra cosa: ¿puedo saber qué es lo que pretende conseguir con esto? —se atrevió a preguntar, como buen periodista.

—Lo que busco, en primera instancia, es librar a unos inocentes de la cárcel y que se les haga justicia —respondió don Miguel.

—¿Y por qué ha acudido a mí?

—Porque, además de amigo, me parece usted un periodista honrado y competente, pero también por ser uno de los pocos que no han hecho campaña contra mí con motivo de los crímenes de Boada.

—Un hombre que se baja de su cátedra y de su despacho de rector para tratar de ayudar a unos campesinos a los que se les han robado sus tierras comunales y, encima, son acusados de asesinato merecería que le hicieran un monumento —comentó el periodista con entusiasmo y sinceridad.

—Eso mejor para cuando ya esté muerto, pues ayudará a mantener viva mi memoria. Ahora me conformo con que no me maten ni me causen daño alguno, como tampoco quiero que se lo inflijan a usted —puntualizó Unamuno.

—Por mí no se preocupe, que me sé bandear bien con estos asuntos —aseguró el periodista, con los dedos buscando ya la Underwood y la cabeza puesta en su artículo.

Al llegar a la altura de su casa, a don Miguel le dio la impresión de que alguien, en su calle, espiaba sus movimientos. No había logrado verlo bien, dado que había doblado enseguida la esquina de Libreros con Calderón de la Barca, pero estaba casi seguro de que se trataba de uno de los hombres de Daniel Llorente. Aquello empezaba a convertirse en una desagradable costumbre; en todo caso, no creía que se atrevieran a hacerle nada, al menos de momento, pues aún no sabían que ya había movido pieza y que estaba al tanto de sus relaciones con el gobernador. Después de ponerse cómodo, buscó en la despensa algo de comer y solo encontró un poco de embutido. Con las prisas, doña Concha no había podido prepararle nada. En la panera, quedaban los restos de una hogaza, apenas unos tristes mendrugos; se preparó un bocadillo y se lo comió de pie en la cocina, mientras rumiaba su conversación con Antonio Oliva.

Luego echó un vistazo a través del cristal de la ventana y descubrió que, desde la esquina del patio de Escuelas, alguien lo vigilaba. Tan solo le veía una mano, que sujetaba un cigarrillo encendido, y la punta reluciente de un zapato, pero tuvo la certeza de que era el mismo que había creído descubrir antes. ¿A qué venía tanto interés en su persona? ¿Temían que los documentos estuvieran en su poder e hiciera algo con ellos? Si era así, llegaban demasiado tarde.

# XIX

*Salamanca, sábado 30 de diciembre*

Lo primero que hizo don Miguel esa mañana fue ir a la plaza Mayor a comprar *El Liberal*, impaciente como estaba por comprobar si había salido el artículo de Antonio Oliva. Pero, en cuanto vio el gran revuelo que se había formado en algunos corrillos de los soportales y en el interior de varios cafés, adivinó que así había sido. Daniel Llorente y Enrique Maldonado eran muy conocidos y respetados en la ciudad, al menos por sus afines, y, a raíz de la muerte del segundo, todas las miradas estaban puestas en ellos. De ahí la rabia y la indignación que se percibían en el ambiente, a pesar de encontrarse en plenas fiestas navideñas.

Para evitar posibles represalias, Unamuno abandonó la plaza por el arco de la calle del Concejo y fue a comprar el periódico en un puesto de prensa que había en la plaza de los Bandos, en uno de cuyos bancos se sentó a leerlo. El artículo era bastante claro, y no se andaba con rodeos con respecto a los sucios manejos de los dos terratenientes y ganaderos salmantinos y la corrupción de ciertas instancias de la Administración y del Gobierno. Aparte de eso, lanzaba algunas insinuaciones sobre la posible implicación como intermediario del gobernador civil de Salamanca en tales asuntos, e incluso arrojaba sombras de sospecha sobre Daniel Llorente en relación con la muerte de su socio y amigo Enrique Maldonado, debido a los desacuerdos provocados por la compra, a través de una subasta pública probablemente amañada, de los bienes comunales de Boada por parte del último.

Con el ejemplar en la mano, se fue a ver a Manuel Rivera, pues quería compartir con él la noticia lo antes posible. Este se encontraba en su casa, revisando con rostro ojeroso una sentencia judicial, que enseguida dejó a un lado para leer el artículo.

—¿Usted lo sabía? —preguntó el abogado con asombro después de dar cuenta de él.

—Fui yo el que le pidió que lo publicara y el que le pasó la documentación.

—¿Y cómo es que no lo hizo antes?

—Hasta ayer mismo no tuve plena conciencia de la importancia de esos papeles ni el valor o la motivación suficiente para ello —confesó Unamuno.

—Pero esto podría cambiarlo todo.

—De eso se trata.

—Ahora mismo voy a solicitar que se investigue a Daniel Llorente como sospechoso del asesinato de su cómplice y socio.

—Lo acompañaría de mil amores, pero es mejor que no nos vean juntos.

—Estoy de acuerdo. Yo que usted me iría a casa —le recomendó el abogado.

Unamuno se dirigió antes al bar del Armuñés para darle las gracias a Antonio Oliva por el artículo y recomendarle que tuviera cuidado con los hombres de Llorente, ya que podían ser peligrosos. Al ver que no se encontraba en el sitio de costumbre, le dio un vuelco el corazón.

—Si busca a Antonio Oliva, él mismo me pidió que le dijera que se ha ido unos días al pueblo para ver a su madre —le informó el dueño guiñándole un ojo—. También me entregó esto para que se lo diera a usted. —Desde el otro lado de la barra, le tendió el sobre con los documentos.

—Se lo agradezco mucho.

—Menudo revuelo se ha armado con el artículo de marras. Ya han venido varios esta mañana preguntando por su autor, algunos por cierto con unos modales muy poco amistosos, no sé si me entiende.

—Sí, ya me imagino. Me alegra saber que por ahora está a salvo.

—Y usted también debería esconderse por un tiempo. Esa gente tiene muy malas pulgas —le recomendó el dueño.

—No es mala idea —le agradeció Unamuno.


Tras darle algunas vueltas, decidió refugiarse en el convento de San Esteban, donde tenía muy buenos protectores. Construido en el siglo XVI sobre el solar de otro anterior, era uno de los lugares más hermosos e importantes de la ciudad. Tras pasar por delante del pórtico plateresco de su iglesia, se dirigió a la portería, desde la que se accedía directamente al claustro de los Reyes. No iba a ser la primera vez que pidiera refugio en ese recinto religioso; ya lo había hecho ocho años antes, aunque por motivos diferentes y en circunstancias muy distintas. En aquella ocasión, se había pasado tres días rezando en una celda de cara a la pared, como si fuera un castigo infantil, y conversando con los frailes dominicos con motivo de la profunda crisis existencial y espiritual en la que entonces andaba sumido y de la que tanto le costó salir. En esta, solo buscaba un lugar donde esconderse de unos matones enviados por gente poderosa. Después de aquel primer incidente, había vuelto con frecuencia al convento para debatir sobre algunas cuestiones que lo obsesionaban con varios hermanos, sobre todo con el padre Arintero, del que se había hecho buen amigo, aunque a veces no se entendieran bien. Este era un gran estudioso de la mística y de las ciencias naturales que intentaba conciliar la teoría de la evolución de las especies con la doctrina cristiana, para asombro de Unamuno, que le tenía mucho respeto y admiración.

Como había imaginado, los frailes lo recibieron con gran contento y cordialidad, casi como si fuera uno de los suyos, una oveja descarriada que, tras vagar perdida por el mundo, volvía de cuando en cuando al sagrado redil y hasta participaba en la liturgia conventual. Después de comer y descansar un poco en su celda, el padre Arintero le propuso dar un paseo por el claustro de los Aljibes, el preferido de don Miguel, que era como un remanso de paz en medio de un oasis de quietud. Una vez allí, el rector le contó a grandes rasgos el enredo en el que se encontraba metido.

—Ya sabe que puede quedarse aquí el tiempo que quiera, pues cuenta con nuestra ayuda y comprensión —le recordó el dominico con voz serena y balsámica.

—Lo sé y se lo agradezco de corazón.

—Aparte de eso, ¿hay algo más? —El padre Arintero lo escrutaba con mirada perspicaz.

—¿A qué se refiere?

—Noto que algún asunto lo tortura. ¿Quiere confesar?

—Tiene razón, hay algo que me inquieta —reconoció Unamuno a regañadientes—. Pero desearía que lo habláramos como amigos, de tú a tú, o, mejor dicho, de usted a usted, no como si fuéramos confesante y confesor.

—Como prefiera, don Miguel —concedió el dominico—. ¿Y qué es eso que tanto lo aflige?

—Un mal de amores.

El padre Arintero lo miró sorprendido y algo turbado.

—¿Podría ser más claro?

—Creo que una parte de mí se ha enamorado de una mujer, una mujer muy hermosa y con mucho mundo, inteligente, valiente, decidida... Entiéndame, yo sigo queriendo a mi esposa, y de ninguna forma la voy a engañar, pero lo cierto es que estoy obsesionado con esa persona, no dejo de pensar en ella, la deseo de forma desesperada, y ya sabe que yo siempre me he negado al deleite de los sentidos —le explicó don Miguel con cierta pesadumbre—. Pero lo peor de todo es que me siento como si estuviera desgarrado, dividido en dos mitades opuestas entre sí; de modo que no sé si al final tendré fuerzas suficientes para vencer la tentación.

—Ahora ya entiendo por qué se ha refugiado aquí, cuál es el verdadero peligro del que está intentando escapar. Pero le advierto que, en este asunto, no se trata de huir, sino de mantenerse firme y hacerle frente a la tentación. Es normal que se sienta desgarrado, no estamos hechos de una pieza, todos tenemos grietas y fisuras en nuestra alma y cada parte exige lo suyo. Por suerte, usted es escritor; así que busque alguna forma de darles cauce literario a esos sentimientos y deseos que lo acucian, pero sin claudicar ni dejarse arrastrar por la pasión —le aconsejó el dominico muy convencido.

—¿Y usted cree que eso funcionará?

—Solo si usted lo quiere de corazón, si es que de verdad desea conseguirlo.

—Pensaré en ello, padre Arintero. De momento, le estoy muy agradecido por lo que me ha dicho —reconoció don Miguel.

—Como usted bien conoce, las palabras pueden ser muy sanadoras si se saben usar. Ahora lo dejaré a solas para que reflexione, mientras yo prosigo con mis ocupaciones.

Don Miguel se quedó pensando en el inmenso poder del lenguaje; de hecho, el Verbo, el Logos, era lo único en lo que de verdad creía, aquello a lo que encomendaba la posteridad de su existencia. Pero ¿habría palabras capaces de curar las heridas de un deseo hecho solo de miradas y silencios?

El convento de San Esteban era uno de los sitios en los que don Miguel más a gusto se sentía, sobre todo a esa hora, a la caída de la tarde. Después de dar varias vueltas, se acercó a uno de los aljibes que daban nombre al claustro. Le gustaba asomarse al brocal y gritar: «¡Yo!», para que el eco repitiera: «¡Yo, yo, yo...!», como si eso fuera una prueba irrefutable de su existencia. Pero esta vez no se atrevió, no quería llamar la atención. Entre esas paredes de piedra labrada había encontrado la calma y la esperanza en los instantes de mayor tribulación. Incluso había fantaseado muchas veces con la idea de hacerse fraile y llevar una vida de total renuncia al mundo y a sus pompas y circunstancias, una vida absolutamente contemplativa, de meditación y oración. ¡Qué lejos se sentía allí de todo peligro, tentación y asechanza! No obstante, tenía miedo de que los hombres de Daniel Llorente se hubieran enterado de dónde se hallaba y acabaran llegando hasta él. Estaba tan aprensivo y receloso que, al volver una esquina del patio, creyó observar una sombra deslizándose entre las columnas del ala norte, pero resultó ser el hermano herbolario, que había acudido a saludarlo.

—Parece que hubiera visto usted al diablo —le dijo a don Miguel cuando llegó a su altura.

—Por un segundo, creí atisbar una presencia maligna, es cierto —reconoció este—. Por fortuna, estamos en un lugar sagrado.

—Pues no debería confiarse —le advirtió el fraile—. Los lugares sagrados son precisamente los que más le interesan al diablo. Y eso tiene mucho sentido, dado que lo que él busca es perder a los buenos y a los que están al servicio de Dios, y no atraer a los malos, que por definición ya forman parte de su nutrido ejército. De modo que es posible que lo viera rondando por aquí. Y lo peor que puede hacerse en tales casos es actuar como si no lo hubiera observado. Hay que enfrentarse a él con astucia y determinación, ya que el diablo puede adoptar muchas formas; unas seductoras y atractivas y otras inocentes y mansas.

—Lo tendré muy en cuenta —prometió Unamuno.

—Quede usted con Dios.

Don Miguel permaneció de nuevo pensativo. ¿Estaría el hermano herbolario al corriente de sus preocupaciones o es que las había visto reflejadas con viveza en su rostro?

Los dominicos siempre le habían parecido unos frailes muy sagaces, pero no hasta tal extremo. A lo mejor era él, que se había hecho más transparente, como si fuera un libro abierto.

Después de rezar y cenar con los frailes, don Miguel se fue a su celda con la intención de escribir, no sabía muy bien qué, pero había algo que le rondaba por la cabeza. Se puso a ello y lo que le salió fue un poema, uno largo de tono becqueriano, uno que, a simple vista, no parecía compuesto por él, el Unamuno habitual, sino por otro que probablemente también fuera él, pero que, por lo general, estaba agazapado, escondido en algún recoveco de su alma, aguardando la ocasión de salir a la luz y encontrar su espacio en el mundo.

Leyó el poema con calma y vio que era de amor, pero de amor sensual, a diferencia de los que él solía concebir, que eran más bien castos y metafísicos. Y es que Unamuno entendía el amor como costumbre, y no como pasión erótica. Para él, brotaba del dolor, con lo que amarse significaba compadecerse. Por eso siempre se quejaba de que se llamara amor al simple enamoramiento, a ese egoísmo que hacía que se buscaran los amantes solo para poseerse, no para fundirse, tomándose uno a otro como instrumento de mero deleite. «Lo que une los cuerpos separa las almas», solía decir. Hasta que llegaba un dolor y en él ya no se poseían, sino que se unían verdaderamente, presos ambos de la pena, y entonces nacía el amor. «Solo los que han sufrido juntos se aman de verdad», sentenciaba a menudo.

Pero en su interior, claro, había otros Unamunos, otros yoes, con su peculiar manera de ser y su propia visión o concepción del amor. Imaginó, entonces, que uno de esos yoes era el que se había enamorado sin remedio de Teresa. A este yo suyo —y de Teresa— lo llamó Rafael, que en hebreo significaba «el que Dios ha sanado» y era el arcángel responsable de las curaciones, y pensó que, con el tiempo, ese Rafael acabaría convirtiéndose en eso que don Miguel llamaba «un yo exfuturo», un yo que pudo haber sido pero que, por diversas circunstancias, no llegó a existir del todo, salvo en un libro, y eso iba a ser lo que haría que ese amor fuera perdurable. Por suerte o por desgracia, el amor-pasión subsistía poco tiempo o, en el mejor de los casos, era tan solo una primera fase del amor-costumbre, mucho más duradero y verdadero que el otro. Pero, en esta ocasión, gracias precisamente a su renuncia al amor-pasión, este podría vivir para siempre a través de los poemas de Rafael dedicados a Teresa, su Teresa. Por otro lado, una de las ventajas de renunciar al amor, al amor-pasión, concluyó don Miguel, era que aún se podía desear amar. ¿Y qué sería de la vida sin amor?

# XX

*Salamanca, domingo 31 de diciembre*

Don Miguel se levantó temprano y acompañó a los frailes en los primeros oficios litúrgicos de la jornada, los de vigilias y laudes, así como en el desayuno. El día había amanecido soleado como el previo, y en el monasterio había mucha paz, pero él no acababa de apaciguarse; de hecho, se sentía muy inquieto, como si una hilera de hormigas le recorriera el cuerpo, desde la punta de los pies hasta la coronilla. Y es que, con tanta calma y contemplación, echaba de menos cierta agitación y conflicto, y el exceso de sosiego le producía más bien intranquilidad.

Intentó hablar con el padre Arintero, pero este se encontraba muy atareado, ya que esa tarde llegaban unos hermanos de Andalucía y debía agasajarlos como correspondía. De modo que don Miguel se fue a pasear por la huerta, que era muy extensa y tenía una gran variedad de árboles frutales, verduras y plantas, sobre todo medicinales. Buscó por allí al hermano herbolario, pero no dio con él. Nadie parecía estar en esa jornada en su sitio, como si el fin de año lo hubiera alterado todo, y eso lo desasosegó todavía más.

Antes de que llamaran para almorzar, Unamuno le dijo al hermano portero que tenía que irse para resolver ciertos asuntos y le pidió que, en su nombre, le diera las gracias a la comunidad por haberlo hospedado y confortado y, en especial, al padre Arintero por sus sabios consejos.

Estaba cruzando la explanada que había frente a la entrada del convento cuando se fue a topar con un erudito local que se las daba de ser un importante especialista en la vida y la obra del propio don Miguel, nada menos, y que andaba siempre con ganas de enmendarle la plana, elucubrando y porfiando sobre si en verdad había dicho esto o lo otro en tal o cual obra, o si le había pasado eso o aquello, lo que enfadaba mucho a Unamuno. «Pero ¿me va a decir a mí ese botarate qué es lo que escribo y cómo soy o dejo de ser?», exclamaba don Miguel cada vez que le hablaban de él o de algún artículo que había escrito.

Tan singular personaje se llamaba Federico Albo y tenía aspecto de mojigato y santurrón, que por fuera parecía que nunca había roto un plato, pero por dentro rebosaba bilis. Ese día en concreto le echó en cara a Unamuno que dedicara su valioso tiempo y su talento a ejercer de detective aficionado, pues eso no cuadraba con la idea que la gente de bien se había hecho de él, por lo que le advertía, con todos los respetos, que no iba por muy buen camino.

—Y conste que, además de admirador, me considero su amigo —añadió el erudito, como si eso le diera derecho a decir lo que le viniera en gana.

—Con amigos así, ¿quién necesita enemigos? Por otra parte, a mí eso que llaman la gente de bien, los biempensantes y los meapilas como usted, que lo único que quieren es tipificarme o mitificarme y llevarme a su huerto, me importan muy poco. No sé si me entiende. De modo que seguiré haciendo mi santa voluntad —le soltó don Miguel con tono desabrido.

—Pues, en tal caso, me veré en la obligación moral de defender la verdad, sí, la verdad en torno a su vida y obra; precisamente, ahora estoy escribiendo una monografía donde le corrijo a usted su *Vida de don Quijote y Sancho*, ya que en él hay muchas cosas que no me cuadran con la imagen que tenemos de usted, que es aquella con la que todos queremos que pase a la historia y se inmortalice —dejó caer el erudito.

—¿Y quién le ha dado a usted vela en mi entierro? Tiene suerte de que sea pacifista y no lleve conmigo el bastón de caminar, que, si no, le daría ahora un buen escarmiento sin que me dolieran prendas —lo amenazó don Miguel, medio en broma, medio en serio.

—Eso jamás lo haría el auténtico Miguel de Unamuno —sentenció Federico Albo con aire de suficiencia.

—¡Y a mí qué me importa! Sepa de una vez que yo no me reconozco en la imagen que se ha forjado de mí. Usted debe de ser de los que piensan que Unamuno solo hay uno, el suyo, pero se equivoca; existen muchos Unamunos dentro de mí, y pienso darles rienda suelta a todos ellos según me plazca y me convenga. Faltaría más.

Cuando don Miguel terminó su filípica, el otro ya había huido con el rabo entre las piernas, no fuera a ser que su admirado y denostado escritor cumpliera sus amenazas.


Después de comer en una fonda que había cerca del mercado de abastos, donde aprovechó para que le prepararan algo para la cena de Nochevieja, don Miguel regresó a su casa. Allí escribió varias cartas, entre ellas una muy larga dirigida a doña Concha, y luego se puso a darle vueltas a un poema que quería componer, pero que se le resistía un poco, como si no quisiera salir del útero de su mente. Era el último día de diciembre y eso siempre lo ponía triste y lo llevaba a pensar en la finitud y el acabamiento, y más en esa ocasión, ya que temía que los hombres de Daniel Llorente acudieran a asesinarlo antes de que terminara la jornada y el año. Y es que, frente al problema de la muerte, todo lo demás carecía de importancia.

En el poema que se traía entre manos, imaginaba de forma muy viva que la Muerte acudía a visitarlo. Comenzaba diciendo: «Es de noche, en mi estudio…» y, en sus versos, fantaseaba con su llegada sigilosa y felina mientras él estaba solo en su gabinete de trabajo, rodeado de libros sabios y silenciosos, escribiendo las que podían ser sus últimas palabras, su testamento poético.

Tras darles muchas vueltas a los versos finales, como si de ellos dependiera su vida y su destino, consiguió terminarlo. Acababa así:

*Tiemblo de terminar estos renglones*
*que no parezcan*
*extraño testamento,*
*más bien presentimiento misterioso*
*del allende sombrío,*
*dictados por el ansia*
*de vida eterna.*
*Los terminé y aún vivo.*

En ese momento, llamaron recio a la puerta y los golpes resonaron en toda la casa, que parecía vacía y deshabitada. ¿Sería la Muerte o alguno de sus enviados? Por un segundo, deseó que fuera Teresa, pero enseguida se arrepintió. Intrigado, Unamuno se asomó con cuidado a una ventana que había en el zaguán y vio que era Anselmo, el pintor anarquista. Llevaba en la mano un paquete largo y de poco grosor, envuelto en papel de estraza y atado con una cuerda. Sin poder evitarlo, sintió gran curiosidad por saber qué sería.

—Perdone las horas, don Miguel, pero le traigo a usted un regalo para que empiece bien el año —le dijo Anselmo, tan pronto le abrió.

—¡¿Un regalo?! —se extrañó él.

—Creo que le va a gustar —sonrió el hombre, al tiempo que se lo entregaba con mucha reverencia y prosopopeya.

Tras cogerlo, Unamuno observó que el paquete olía a pintura fresca. ¿Sería un óleo para compensarlo por aquel que no le había querido vender ni copiar? ¿Tal vez una vista de Salamanca desde su buhardilla?

—Pues yo no tengo nada para usted —se disculpó don Miguel—, salvo que quiera un libro mío dedicado, aunque eso no tiene ningún valor. Ahora que lo pienso, le voy a regalar mejor un poema que acabo de escribir. Por lo general, no conservo ningún manuscrito de mis obras ya publicadas. Es, por lo tanto, un inédito recién salido del horno; el original, con sus enmiendas y tachaduras, no una copia en limpio. Pero no se preocupe, que ya volveré a escribirlo el año que viene por estas fechas. Entre, hágame el favor.

—Me hace mucha ilusión —exclamó Anselmo—. Pero ya me lo dará otro día, que estamos en Nochevieja y tendrá usted cena con la familia.

—Mi esposa y mis hijos no están; les he pedido que se fueran a Guernica, ya que yo tengo cosas importantes que hacer aquí. Si le apetece, puedo invitarlo a cenar. Me he traído comida de la fonda y hay de sobra para los dos.

—¡Que no es necesario, de verdad!

—Faltaría más, después del detalle que ha tenido conmigo.

Unamuno condujo al pintor a su estudio. Una vez allí, cogió el autógrafo del poema que yacía sobre la mesa y, tras firmarlo, se lo entregó a Anselmo.

—Si no le importa, lo voy a enmarcar —anunció este.

—Como usted quiera. Yo haré lo mismo con su regalo.

—Hablando de ello, ¿no va usted a abrirlo?

Don Miguel habría preferido desenvolverlo a solas por si el lienzo no le gustaba y se llevaba una decepción difícil de disimular, pero tampoco quería ser grosero ni ingrato. Así que agarró unas tijeras, cortó la cuerda y retiró el papel. ¡Era una copia del retrato de Teresa! Bueno, no exactamente una copia, pues Anselmo había hecho algunos cambios en el vestido, algo menos escotado que el original, para que fuera diferente, una obra única, como Teresa, su Teresa.

—Me ha dejado sin palabras —murmuró don Miguel sin apartar la vista del lienzo—, y, como usted comprenderá, eso es algo que hasta ahora nadie había conseguido.

—Es ella la que le quita a usted el aliento —puntualizó Anselmo—. Vi muy bien cómo la miraba en mi casa. Le confieso que al principio me sentí algo celoso, por eso me negué a compartir el retrato, pero luego pensé que usted también merecía contemplarlo.

—Nunca olvidaré este gesto suyo.

Dejó el cuadro sobre una repisa a modo de altar y subieron a la cocina para calentar la cena, de la que dieron cuenta enseguida, dado que los dos tenían hambre y no se andaban con remilgos. Después estuvieron charlando sobre lo divino y lo humano, esto es, sobre Teresa, que, según ellos, participaba de ambas naturalezas. A las doce brindaron con vino dulce —«un día es un día», dijo don Miguel— por el nuevo año y, a continuación, Anselmo se marchó para su casa muy emocionado y algo ebrio, todo hay que decirlo, pues él solo se había terminado la botella.

Antes de irse a la cama, Unamuno le fue a echar un último vistazo al retrato de Teresa. Como no quería que se lo robaran o lo observaran miradas indiscretas ni le parecía decente llevárselo al dormitorio, lo escondió con cuidado en el doble fondo del archivador, allí donde guardaba los famosos documentos, las novelas de Sherlock Holmes y, por supuesto, los poemas que había escrito sobre ella con la intención de publicarlos algún día bajo el título de *Teresa*, pero atribuyéndoselos, eso sí, al tal Rafael y rodeándolos de todo un aparato de presentaciones, notas y comentarios de lo más pedantes, para que nadie pensara que se trataba de un amor real y, por lo tanto, de un libro autobiográfico.

# XXI

*Salamanca, lunes 1 de enero de 1906*

Hacia el mediodía del 1 de enero, lo despertaron unos golpes en la puerta de la calle. Como no paraban, don Miguel se calzó las zapatillas, se echó el batín por encima y bajó a abrir pensando que se trataría de Anselmo. Pero frente al umbral no se veía a nadie. En el suelo, sin embargo, había un papel doblado en dos que alguien debía de haber metido por la rendija. Era una nota anónima que decía lo siguiente:

> *Si quiere volver a ver con vida a su amiga Teresa, pásese por la nave abandonada que hay frente a la fábrica de harina, cerca del río. Le recomiendo que venga solo y que no avise a nadie. Tiene usted treinta minutos, y no olvide los documentos.*

Cuando terminó de leerla, a Unamuno le temblaban las manos y las piernas. Necesitaba tranquilizarse y pensar, pero no había tiempo para ello. Si quería llegar a la hora, tenía que ponerse en marcha enseguida. De modo que subió a su habitación, se lavó un poco la cara con el agua de una jofaina para despejarse y se vistió como pudo. Luego cogió los papeles y salió a toda prisa.

En la calle no había ningún transeúnte, salvo él. Tras cruzar la plaza de Anaya preso de la angustia, se dirigió hacia el convento de San Esteban; después, subió casi sin aliento por la cuesta del colegio de Calatrava, cruzó un paseo arbolado, atravesó las vías del ferrocarril y siguió a duras penas por un camino de tierra hasta una zona en la que solo había talleres, descampados y alguna que otra fábrica. Al llegar a la de harina, buscó lleno de zozobra la nave abandonada. Esta se hallaba junto a una cuesta que conducía al río. Bajo la luz cenicienta del cielo encapotado, el paisaje no podía ser más desolador.

Miró el reloj de bolsillo y vio que ya era la hora, pero no lograba dar con la entrada. Dobló la esquina y descubrió que una de las puertas estaba tapiada. De modo que siguió rodeando el edificio hasta dar con otra, de metal oxidado, que se encontraba entreabierta. Dentro lo estaban esperando dos hombres, que, después de despojarlo de los documentos, lo asieron por los brazos y lo llevaron a la fuerza hasta una especie de taller que había al fondo, iluminado por una claraboya. Allí lo aguardaba Daniel Llorente, cerca de una fogata que habían encendido para no pasar frío.

—Sabía que vendría. Es usted un romántico empedernido —le gritó a modo de saludo.

—¿Dónde está Teresa? —preguntó don Miguel.

—Todo a su debido tiempo. De momento, quiero que charlemos; aunque, si no le importa, hoy solo hablaré yo —precisó el terrateniente.

—Antes, suéltela.

—Aquí las órdenes las da el menda.

Para demostrarlo, Daniel Llorente les hizo un gesto a sus hombres y estos agarraron con fuerza a don Miguel, lo sentaron en una silla muy destartalada y, por último, lo amordazaron y lo ataron de pies y manos, antes de abandonar la estancia y dejarlos a solas en el taller.

—Ahora que lo tengo a mi merced —comenzó a decir—, me gustaría preguntarle por qué no ha dejado de provocarme desde que nos conocimos en el cementerio el día en que enterraban a una persona muy querida. Porque ha de saber usted que, aunque tuviéramos nuestras diferencias, Enrique Maldonado era mi socio y un gran amigo, la persona con la que mejor me he entendido nunca. Pero tuvo que venir usted a hurgar en la herida, y todo eso porque le venía bien, para sus intereses, tener a un sospechoso como yo. Para usted resultaba perfecto que un terrateniente sin escrúpulos pudiera haber sido asesinado por otro rico propietario todavía peor. El crimen, por así decirlo, quedaría en casa, entre gente depravada y codiciosa que tan solo se mueve para acrecentar su fortuna, caiga quien caiga y cueste lo que cueste. Y, de esa forma, sus amigos campesinos, los desheredados de la tierra, los maltratados por los poderosos, quedarían libres y sin sospecha, convertidos en poco menos que unos héroes.

Daniel Llorente hizo una pausa para comprobar que Unamuno seguía atento y no perdía el hilo de su relato. Para él parecía ser muy importante que el célebre escritor lo escuchara, ahora que no podía interrumpirlo ni replicarle.

—Pero se le escapó a usted un detalle —continuó con tono suave—, y es que, en una alianza como la nuestra, los socios procuramos no hacernos daño entre nosotros. No sé si usted conoce la expresión «perro no come perro», seguro que sí, dado que es usted un filólogo y un eminente catedrático. Pues así pasaba con nosotros, que no nos mordíamos, ya que cualquier ataque o agresión rompería el equilibrio que teníamos acordado, y eso afectaría negativamente a nuestros negocios y haría que nuestros asuntos salieran a la luz pública, lo que nos perjudicaría a los dos por igual. De modo que procurábamos arreglar nuestras disputas, cuando las había, de manera discreta y civilizada para no llamar la atención. No sé si me sigue.

Don Miguel asintió con la cabeza, muy interesado en lo que el otro tuviera que decir, aunque no pudiera protestar ni disentir.

—Como usted bien sabrá, dada su erudición —prosiguió el terrateniente—, hay una regla de oro que dice que el crimen lo ha cometido aquel al que beneficia. Y si hay alguien a quien no le ha producido ningún bien la muerte de

Enrique Maldonado es a mí. Por el contrario, me ha perjudicado grandemente. En primer lugar, porque ya no voy a poder seguir haciendo negocios con él ni con su familia, dado que su hijo es un imbécil que se lo gasta todo en vicios y del que no se puede uno fiar; de hecho, nuestra sociedad ya se ha disuelto. Y, en segundo lugar, porque esa muerte violenta me ha situado en el punto de mira y ha hecho que, por su culpa, me refiero a usted, se hayan puesto al descubierto algunos de nuestros apaños y corruptelas. De modo que dígame si, después de todo lo que le he contado, todavía sigue pensando que lo maté yo. Sí, ya sé que no puede hablar, pero en realidad se trataba de eso que usted llamaría una pregunta retórica —precisó con una sonrisa maliciosa—. Y ahora viene la cuestión fundamental: ¿qué hago con usted? Su muerte, desde luego, no me va a resarcir de los daños que me ha ocasionado ni me va a reportar tampoco ningún beneficio, de eso no hay duda. Pero sí que va a procurarme, se lo aseguro, una enorme satisfacción. Además, le tengo reservada una bonita sorpresa —anunció con voz triunfal.

En ese instante regresaron los dos hombres acompañados de Teresa, que iba amordazada y con las manos atadas a la espalda. Unamuno la miró angustiado, tratando en vano de librarse de las cuerdas, mientras ella lo saludaba con la cabeza con la idea de infundirle ánimos.

—No sé si sabe que anoche su amiga vino a la fiesta de fin de año que celebrábamos en el casino sin que nadie la hubiera invitado —prosiguió Llorente—. Se había infiltrado en la sala disfrazada de camarera con la aviesa intención de atentar contra mí en el momento de las campanadas. Pero yo la descubrí antes y conseguí detenerla. Como ya se habrá imaginado si es que la conoce bien, ella se lo tomó con mucho estoicismo y no se desmoronó. Lo único que me rogó fue que no le causara ningún daño a usted, que no tenía culpa de nada, pues debió de intuir cuáles eran mis planes. Entonces fue cuando se me ocurrió que no solo los mataría a los dos, sino que, además, conseguiría

188

que culparan a la conocida anarquista del asesinato del ilustre rector. ¿Que cómo? Pues pegándole un tiro a usted con su revólver y luego otro a su amiga haciendo que parezca que, después de matarlo, decidió suicidarse. Un plan redondo, ¿no cree? Y, sobre todo, una muerte muy romántica, digna de ustedes dos.

»Cuando se sepa la noticia, la gente sospechará que tenían ustedes una aventura, pero que algo inesperado sucedió y la cosa terminó en tragedia, como los grandes amores literarios. ¿Qué pensará su mujer cuando se entere? ¿Y sus hijos? Su padre, el hombre íntegro, el ciudadano ejemplar, resulta que tenía una amante muy peligrosa. ¿Y qué cree que dirán de usted en el futuro? Que prometía mucho, pero lo echó todo a rodar por una mujer de dudosa reputación. Por suerte, usted no lo verá. De todas formas, no me lo reproche, ya que con su dramática desaparición lo voy a hacer inmortal, que, si no me equivoco, es lo que usted más desea en este mundo —añadió con ironía, al tiempo que lo encañonaba con el arma de Teresa, la que él le había devuelto hacía unos días.

Mientras esta intentaba zafarse desesperadamente de sus secuestradores, don Miguel la buscó con la mirada, como si quisiera que ella fuera lo último que vieran sus ojos antes de morir, pues todo parecía indicar que su triste final había llegado... Pero, de repente, se oyó cómo la puerta de metal que daba a la calle se abría con gran estrépito y dejaba libre el paso a varios agentes de policía, que enseguida tomaron posiciones en el interior de la nave sin que Daniel Llorente ni sus hombres tuvieran tiempo de reaccionar. Tras darles el alto, los recién llegados les ordenaron que arrojaran las armas al suelo y luego los esposaron. Ninguno de los tres ofreció resistencia.

Una vez que se efectuaron las correspondientes detenciones y Unamuno y Teresa fueron liberados, hizo su aparición Manuel Rivera, que, al parecer, era el que había avisado a las fuerzas del orden.

Don Miguel le dio a su amigo un abrazo muy efusivo; nunca se había alegrado tanto de ver a alguien. Teresa, sin embargo, todavía parecía algo confusa, como si acabara de despertarse de un sueño muy agitado y no supiera dónde se encontraba. Unamuno trató de confortarla diciéndole que ya estaban a salvo y que no había nada de lo que preocuparse.

—No se confíen. Ustedes han ganado esta partida, pero no el juego —les gritó Daniel Llorente cuando pasó a su lado, conducido por dos guardias—. Ya verán como no tardan en soltarme para evitar que tire de la manta —añadió desde la entrada, convencido.

Antes de irse, uno de los agentes tomó nota de sus nombres y direcciones, así como de lo sucedido en la nave, y les preguntó si estaban bien o necesitaban un médico o algún tipo de asistencia. Pero ellos declinaron el ofrecimiento.

—Bonita manera de empezar el año. No saben cuánto me alegra hallarlos con vida; por un momento pensé... —La frase del abogado quedó colgada en el aire, aunque todos imaginaban lo que le había pasado por la mente.

—¿Y cómo se enteró de que estábamos aquí? —le preguntó Unamuno.

—Porque usted se dejó la puerta de su casa abierta y la nota que le hicieron llegar tirada en el suelo. Por eso supe lo que pasaba cuando me acerqué a visitarlo esta mañana. Luego me fui corriendo a denunciar el caso —explicó el abogado.

—La verdad es que no gana uno para sustos —señaló Unamuno.

—Gracias por haber venido a rescatarme, nunca lo olvidaré —le dijo Teresa a don Miguel.

—No podía permitir que le pasara nada, y menos por mi causa. Tenía que intentarlo como fuera —le hizo saber él.

—Fui yo la que lo puso a usted en peligro por haberle dado los documentos —se disculpó Teresa.

—Por cierto, ¿cómo los consiguió?

—Eso es irrelevante —arguyó ella—. Lo importante es que creí que podrían servir para incriminar a Daniel Llorente y, de paso, poner al descubierto sus negocios. Pero pensé que, si los entregaba yo a la prensa o al juez, no se fiarían de mí. Sin embargo, hay mucha gente que tiene una fe ciega en usted. Por desgracia, no medí bien los riesgos que los dos podríamos correr.

—¿Y qué me dice de su plan de atentar contra ese canalla?

—Que fue una acción desesperada y, lamentablemente, fallida —reconoció Teresa—. Tenía tantas ganas de que recibiera su merecido. En todo caso, no pensaba matarlo, tan solo darle un buen susto.

—De todas formas, debería andarse con más cuidado. En fin, por suerte, eso ya es agua pasada. Ahora lo que urge es conseguir que liberen a los vecinos de Boada que fueron encarcelados —recordó Unamuno.

—Confiemos en que, gracias a estas detenciones, investiguen de una vez a Daniel Llorente como principal sospechoso del asesinato de Enrique Maldonado —comentó Manuel Rivera.

—Esa era la idea. Pero yo no esperaría mucho al respecto, y eso si no lo sueltan enseguida; parecía muy tranquilo —apuntó Teresa.

—Si es así, haremos todo el ruido que podamos a través de la prensa. Ese hombre no se puede salir con la suya después de lo que nos ha hecho. Por otra parte, y si he de serles completamente sincero, no estoy convencido de que asesinara a Enrique Maldonado —admitió Unamuno sin poder evitarlo.

—Pues ya ha visto cómo se las gasta. Además, tenía un buen motivo y gente sin escrúpulos para hacerlo en su lugar.

—Eso es verdad. Pero él me dijo, cuando me tenía atado y amordazado y estaba a punto de matarme, justo antes de que apareciera usted, que no había sido, y la razón que daba era que la muerte de su amigo, lejos de reportarle ningún beneficio, lo había perjudicado mucho, y que los socios como ellos arreglaban sus diferencias de forma discreta, y no a puñaladas. «Perro no come perro», me soltó a modo de explicación.

—¿Y usted lo creyó?

—¿Para qué me iba a mentir si pensaba acabar conmigo a continuación?

—¿Para fastidiarlo y no dar su brazo a torcer? —sugirió ella.

—Es posible, pero me pareció muy sincero.

—De todas formas, yo no estoy muy de acuerdo con su razonamiento, pues bien pudo haberlo matado por envidia, sin ir más lejos. Como usted sabe, esta es una pasión humana muy poderosa que tiene la particularidad de que resulta tan destructiva para el envidioso como para el envidiado, incluso más, por lo que no reporta ningún beneficio aparente a aquellos que se dejan arrastrar por ella —argumentó Teresa.

—Salvo la satisfacción de ver aniquilado al objeto de su envidia, aunque para lograrlo tengan que destruirse también a sí mismos —añadió Unamuno.

—Eso es. Por ello a la envidia la pintan flaca y amarilla, porque muerde y no come y, por lo tanto, no se alimenta y, al final, enferma. En fin, lo que quería decir era que no lo descartaría del todo como sospechoso.

—En cualquier caso, hay que buscar también por algún otro sitio —apuntó don Miguel.

—¿Y qué sabemos del gobernador civil? ¿Hemos tenido alguna noticia? —preguntó de pronto Teresa.

—De momento, no lo han cesado ni él ha hecho pública ninguna declaración sobre el artículo de *El Liberal* —respondió el abogado.

—Estará a la espera de acontecimientos o de que pase el chaparrón, y luego volverá a aparecer como si no hubiera sucedido nada. —Teresa se mostraba muy desencantada con el sistema judicial, pero quién podía culparla.

—También es posible que no puedan o no les convenga cesarlo; tal vez sepa demasiado, y no quieren arriesgarse a que él también tire de la manta. Ya vieron que Daniel Llorente ha amenazado con hacerlo —argumentó Unamuno.

—Son todos unos malnacidos —concluyó Teresa.


Por la tarde, tuvieron que ir a los juzgados para hacer una declaración formal y la correspondiente denuncia. Según les contaron, el juez de guardia había decretado el ingreso en prisión de Daniel Llorente, debido a los hechos que, en principio, se le imputaban, pero su abogado ya había presentado un recurso para que le concedieran de inmediato la libertad bajo fianza.

# XXII

*Salamanca, martes 2 y miércoles 3 de enero*

El martes se reunieron de nuevo don Miguel, el abogado y Teresa en el bar del Armuñés, al que todavía no había regresado el periodista Antonio Oliva. Para su sorpresa, la prensa salmantina no decía nada de lo sucedido en la nave abandonada el día anterior ni de la detención de Daniel Llorente y sus hombres. El nuevo año tampoco había comenzado bien para los habitantes de Boada. Dadas la gravedad del caso y la gran alarma social causada, había mucha prisa por completar como fuera la fase de instrucción y la Guardia Civil quería dar ya por cerrada su investigación de los hechos; de modo que el juicio oral se celebraría pronto. Por otra parte, tenían que admitir que ni las revelaciones aparecidas en *El Liberal* ni lo sucedido el 1 de enero habían servido, al menos de momento, para que se abrieran diligencias contra Daniel Llorente como sospechoso de haber matado a su socio Enrique Maldonado. Su abogado, por otra parte, ya había anunciado que estaba a punto de conseguir la libertad para su cliente, al que tan solo se iba a acusar de secuestro agravado, y no del homicidio frustrado de Unamuno y Teresa.

Asimismo, Manuel Rivera les informó de que había empezado a constituirse la acusación particular en la causa abierta por el asesinato de Enrique Maldonado con el fin de asegurarse la pena máxima para los imputados. Esta acción procesal iba a estar dirigida por un conocido abogado de Salamanca llamado Ángel Labrador y financiada por la familia de la víctima, varios políticos conservadores y algunos ganaderos y potentados de la provincia, entre los que se encontraba, cómo no, Daniel Llorente, que era el principal interesado en que el asunto se resolviera cuanto antes.

Según Manuel Rivera, el próximo paso del juez sería tomar declaración en el Juzgado de Instrucción de Ciudad Rodrigo a los familiares de la víctima y a los vecinos que se habían autoinculpado con el fin de determinar quiénes eran verdaderamente los sospechosos de haber cometido el crimen y descartar al resto. En total, eran más de doscientos los que se habían declarado a sí mismos responsables del hecho, si bien no todos habían sido imputados, y, de ellos, unos treinta habían sido encarcelados. En la prensa se seguía dando por sentado que había sido el pueblo entero, pero, como Unamuno ya había anticipado, no era viable juzgarlos a todos, ni siquiera a la mayoría. Al parecer, el juez de instrucción había resuelto interrogar a muchos de ellos como testigos y no como sospechosos de asesinato; de esa forma, si mentían, podrían ser acusados de perjurio y de obstrucción a la justicia. La idea era quedarse, al final, tan solo con aquellos en los que supuestamente hubiera indicios de criminalidad.

Unamuno se mostró muy preocupado por tales noticias, pues era consciente de que, de una manera u otra, la suerte de aquellos a los que les tocara comparecer como inculpados en el juicio estaba echada si no conseguían hallar de inmediato a los auténticos culpables, algo en lo que por ahora no habían tenido demasiada suerte.

—He de revelarles algo importante —anunció Teresa, muy seria.

—Usted dirá —indicó don Miguel.

—Debo confesarles que yo sé mejor que nadie que los vecinos de Boada son del todo inocentes.

—¿Qué significa eso?

—Que yo estaba con ellos en Boada la noche del crimen.

Unamuno la miró con asombro.

—¿Y qué hacía allí? ¿No nos irá a reconocer que...?

—A esa hora celebrábamos una asamblea en la panera del pueblo en la que yo debía intentar convencerlos de que no hicieran ningún caso a las promesas que les habían dejado caer los representantes del Gobierno y de la Diputación; que solo eran burdas mentiras y que lo que tenían que hacer era rebelarse contra el propietario de las tierras comunales y, desde luego, contra el Gobierno por haber propiciado y consentido su venta.

—¡Acabáramos! —exclamó don Miguel—. ¿Y por qué no nos lo contó antes? ¿Es que no se fía de nosotros?

—Los vecinos de Boada me pidieron que no lo mencionáramos, ya que eso los haría parecer más culpables todavía del asesinato, dada mi militancia anarquista y mis antecedentes —explicó Teresa—. Y seguramente no se admitiría mi declaración como coartada, ya que no podríamos probarla. Lo verían como una medida desesperada por nuestra parte. Pero ahora las cosas se están poniendo muy feas y creo que debería testificar ante el juez de forma voluntaria.

—Como usted ha dicho, eso no va a servir de nada, salvo para agravar la situación de los encarcelados y para que la detengan también a usted como cómplice necesaria y tal vez a nosotros por haberla encubierto hasta ahora. Entonces sí que las cosas se pondrían feas —advirtió el abogado.

—Creo que don Manuel tiene mucha razón —convino Unamuno—. Supondrán que quiere protegerlos, pero que, en realidad, fue usted la que los instigó para que mataran al terrateniente.

—Eso me temo, sí. Sin duda, el remedio sería mucho peor que la enfermedad —insistió Rivera—. Lo único que cabe hacer por ellos es dar con los verdaderos asesinos. No queda otra.

—Entonces ¿se podría decir que ese día acudió usted a Boada con la intención de provocar una revolución aprovechando el revuelo que había causado la famosa carta? —Unamuno la observaba con el ceño fruncido.

—Más o menos. Al grupo al que pertenezco le pareció una excelente ocasión para promover una revuelta en la provincia de Salamanca que pudiera servir luego de detonante para que el problema agrario explotara y las protestas se extendieran a otros lugares —admitió la anarquista sin bajar la mirada—. ¿Quién iba a imaginar que esa misma noche matarían al terrateniente?

—Espero, por su bien, que usted no tuviera nada que ver con esto último —repitió don Miguel con gesto severo.

—Nada en absoluto, puede creerme. Estuve todo el tiempo con los vecinos de Boada, incluso pasé la noche en casa de los dueños de la panadería; no me separé ni un momento de ellos. Y, desde luego, tampoco fui la instigadora. Si ni siquiera logré convencerlos de que se manifestaran contra el Gobierno cuando se reunieron en el pueblo con sus representantes... —reconoció Teresa—. Tan solo algunas mujeres se atrevieron a gritarles que les devolvieran las tierras si no querían que emigraran. Los demás se callaron como muertos.

—En todo caso, tenía que habérnoslo contado.

—Le prometí a esa gente que no lo haría —insistió—. Y ellos, por su parte, han cumplido su palabra. Así que no podía traicionarlos. Pero, si ellos quieren, yo estoy dispuesta a declarar.

—Supongo que, durante todo este tiempo, usted habrá sido su asesora.

—Así es, pero, como ya he comentado, no siempre me hacen caso.

—Está bien. Dejémoslo estar —pidió Unamuno.

—Hablaremos en cuanto podamos con mis defendidos y que ellos decidan qué es lo mejor a este respecto —propuso el abogado.

Teresa asintió con un gesto de barbilla y dejó vagar su mirada por el bar, a esas horas casi desierto.

—Dígame dónde se aloja —dijo de pronto Rivera—. Es para que podamos avisarla de lo que acordemos con ellos.

—Estoy en un pequeño hostal de la calle de Meléndez. Los Bandos se llama.

—¿Hay algo más que no nos haya contado relativo a ese día? —preguntó don Miguel con tono de reproche.

—Eso es todo.

—¿Y promete no volver a ocultarnos nada de interés?

—No quiero hacer promesas que no sé si podré cumplir —reconoció Teresa.

—Al menos en eso es sincera —convino Unamuno.

—En eso y en todo —rebatió ella, muy digna.

—A veces, el silencio es la peor mentira.


Al día siguiente, Manuel Rivera le contó a don Miguel que un magistrado de Salamanca había dejado en libertad bajo fianza a Daniel Llorente, lo que encolerizó mucho al catedrático. Pero no se podía hacer nada para evitarlo. El juez de instrucción de Ciudad Rodrigo, por su parte, había comenzado a tomar declaración a la viuda y al hijo de Enrique Maldonado. Según llegó a saber Rivera, Ana Juanes se había mostrado muy convencida de que los asesinos de su marido eran los vecinos de Boada, resentidos con él por considerarlo el causante de sus desgracias, de las que, por supuesto, ellos eran los únicos responsables. Pero no había podido aportar ninguna prueba ni indicio de lo que decía. Al final, había salido muy enfadada debido a algunas preguntas del juez en torno a la vida privada de su difunto esposo, que, según aseguró, nada tenían que ver con el homicidio y sí con la maledicencia de un pueblo que, para tratar de justificar su crimen, se inventaba todo tipo de infamias e infundios.

En cuanto a Juan Maldonado, tampoco había estado muy colaborador, pues no había hecho más que protestar por todo y pedir justicia para su padre y para él por el ataque sufrido no hacía ni dos semanas, del que culpaba también a los vecinos de Boada, que eran, en su opinión, los que habían instigado a Andrés Zamarreño para que intentara matarlo, ya que ellos no podían hacerlo por estar bajo vigilancia. Hasta había llegado a hablar de una conspiración de los boadenses contra su familia, probablemente incitados por terceras personas.

—¿A quiénes se refiere? ¿Podría darme usted algún nombre? —le preguntó el juez de instrucción.

—Naturalmente, a Miguel de Unamuno —contestó el otro sin dudarlo—. Ya habrá visto usted los artículos que ha escrito sobre Boada y su denodado empeño en buscar sospechosos fuera del pueblo.

Mientras tanto, algunos periódicos, como *El Lábaro*, seguían con su campaña de apoyo incondicional a los Maldonado:

> *¿Qué más tiene que aguantar esa familia y, sobre todo, ese pobre hijo desconsolado, que, además de perder a su padre y asistir al dolor de su madre, ha estado a punto de ser asesinado? Exigimos que acabe de una vez este viacrucis y se castigue como es debido a los responsables, a todos ellos sin excepción, así como a sus instigadores, para que hechos de este tipo no vuelvan a ocurrir en la provincia de Salamanca, donde nunca ha habido conflictos sociales ni luchas de clases y siempre hemos convivido todos en paz.*

De Amalia Yeltes, sin embargo, no se acordaba nadie, salvo don Miguel. «¿Por qué sigue sin investigarse su muerte? ¿A quién se está protegiendo con ello? ¿Qué secretos se esconden detrás de ese asesinato?», se preguntaba una y otra vez. Manuel Rivera y él habían examinado su cadáver y el lugar donde la enterraron, habían hablado con varias personas de su entorno e incluso visitado su casa. Pero no habían logrado averiguar nada que arrojara algo de luz sobre su asesinato y posterior inhumación. Era como si a nadie le interesara o ninguna persona la echara de menos, como si nunca hubiera existido.

—Habría que hacer algo al respecto, ¿no le parece? —le propuso Unamuno a Rivera mientras paseaban a la caída de la tarde por el camino de Zamora, en las afueras de Salamanca, otro de los itinerarios preferidos de don Miguel.

—¿En qué está usted pensando? —quiso saber el abogado.

—No lo sé muy bien; tal vez deberíamos pasarnos de nuevo por su casa.

—Pero si ya estuvimos allí y no encontramos nada, por no hablar del registro que hicieron los guardias civiles.

—Es posible que ellos no quisieran y nosotros no supiéramos buscar a fondo, y, encima, tuvimos que salir de forma precipitada —replicó don Miguel.

—¿Y cómo vamos a entrar ahora? Parece ser que la Guardia Civil se ha quedado las llaves y ha vedado el acceso a la casa.

—Por eso no se preocupe, que ya nos las apañaremos.

—Precisamente, son sus artimañas lo que más me preocupa.

—A veces es usted demasiado prudente.

# XXIII

*Boada y Salamanca, jueves 4 de enero*

Cuando llegaron a Boada, se dirigieron directamente a la casa de Amalia Yeltes. En la puerta había un aviso de la Guardia Civil que prohibía la entrada a toda persona no autorizada. Después de echar un vistazo a las ventanas, decidieron hacerlo por la parte de atrás. Para ello debían saltar una tapia de adobe que rodeaba el corral.

—¿Es usted consciente de que estamos cometiendo un delito grave? —dejó caer Manuel Rivera.

—Lo soy, pero lo hacemos por un bien mayor —argumentó Unamuno.

—Si eso lo tranquiliza... Pero, en derecho, los fines, por muy buenos que sean, no justifican cualquier medio —le recordó el abogado.

De nuevo don Miguel demostró ser más ágil que su compañero y pasó al otro lado del muro sin grandes problemas. Una vez en el corral, solo tuvieron que forzar un poco una puerta muy endeble que daba a la cocina. Dentro de la casa, se repartieron el trabajo para acabar cuanto antes. A Unamuno le tocó mirar debajo de la cama del dormitorio de Amalia y de nuevo en el armario ropero, pero no encontró nada de interés, como si su vida apenas hubiera dejado rastro.

Se disponía a salir de la habitación cuando volvió a reparar en el breviario que había sobre la mesilla de noche, y esta vez no pudo reprimir el impulso de hojearlo. Entre sus páginas halló una estampa de la Virgen de la Peña de Francia y una carta fechada unos dos meses antes, el 3 de noviembre. A juzgar por el membrete, era del director del Hospicio Provincial de Salamanca, que dependía de la Diputación. En ella le comunicaban, para su conocimiento, que había una familia interesada en adoptar a su hijo. Según le explicaban, se trataba de un matrimonio de edad algo avanzada, pero muy bien situado, por lo que al niño no le iba a faltar de nada, así como de una intachable moralidad; de hecho, eran tan caritativos y buenos cristianos que donaban dinero, ropa o alimentos a la inclusa de cuando en cuando. Todo ello le aseguraría a su pequeño una excelente educación y los mejores cuidados posibles en el futuro. Y, sin otra cosa que contar, se despedían cordialmente de Amalia deseándole que estuviera bien de salud.

Don Miguel observó que la tinta de la carta se había corrido en algunas partes, señal inequívoca de que Amalia había llorado mucho mientras la leía. El papel, además, estaba muy arrugado, lo que parecía indicar que, en un primer impulso, ella lo había estrujado entre sus manos con la intención de arrojarlo a la basura, pero luego debió de arrepentirse y lo guardó entre las páginas de su libro de oraciones con el fin de que se alisara y recuperara su forma. Unamuno se preguntó de qué manera le llegaría a afectar la noticia a Amalia Yeltes. ¿Trató de averiguar algo más? ¿Hablaría de ello con el padre ilegítimo?

—Creo que deberíamos pasarnos por la casa de expósitos para ver qué averiguamos sobre el hijo de Amalia Yeltes allí ingresado —le propuso don Miguel al abogado tras entregarle la misiva para que la leyera.

—¿Y eso?

—La respuesta está en la carta.


El Hospicio Provincial de Salamanca se hallaba situado en el antiguo edificio del colegio de la Real Compañía, frente al del arzobispo Fonseca. La dirección del centro estaba a cargo de la Junta Provincial de Beneficencia, pero el cuidado y la educación de los expósitos recaía sobre la comunidad de las Hijas de la Caridad, compuesta por unas veinte hermanas. A esa hora la mayor parte de los huérfanos estaban jugando en el patio, por lo que reinaba una gran algarabía, como si no les importaran su ropa gastada, el hambre atrasada y los sabañones.

—Lo bueno de los niños —comentó don Miguel— es que casi nunca pierden la alegría ni las ganas de jugar, ni siquiera en la guerra, como yo mismo pude comprobar allá en el sitio de Bilbao durante la última contienda carlista. Yo tenía nueve años y aquello era para nosotros poco menos que una fiesta.

—Debe de ser el instinto de supervivencia —apuntó Manuel Rivera.

—O la alegría de la inocencia sin más —replicó Unamuno—. Ojalá pudiera volver a la edad aquella en que vivir era soñar. No sé usted, pero yo he crecido a mi pesar y contra mi voluntad —añadió con un suspiro de añoranza.

Un celador los condujo por una escalera de piedra hasta el despacho de la madre superiora, que se presentó como sor Ignacia e iba vestida con el hábito negro y largo y la peculiar toca alada y almidonada de la orden, que le daba algo de ligereza a su figura. De edad indefinida, estatura mediana y complexión gruesa, tenía la cara ovalada y la nariz respingona, sobre la que portaba unas gafas de metal. Las paredes estaban llenas de fotografías de grupos de niños expósitos acompañados de las hermanas y los celadores, como si fueran retratos de familias numerosas.

—Y díganme: ¿qué se les ofrece? —preguntó sor Ignacia al tiempo que se subía la montura de sus anteojos.

—Querríamos que nos hablara del hijo de Amalia Yeltes; sabemos que lo dejó aquí al poco de nacer —indicó Unamuno.

—¿Se refieren a la pobre mujer que mataron en Boada?

—Así es.

—Su muerte nos ha afectado mucho a todas las hermanas. —Una expresión apesadumbrada se extendió por su rostro.

—Nos hacemos cargo.

Sor Ignacia todavía se acordaba del día en que Amalia les había entregado al niño, hacía cerca de dos años.

—Era una criatura monísima y muy despierta, apenas un recién nacido —recordó enternecida—. Lo inscribieron con el nombre de Enrique y los apellidos de la madre: Yeltes Sánchez, pues era de padre ilegítimo y, al parecer, este no había reconocido al niño.

Unamuno y Manuel Rivera se miraron con un gesto de complicidad.

—Luego acudió varias veces para preguntar cómo estaba, si comía bien o había tenido algún problema de salud. Pero llevaba ya mucho tiempo sin venir, tal vez porque no pudiera o porque no quisiera encariñarse más con el niño, que cada vez estaba más hermoso y espabilado. ¡Quién iba a imaginar que moriría de esa forma! Esperemos que el pobre nunca se entere —añadió sor Ignacia, muy compungida.

—Hemos sabido que una familia había solicitado su adopción —dejó caer de repente Unamuno.

—¡¿Quién se lo ha dicho?! Esa información es estrictamente confidencial, y nadie ajeno a nosotras o a la dirección del hospicio tiene derecho a conocerla —les regañó la hermana con rostro severo.

—Nosotros no pensamos hacer uso de ella. Tan solo queremos saber si es así.

—Es cierto, sí, pero de eso no podemos hablar, ya que el asunto está todavía en trámites y ahora el proceso se ha paralizado —anunció la monja.

—¿Por qué motivo?

—Ya les he dicho que la ley nos prohíbe dar esos datos —insistió la hermana, muy molesta.

—Podría ser importante para esclarecer las circunstancias de la muerte de la madre —adujo don Miguel.

—Lo dudo mucho, la verdad. En todo caso, no puede ser —se cerró sor Ignacia.

—Confírmenos tan solo si se trataba de un matrimonio de edad avanzada, aunque muy bien situado. ¿No representa eso, por cierto, un problema legal a la hora de la adopción? ¿Cómo pensaban solucionarlo? ¿O, a este respecto, la ley importa menos? —inquirió Unamuno.

—Eso a usted no le concierne.

—Claro que, seguramente, también iba a ayudar el hecho de que el demandante de la adopción fuera diputado provincial —lanzó el órdago don Miguel.

—Ignoro de qué me habla. Y, sintiéndolo mucho, tengo que ir a atender a mis niños —anunció la hermana poniéndose en pie, muy ufana.

—Díganos solo sí o no con la cabeza. ¿El solicitante era Enrique Maldonado, que en paz descanse? —preguntó el catedrático, pero la monja no dio su brazo a torcer.

—La reunión ha terminado; gracias por su visita.

—Permítame decirle que su comportamiento está siendo poco caritativo y cristiano —se atrevió a decir Unamuno.

—¡Qué sabrá usted! ¿Quién se ha creído que es? Aquí no tiene usted ninguna autoridad —exclamó la superiora con cierto enfado.

—Tan solo le estamos pidiendo que nos confirme ese detalle; como le he dicho, puede ser de vital importancia para el caso —insistió él.

—Les ruego que se vayan. Si no lo hacen, me veré obligada a echarlos yo. —Sor Ignacia se dirigió hacia la puerta y los invitó a salir, mientras los miraba por encima de sus gafas.

Una vez que abandonaron el despacho, la superiora los acompañó hasta la salida, no fuera a ser que esos dos inoportunos visitantes trataran de hablar con alguien más por el camino. Las alas de la toca de la monja se agitaban por los pasillos como las de un ave que tratara de emprender el vuelo sin conseguirlo. Cuando llegaron a la calle, Unamuno y Rivera respiraron aliviados.

—¡Uf, qué mal lo he pasado! —exclamó el abogado—. Creí que sor Ignacia nos iba a echar a latigazos de su despacho como Jesús a los mercaderes del templo.

—Aunque no nos ha contestado, creo que la respuesta ha quedado muy clara por su parte —concluyó don Miguel.

—¿Y usted piensa que Amalia Yeltes sabía que él era el demandante de la adopción? —inquirió Manuel Rivera.

—Es lo más probable, dado que, según nos han dicho, seguían manteniendo relaciones y Amalia estaba de nuevo embarazada.

—Ese podría ser, entonces, el motivo que la llevó a matarlo con la ayuda de alguien —sugirió el abogado.

—Me temo que esa es una conclusión muy aventurada, ya que no sabemos cómo se lo tomó ella en realidad. Tal vez pensara que sería bueno para su hijo; al fin y al cabo, él era su padre y, en efecto, estaba muy bien situado —argumentó Unamuno—. Además, la suya parecía una relación larga y asentada; si Maldonado hubiera decidido algo así contra la voluntad de Amalia, podía darla por perdida.

—Y la esposa, Ana Juanes, ¿cómo se lo habrá tomado?

—Me imagino que no muy bien.

—Pues ahí tenemos un posible móvil para el asesinato: impedir que su marido la obligara a adoptar como propio un hijo bastardo, un hijo del pecado y la infidelidad, lo que sin duda constituiría una situación muy deshonrosa y humillante para alguien como ella —apuntó, por su parte, Manuel Rivera.

—Me parece una hipótesis razonable.

—El problema es cómo corroborarla, ya que no podemos hablar con ella —se lamentó el abogado—. Recuerde el trato que hicimos con el capataz.

—¡Cómo olvidarlo! Por lo demás, está del todo claro que la medalla que Enrique Maldonado tenía en su mano cuando murió pertenecía a Enrique Yeltes, pues así es como se llama el niño.

—Eso parece, sí.

—Aún queda media hora para que cierren —comentó don Miguel tras consultar su reloj de bolsillo—. ¿Quiere usted que nos pasemos por la joyería donde se compraron las medallas para ver qué pueden decirnos acerca de ellas?

—Es una buena idea —convino el abogado—. Pero ¿cómo sabe usted adónde hay que ir? —se extrañó Rivera—. Podrían haberlas comprado en cualquier establecimiento de la provincia.

Unamuno le puso una mano en el hombro y lo miró con una sonrisa irónica.

—Justo por eso, amigo mío, necesita usted a una compañera a su lado: para mostrarle el camino cuando esté perdido.

La joyería Cordón se encontraba en la calle de Miñagustín, no muy lejos de la plaza Mayor. Era un local pequeño, pero muy bien surtido en todo lo relacionado con la orfebrería, con gran prestigio en la ciudad y en la provincia, y hasta fuera de ella; de hecho, en una de las paredes podía verse la Real Orden otorgada por Alfonso XII en la que se le concedían los honores de proveedora de la Real Casa desde 1884. Los atendió un hombre de mediana edad que parecía ser el dueño y que enseguida reconoció a don Miguel.

—¿Venden ustedes medallas de oro con la imagen de la Virgen de la Peña de Francia? —preguntó este, tras los saludos de cortesía.

—Así es, las acuñamos nosotros —corroboró el joyero.

—Me interesa saber quién adquirió una en la que se mandó grabar las iniciales «E. M.» y otra, más pequeña, con las iniciales «E. Y.». Ya sé que se trata de información confidencial y que usted no está obligado a facilitármela, pero podría ser muy relevante para el caso que estoy investigando con la ayuda de mi amigo y abogado Manuel Rivera, aquí presente —explicó don Miguel.

—Por tratarse de usted, a quien tanto respeto y admiro, haré una excepción y se la confiaré. Pero le ruego que no lo divulgue —concedió el orfebre tras pensárselo unos segundos.

—Cuente con ello. Me hace usted un gran favor.

El hombre sacó de un cajón alargado que había bajo el mostrador un cuaderno apaisado de cartoné y, tras ojear entre sus páginas con diligencia, encontró enseguida lo que buscaba.

—Las medallas las encargó uno de nuestros mejores clientes, don Enrique Maldonado, que en paz descanse, junto con otra más en la que mandó grabar las iniciales «A. Y.». Dos de ellas las compró hace dos años y medio, y la más pequeña, hace casi un par de años; si no recuerdo mal, se trataba de un regalo con motivo de un bautizo —comentó el joyero—. Espero que la información les sea de utilidad.

—Creo que lo es, y por ello le quedo muy agradecido.

—No hay de qué. Ha sido un honor para mí poder ayudarlo en algo. En casa somos muy devotos de su obra, aunque no de toda, debo confesarlo —añadió el hombre con un gesto de disculpas.

—Ni siquiera yo tengo aprecio por toda mi obra —comentó don Miguel con una sonrisa para tranquilizarlo.

De nuevo en la calle, Unamuno y el abogado comentaron las últimas averiguaciones mientras daban vueltas a la plaza Mayor siguiendo el sentido de las agujas del reloj, como era costumbre, esto es, a favor del tiempo, lo que, según algunos, facilitaba el diálogo y la meditación. Para Unamuno no había sido una sorpresa descubrir que había una tercera medalla, de momento desaparecida, con las iniciales de Amalia Yeltes, lo que demostraba que existía un fuerte vínculo entre ella y Enrique Maldonado. Por otra parte, era indiscutible que este no se había desentendido por completo del hijo que había tenido con Amalia; la medalla que le regaló con ocasión de su bautizo era una buena prueba de ello, así como el hecho de que el niño llevara su nombre, ya fuera idea suya o de la madre. Y luego estaba su deseo de adoptarlo dos años más tarde. Pero ¿por qué motivo? ¿Con qué intención? ¿Para reparar una injusticia o, simplemente, por amor? ¿Tendría eso algo que ver con los dos asesinatos o solo era una triste coincidencia?

# XXIV

*Salamanca, viernes 5, sábado 6 y domingo 7 de enero*

Con Llorente en libertad, aunque vigilada, doña Concha se empeñó en regresar a Salamanca con sus hijos para pasar la noche de Reyes en casa, y el día 5 entraron por la puerta con todo el alboroto y la vitalidad propios de la infancia. A don Miguel le dio mucha alegría verlos. Parecía que hubiera pasado un año en lugar de una semana desde su partida. Después de deshacer las maletas, puso al corriente de lo sucedido a su mujer de forma muy somera, sin entrar en detalles, y le aseguró que, aunque el caso todavía no estaba resuelto, todo se encontraba más o menos en orden. Evidentemente, exageraba un poco. Ella, por su parte, le dio cuenta de lo que habían hecho en Guernica durante su corta estancia, de la gente a la que habían visto y de los saludos y recuerdos que le habían dado para él. Después fueron con los niños a ver una representación de la llegada y adoración de los Reyes Magos en la plaza Mayor, como una familia más.

A la mañana siguiente, don Miguel se levantó muy temprano para poder escribir antes de que sus hijos se despertaran y comenzaran a abrir los regalos que doña Concha y él les habían dejado por la noche junto a la chimenea y que habían tenido la previsión de comprar varias semanas antes. Su idea era retomar el *Tratado del amor de Dios*, del que ya casi se había olvidado. Para entrar en calor, comenzó a escribir un poema sobre el 6 de enero y la inocencia y la ilusión de la infancia, pero poco a poco, casi sin que él se diera cuenta, se fue transformando en otra cosa:

*Si tú y yo, Teresa mía, nunca*
*nos hubiéramos visto,*
*nos hubiéramos muerto sin saberlo:*
*no habríamos vivido...*

Una vez más, era como si no lo hubiera escrito don Miguel y eso lo confundió tanto que a punto estuvo de romper la cuartilla y arrojar los pedazos a la papelera, casi siempre vacía, pues no le gustaba despilfarrar. «Pero ¡¿con qué derecho?!», se preguntó. ¿Quién era él para borrar o destruir lo que había escrito uno de sus otros yoes, ese al que llamaba Rafael, como el arcángel, el enamorado de Teresa, un ser que solo existía realmente en sus poemas?

Lo cierto era que, en los últimos días, Unamuno se había distanciado de ella. No había querido verla, ni escucharla, ni saber nada de su persona. En realidad, la conocía muy poco, y más bien de forma indirecta, a través de versiones ajenas y contradictorias, que por un lado lo atraían y por otro lo atemorizaban. Luego estaban sus misteriosas apariciones: aquella noche cuando lo siguió por la calle, el día en que la encontró en la imprenta o en el café Novelty leyendo un libro suyo... Tenía la impresión de que todo ello formaba parte de un plan de seducción, de una especie de estrategia de araña que consistía en ir tendiendo hilos hasta atrapar a un pobre animalucho indefenso que, cuanto más pataleaba para librarse de la tela, más se enredaba en ella.

Esa mujer lo tenía fascinado, de eso no cabía duda. Pero, por otra parte, había momentos en que desconfiaba tanto de Teresa que hasta había llegado a pensar que había sido ella quien mató a Enrique Maldonado, bien como castigo por haberse apropiado de las tierras de la pobre gente de Boada, bien como venganza por haber asesinado a Amalia Yeltes. Una idea absurda, si se tenía en cuenta el ensañamiento con el que lo acuchillaron. Si hubiera sido de un disparo, todavía, pero le resultaba imposible imaginarla apuñalando a la víctima con tanta furia y encono. En cualquier caso, estaba claro que esa mujer era un enigma. Pero el mayor misterio era haberse enamorado de ella. Por eso necesitaba que las pesquisas terminaran y pasar página de una vez. Sin embargo, estas parecían haberse empantanado o adentrado en un callejón sin salida.

Por la tarde, Manuel Rivera le pidió que lo acompañara a ver a los vecinos de Boada que estaban encarcelados con el fin de llevarles un poco de consuelo el día de Reyes. La mayoría estaban abatidos y muy desmejorados después de varias semanas de encierro, y lo peor era que empezaba a cundir entre ellos la desesperanza y la resignación. El abogado les contó que la instrucción del caso iba muy rápida y que, si no había algo que lo remediara, la vista oral sería en unos pocos meses, por lo que era importante elaborar cuanto antes una buena estrategia de defensa. Con respecto a las pesquisas para hallar a los verdaderos culpables, tuvo que confesarles que aún no habían dado fruto a pesar de los grandes esfuerzos realizados. Asimismo, les contó que Unamuno había arriesgado su vida siguiendo alguna pista, pues se había tenido que enfrentar a gente poderosa y muy bien relacionada, sin ningún resultado. Pero ellos iban a seguir en el empeño y no descansarían hasta dar con los que cometieron esos crímenes.

También les comentó que don Miguel y él sabían que Teresa estaba reunida con ellos y los demás vecinos de Boada en el momento de la muerte de Enrique Maldonado y que ella les había pedido que les dijera que estaba dispuesta a declarar ante el juez de instrucción si lo veían conveniente, aunque eso pudiera costarle su propia libertad, con el fin de intentar brindarles una coartada. Pero, como abogado de todos ellos, consideraba que esa confesión podría ser perjudicial para sus intereses, puesto que se trataba de una conocida anarquista con numerosos antecedentes penales, lo que agravaría mucho las circunstancias del caso ante la opinión pública, así como las penas que luego pudiera solicitar el fiscal. Los encarcelados dieron las gracias a Rivera y, especialmente, a don Miguel por lo que estaban haciendo por ellos y se mostraron de acuerdo en que Teresa no fuera a declarar, ya que sería contraproducente para su defensa y muy arriesgado para ella. Unamuno respiró aliviado por la decisión tomada.

El domingo, después de comer, don Miguel fue en busca de Teresa con el pretexto de comunicarle lo que los vecinos encarcelados habían acordado. Cuando estaba a punto de llegar al hostal en el que se alojaba, un edificio de piedra y ladrillo que hacía esquina con la calle de la Compañía, la vio salir del portal con gran decisión. En un principio pensó en llamarla, pero cambió de opinión y decidió seguirla a cierta distancia. Quería saber adónde se dirigía. ¿Iría a ver a un amigo, a una reunión política o solo a dar un paseo?

Poco a poco, la mujer empezó a alejarse del centro de la ciudad por calles cada vez más deterioradas y pobres. Unamuno se sentía incómodo y algo avergonzado con lo que estaba haciendo, mas no podía evitarlo. Así que fue tras ella, hasta que se detuvo a la puerta de una imprenta, la misma en la que trabajaba Andrés Zamarreño. Era domingo y se suponía que debía estar cerrada, pero no tardaron en abrirle. Entonces, don Miguel recordó que el jefe de taller de La Verónica era un conocido anarquista.

Al rato la vio salir acompañada de varios hombres de diversas edades con aspecto de conspiradores, todos ellos cargados con fajos de papeles. El grupo se dirigió a paso rápido hacia el centro sin cruzar apenas una palabra entre ellos, como si actuaran de acuerdo con un plan establecido. Al llegar a la plaza Mayor, se dispersaron y comenzaron a entregar pasquines a los paseantes al grito de «Libertad para los campesinos encarcelados por los crímenes de Boada». Teresa era, sin duda, la más activa y entusiasta; no paraba de ir de un lado para otro dando instrucciones o animando a los demás.

Las fuerzas del orden no tardaron en llegar y pronto empezaron las carreras, las escaramuzas y los golpes, ante la mirada atónita y asustada de los transeúntes. Mientras unos huían hacia el centro de la plaza, otros coreaban consignas desde los soportales: «No al abuso de autoridad. Justicia, tierra y libertad». Al ver que los revoltosos no se rendían ni se marchaban, aparecieron varios guardias a caballo. Unamuno temía por la vida de Teresa y trató de localizarla entre el gentío. De pronto la vio subida a un banco de piedra encarándose con uno de los agentes, que amenazaba con dispararle, pero ella no se amilanaba ni se callaba. A don Miguel le recordó a la figura central del cuadro *La Libertad guiando al pueblo*, de Delacroix, y eso lo hizo sentirse orgulloso de su amiga y, a la vez, abochornado por no estar junto a ella enfrentándose a los represores, como era su deber.

A una orden de Teresa, sus compañeros y ella se retiraron a toda prisa por uno de los arcos de la plaza perseguidos por los guardias; algunos estaban magullados, otros iban cubiertos de sangre, pero todos parecían exultantes por haber defendido su causa con valentía y entrega. Antes de irse, don Miguel se agachó para recoger uno de los pasquines del suelo. En uno de los párrafos había una breve cita extraída de su famoso artículo sobre Boada, ese que tanto había dado que hablar, ese con el que había empezado todo, el que sin duda había alterado su vida. Si no lo hubiera escrito, ahora estaría tranquilo en su estudio, entregado a su ensayo, o sentado en su mecedora junto al brasero, leyendo a Kierkegaard, felizmente rodeado por su familia, y no bebiendo los vientos por una mujer que no le convenía o tratando de llevar a cabo unas pesquisas para las que no estaba preparado. Sin duda había sido la soberbia la que le había hecho creer que con su inteligencia podía enfrentarse a lo que quisiera, lo mismo a las artimañas de seducción de una mujer como Teresa que a los enigmas planteados por dos asesinatos como los de Boada. Y allí estaba él, enmarañado entre lo uno y lo otro, incapaz de avanzar.

Cuando Unamuno llegó a casa, doña Concha se alarmó por su aspecto, ya que lo vio muy destemplado y afligido, como si viniera de combatir en una guerra sin cuartel que se hubiera librado en su interior.

—Seguro que he cogido frío —se justificó él.

—Siempre te insisto en que debes abrigarte bien y no exponerte a los malos vientos que soplan en esta ciudad —le recordó ella con tono maternal—. Por cierto, hace un buen rato vino a visitarte un hombre muy raro: Pedro Villar, dijo que se llamaba. ¿Tú sabes quién es?

A don Miguel se le encogió el corazón.

—Es el capataz de los Maldonado —balbuceó.

—Pues parecía muy temeroso y angustiado, como si algo lo reconcomiera por dentro, que daba mucha pena y un poco de miedo contemplarlo.

—¿Y qué quería?

—Según me contó, deseaba hablar contigo; no me dijo de qué ni para qué. Yo le propuse que esperara dentro; le comenté que no tardarías mucho en llegar, y que si se le ofrecía algo, y él me aseguró que no podía aguardar porque tenía que regresar a Boada —le informó doña Concha.

—¿Y no te comunicó nada más?

—Eso fue todo. Pero ya te digo que no me dio muy buena espina. Todo esto de Boada me resulta cada vez más extraño.

—No lo sabes tú bien —convino don Miguel.

—¿Y por qué no lo dejas? —lo retó doña Concha.

—El problema es que este asunto no me deja a mí —se justificó él.


Unamuno se quedó preocupado por lo que le había contado su esposa sobre la visita de Pedro Villar. Al profundo malestar que ya llevaba encima, se añadía ahora el sentimiento de culpabilidad por no haber estado en casa, en lugar de andar espiando a Teresa. ¿Qué sería lo que deseaba contarle el capataz? ¿Se trataría de alguna información importante sobre la autoría de los crímenes? ¿Acaso querría hacerle una confesión sobre su participación en estos, tal y como él había sospechado en algún momento, o es que deseaba denunciar a alguien? Fuera lo que fuese, hasta el día siguiente ya no podría averiguarlo, si es que el capataz no se echaba para atrás y decidía no hablar, que, bien mirado, todo podía suceder.

Para no seguir dándole vueltas, se encerró en su estudio del salón rectoral con la intención de escribir, aunque solo fuera una carta a uno de sus muchos corresponsales. Necesitaba sincerarse con alguno de sus amigos más íntimos; darle cuenta de lo que le estaba pasando en esos días. Contarle, por ejemplo, que cada vez se sentía más confundido y alterado, hasta el punto de que tenía miedo de que todo aquello pudiera desembocar en una de sus famosas crisis religiosas y existenciales, tal vez la última y definitiva, la que lo anularía para siempre, la que lo conduciría al marasmo final. También quería comentarle que se había dejado seducir por una mujer que lo tenía obsesionado, que no lo dejaba pensar en otra cosa, que lo había hecho olvidarse de todo aquello que antes le importaba, y que tenía mucho miedo de sucumbir por completo a sus encantos. Desde luego, esa era su intención cuando se sentó ante la mesa y colocó la cuartilla sobre el cartapacio de cuero negro. Pero, en cuanto empuñó el portaplumas de caña, sintió como si la mano se le rebelara y se pusiera a escribir por

219

su cuenta y riesgo, como guiada por otra voluntad, y enseguida vio que se trataba, cómo no, de un poema de amor, un amor que todo lo transformaba y embellecía, como si, gracias a él, el mundo acabara de inaugurarse y mostrara su belleza primigenia:

*Siempre el último beso es el primero,*
*pues querer es nacer, es nacimiento;*
*para el amor, mi vida, no hay pasado*
*porque es siempre un estreno.*

*Todo era nuevo bajo el sol, Teresa,*
*para nosotros cada día, y nuevo*
*cada día el amor que nos quitaba*
*la tortura del tiempo...*

# XXV

*Salamanca, lunes 8 de enero por la mañana*

Cuando Unamuno entró en el aula, aún no había llegado nadie. Ese día se reanudaban las clases en la Universidad y, mientras aguardaba, para llenar el tiempo y entretener la espera, volvió a pensar en el caso. Sin ser apenas consciente de ello, comenzó a dibujar en la pizarra una especie de mapa esquemático con los datos más relevantes. En el centro, en un círculo, situó el pueblo de Boada; no muy lejos estaban la encina junto a la que se había hallado el cadáver de Enrique Maldonado, el lugar donde había aparecido enterrada Amalia Yeltes y, algo más apartada, la casa del terrateniente. En torno a esos puntos y unidos por flechas, escribió varios nombres propios; junto al del capataz puso un signo de interrogación hasta saber qué tenía que contarle. Una vez concluido el bosquejo, trató de analizarlo con calma para ver si descubría algo nuevo, pero enseguida constató su inutilidad. ¿De qué habían servido todas sus pesquisas? ¿Adónde lo habían conducido sus desvelos? ¿A cuántos más quería defraudar? Estaba claro que se había equivocado y que algo había hecho mal, rematadamente mal. A buen seguro, su soberbia y egolatría lo habían obnubilado, como lo había cegado su supuesto amor por Teresa, que no era más que una pasión ridícula y patética. Por otra parte, ¿qué sentido tenía todo aquello? ¿Acaso merecía la pena darse de cabezazos contra un muro para tratar de demostrar lo que casi nadie parecía dispuesto a aceptar? ¿Y quién era él para llevar a cabo esa misión? ¿Se lo había pedido alguien aparte de Manuel Rivera? ¿Estaba preparado para algo así?

Unamuno volvió la espalda a la pizarra completamente decepcionado y derrotado y descubrió con sorpresa que ya habían llegado varios alumnos, que lo miraban muy perplejos, pues no sabían de qué iba la cosa, y al mismo tiempo conmovidos, como si asistieran al instante en que el héroe de una tragedia reconoce de forma abierta su impotencia y su fracaso ante una tarea para la que no estaba capacitado y que lo superaba con creces.

—¿Tenemos que copiar eso? —preguntó uno, el más aplicado.

Unamuno se apresuró a borrar lo que había puesto en la pizarra, y trató de recomponerse.

—No, no había que copiarlo. Eran solo cosas mías —les explicó, taciturno.

Los estudiantes debieron de pensar que don Miguel estaba empezando a volverse loco, como su querido don Quijote, solo que, en lugar de un caballero andante, él se creía un detective andante. Así era como en secreto lo llamaban, esto es, alguien que trataba de desfacer entuertos sin recibir nada a cambio, pero con menos aureola de trascendencia y de prestigio; no en vano, para Unamuno, el famoso personaje cervantino era una especie de Cristo español y encarnaba a la perfección el modelo de lo que debería ser un auténtico revolucionario.


Acabadas las clases, don Miguel vio a Manuel Rivera esperando en el claustro. Parecía impaciente y nervioso, como si tuviera alguna mala noticia que darle. De modo que se temió lo peor, y acertaba.

—Ha ocurrido algo —le informó el abogado—. El capataz de los Maldonado, Pedro Villar, ha aparecido muerto en uno de los establos de la finca. Tenía que haber ido esta mañana a Ciudad Rodrigo para declarar ante el juez de instrucción.

—¡No es posible! ¿Sabe usted si lo han asesinado? —El catedrático se llevó las manos a la cabeza, muy impresionado.

—Por lo visto, en este caso se trata de un suicidio: se metió el cañón de la escopeta en la boca y apretó el gatillo. ¡Una tragedia!

A Unamuno se le demudó el rostro. Esa muerte era lo que le faltaba para terminar de hundirlo y desanimarlo.

—Tengo que confesarle una cosa —le dijo a su amigo—. Ayer por la tarde, el capataz vino a verme a casa, ya que deseaba contarme algo. Pero lamentablemente yo no estaba. Lo recibió mi esposa.

—¿Y no le dijo de qué se trataba?

—Pues no. Supongo que quería revelarme algún secreto o a lo peor pensaba que iban a matarlo. El caso es que le fallé. En realidad, le he fallado a todo el mundo y me siento muy culpable por ello; no soy más que un impostor —se fustigó, pesaroso.

—Pero usted no podía saber...

—Debería haberlo imaginado. ¿Tiene idea de si dejó alguna carta o una nota de suicidio?

—Parece ser que no. Pero el hecho de que se haya quitado la vida precisamente hoy podría significar que tuvo algo que ver con los dos asesinatos, como ya sugirió usted en su día —aventuró el abogado.

—¿Y hay algún otro dato?

—Lo han traído ya al depósito de cadáveres. Ahora mismo deben de estar practicándole la autopsia. ¿Quiere que nos acerquemos a ver a Tejero?

—¿Y de qué serviría? ¿Qué más da ahora si lo mató alguien o se suicidó? Yo soy el único responsable por no haber estado donde debía para ayudarlo —se lamentó don Miguel.

—Claro que importa mucho cómo murió y, fuera como fuese, usted no tiene culpa de nada; por eso debemos investigarlo —replicó Manuel Rivera con tono firme.

—Está bien —concedió Unamuno con resignación—, vayamos.

Tan pronto llegaron al depósito, Alonso Tejero los mandó pasar a la sala de autopsias. Sobre la mesa de trabajo estaba el cadáver de Pedro Villar con la cara destrozada.

—Últimamente, se me acumula el trabajo; parece que estamos en racha —dijo el forense a modo de saludo.

—Y, en este caso, ¿ya tiene un dictamen? —preguntó el abogado.

—Todo indica que se trata de un suicidio —informó el médico con voz neutra—; el disparo fue de abajo hacia arriba con una leve inclinación.

—¿Alguien podría haberlo simulado? —quiso saber don Miguel.

—Como poder, claro que sería posible. Pero no resultaría fácil, y no he observado señales de que lo forzaran a hacerlo. Aunque vaya usted a saber, yo aquí ya he visto de todo —añadió encogiéndose de hombros.

—¿Alguna herida, marca o lesión, aparte de las causadas por el disparo?

—Ninguna.

—¿Y qué nos dice sobre la hora de la muerte? —inquirió Manuel Rivera.

—Sin duda, esta mañana a primera hora.

—¿Había alguna nota, alguna carta en su ropa?

—Ninguna. Pero sí hemos encontrado algo que les va a interesar: en un bolsillo del pantalón había una fotografía de pequeño tamaño de la difunta Amalia Yeltes y, cómo no, una medalla de oro con la imagen de la Virgen de la Peña de Francia. ¡Y ya van tres! —reveló el médico con tono admirativo.

—Deje que adivine: llevaba grabadas las iniciales «A. Y.» —afirmó don Miguel.

—Así es. ¿No les resulta muy extraño todo esto? —comentó el forense.

—¡Y tanto que sí! —exclamó Rivera.

Don Miguel y el abogado salieron del depósito de cadáveres pensativos y consternados. En la calle, el cielo estaba muy plomizo y presagiaba lluvia abundante para las próximas horas.

—Entonces ¿sigue usted pensando que lo han podido asesinar? —preguntó Manuel Rivera.

—Ya ha visto que es posible, aunque en apariencia no haya signos de ello.

—Pero ¿quién cree que lo ha hecho?

—No lo sé. Supongo que el autor o los autores de las otras muertes.

—¿Y qué me dice de la medalla?

—La medalla es, precisamente, la que vincularía este supuesto suicidio con los otros dos crímenes. Estaríamos, por así decirlo, ante tres muertes encadenadas, unidas de forma simbólica por sendas cadenas de oro —apuntó Unamuno con tono misterioso.

—Pero ¿con qué significado?

—¡Esa es la cuestión! Para la que yo, por cierto, no tengo respuesta —confesó.

—¿Y por qué razón tenía la medalla el capataz junto a una fotografía de la propia Amalia?

El abogado caminaba con el ceño fruncido, dando vueltas a las piezas de aquel rompecabezas, sin acabar de encontrarles acomodo.

—Es posible que sean una pista falsa y que las dejaran solo para confundirnos. En cualquier caso, confirman que, de una manera u otra, la clave de todo podría estar ahí, en esas medallas, en lo que representan o simbolizan para las víctimas y para el asesino o asesinos —insistió Unamuno.

—Y ahora ¿qué vamos a hacer?

—Usted haga lo que quiera. Yo me voy a dar un paseo y luego me vuelvo a mi casa —zanjó mientras aceleraba el paso.

Rivera lo detuvo.

—Espere, no puede actuar así.

—Claro que puedo, mejor dicho: debo —replicó Unamuno.

—¿Y va a dejar a toda esa gente en la estacada?

—¿Y qué más quiere que haga? Ha pasado casi un mes y no solo no hemos descubierto al autor o autores de los crímenes, sino que acaba de morir una tercera persona, tal vez por mi torpeza —insistió con gesto de impotencia—. A veces tengo la impresión de que, si no hubiera ido a Boada aquel domingo después de leer el artículo de Maeztu, nada de esto habría sucedido y yo estaría tan tranquilo en mi casa escribiendo mi ensayo.

—Eso que dice carece de sentido. Hemos hecho grandes progresos, y usted no tiene la culpa de los errores cometidos —insistió el abogado.

—Gracias por pensar así, pero yo sé lo que me digo, y lo mejor es que lo deje —concluyó don Miguel antes de continuar andando.

—¿Y qué les cuento a los vecinos de Boada? —gritó Rivera a su espalda, con los brazos abiertos y sin seguir sus pasos.

—Que lo siento mucho y que espero que me perdonen —respondió sin darse la vuelta.

—¿Eso es todo?

—Y que no pierdan la fe como la he perdido yo —concluyó don Miguel, aunque lo dijo en un susurro, por lo que no creía que Rivera llegase a oírlo.

El paseo llevó a Unamuno hasta el Campo de San Francisco. Necesitaba tomar el aire y olvidarse de todo ese asunto, pensar en otras cosas, pero, por más que lo intentaba, no se le iba de la cabeza. Por si fuera poco, había empezado a llover y él no llevaba nada con lo que protegerse, de modo que tuvo que guarecerse bajo la copa de un gran ciprés, amplia y tupida. Desde su refugio podía ver una de las fuentes del parque, sobre la que no paraba de caer agua. «¡Qué desperdicio de gotas, con la de tierra seca que hay por el mundo!», reflexionó con amargura, tal vez pensando en sí mismo. En ese momento vio ir hacia él a una mujer bajo un paraguas de color rojo que llamaba mucho la atención. Su figura le resultaba familiar, pero hasta que la tuvo cerca no se dio cuenta de que era Teresa.

—¿Qué hace usted aquí? —le preguntó.

—En realidad, estaba buscándolo —confesó ella—. Sé que este parque es uno de sus lugares favoritos de la ciudad.

—¿Y por qué me requiere?

—Porque hace unos días que me evita, desde que les conté lo de mi presencia en Boada la noche del crimen —respondió ella sin medias tintas, al tiempo que lo acogía bajo su paraguas.

—Como bien recordará, no era esa la primera vez que me había escamoteado algo. Es usted una persona demasiado ambigua y enigmática para mí. Yo, sin embargo, procuro ser muy franco y claro —añadió Unamuno.

—¿Está seguro?

—No sé qué quiere decir.

—Que usted también se muestra muy ambiguo o, si lo prefiere, contradictorio con respecto a mí. Parece que unas veces se encuentra muy a gusto en mi compañía y otras, por el contrario, me da la impresión de que me aborrece.

Teresa lo miró a los ojos, como buscando en ellos la explicación que demandaba.

—Me temo que eso son cosas suyas.

—Claro que son cosas mías, como que es a mí a quien afectan.

—Este no es un buen momento para hablar del asunto.

—¿Por qué motivo?

—Porque no me siento bien —confesó don Miguel—. No sé si sabe que esta mañana ha muerto el capataz de los Maldonado, tal vez por mi culpa, por no haber estado en mi sitio.

—Estoy informada y también estoy segura de que no es usted responsable de nada —replicó ella—. Es esa gente sin escrúpulos ni principios con la que ha tenido que vérselas. Usted mismo ha estado a punto de morir, y yo también. ¿O ya no lo recuerda?

—Por otra parte, me he dado cuenta de que lo que estoy haciendo no sirve para nada. Yo no soy un detective.

—Afortunadamente, es mucho más que eso.

—Gracias por consolarme. Pero a los hechos me remito —insistió don Miguel mientras buscaba alguna brecha entre las nubes: o escampaba o tendría que salir de allí aunque fuera bajo la tormenta.

—¿Y desde cuándo le importan a usted los hechos externos? —adujo Teresa con intención.

—Desde que se me resisten y no soy capaz de entenderlos —reveló el catedrático con humildad.

—Ya comprendo. ¿Y qué piensa hacer ahora?

—Volver a mis libros y a mis escritos.

—Esa es la solución cómoda y fácil. Pero cometería un grave error si abandonara ahora.

Unamuno suspiró encajando la crítica: pese a lo que parecía insinuar Teresa, él no era hombre de caminos fáciles ni trillados, pero tampoco un loco dispuesto a cargar más muertes sobre su conciencia.

—Le he dado muchas vueltas al caso, he intentado analizarlo del derecho y del revés, pero este enredo se me resiste. Y ya no digamos recabar pruebas que apunten a otros sospechosos que no sean los vecinos de Boada —añadió con gesto de resignación.

—No me extraña nada que diga eso. Como usted debería saber muy bien, la razón sola no basta para resolver los misterios que rodean estos asesinatos —apuntó Teresa muy convencida.

—¿Por qué lo dice?

—Porque la razón es demasiado limitada y limitadora, hay cosas que le son incognoscibles y todo lo que toca lo vuelve abstracto e inerte. Eso explica que el sentido del mundo y de la existencia humana y su sed de infinito sean algo que no se puede afrontar desde la ciencia o la lógica, sino desde la fe, la intuición y la imaginación. Y, aunque aquí estemos hablando de asesinatos, de lo que se trata, en verdad, es de la vida, del ser humano de carne y hueso, con sus sentimientos y sus emociones, sus sueños y sus anhelos, sus altas y bajas pasiones, que son realidades por lo general inaccesibles para el pensamiento lógico y racional. La emoción, sin embargo, es fundamental para pensar de forma clara y eficaz y tomar decisiones inteligentes. Por eso digo que la razón no basta, que se queda muy corta —concluyó Teresa—. Ya sabe lo que dijo Pascal: «El corazón tiene razones que la razón desconoce». Y alguien añadió no hace mucho: «La razón por sí sola mata, la imaginación es la que da vida; de razones vive el hombre, y de sueños sobrevive».

—Bonita frase.

—La escribió usted —le recordó ella.

—Pues se ve que la había olvidado —reconoció Unamuno.

—Eso pasa cuando la práctica no se corresponde con la teoría ni la acción concuerda con la reflexión —sentenció Teresa.

Don Miguel la miró sorprendido y deslumbrado, una vez más, por su enorme clarividencia y perspicacia.

—«Menos raciocinio y más humildad», suele decirme el padre Arintero cuando le pregunto qué debo hacer para volver a alcanzar la fe. Así que creo que tiene usted mucha razón en denostar la razón, valga la paradoja —comentó—. Lo que no sé es qué cabe hacer ahora en nuestro caso.

—Lo primero es ir a ver a la viuda del capataz —propuso Teresa.

—¿Y por qué?

—Porque hablando con ella seguro que descubre algo y, de paso, le proporciona algún consuelo.

—¿Usted cree?

—Es la única manera de poder averiguar si su marido se suicidó o más bien lo asesinaron.

—Está bien, me ha convencido —concedió don Miguel—. Ahora mismo voy a buscar a Manuel Rivera.

—¿Por qué no deja que yo lo acompañe? Le demostraré que todavía se puede confiar en mí.

Unamuno la miró por primera vez a los ojos, risueños y claros, sin sentir ningún miedo a perderse en ellos, como si ahora fueran una ventana abierta al firmamento y no una trampilla de acceso al abismo. Ahí estaba la brecha en el cielo borrascoso que andaba buscando.

—¿No llevará un arma consigo? Solo como medida disuasoria. Lo digo por si nos topamos con Juan Maldonado; la casa del capataz está dentro de sus dominios y, como sabe, tiene muy malas pulgas —se adelantó don Miguel.

—En mi bolso hay una pistola; el famoso revólver me lo quitaron el día que estuvieron a punto de matarnos en aquella nave, y no se preocupe, que nunca lo usé.

—No me lo recuerde.

—Yo, sin embargo, no quiero olvidarlo; por un momento, nuestros destinos estuvieron muy unidos —señaló Teresa.

—Y a punto de estarlo para siempre —comentó Unamuno con cierta ironía.

# XXVI

*Boada, lunes 8 de enero por la tarde*

Durante el viaje en el tren, olvidaron sus recelos y diferencias y estuvieron debatiendo sobre el caso y la nueva perspectiva que podría abrir la muerte de Pedro Villar justo cuando Unamuno ya lo daba todo por perdido. Entre otras cosas, don Miguel le comentó que el capataz había intentado verlo el día anterior, tal vez porque se sentía amenazado o necesitaba confesar. En cuanto al suicidio, reconoció que era un asunto que a él lo obsesionaba y sobre el que había leído y meditado mucho; llegó a confesarle que la idea le había tentado alguna vez, en un momento de crisis existencial. Con el tiempo, había descubierto que muchos se suicidaban por impaciencia, porque tenían hambre de inmortalidad. Para Teresa, sin embargo, la mera consideración de acabar con la propia vida era algo inconcebible, ya que, por muy mal que vinieran dadas, siempre había una salida digna, cualquier cosa antes que claudicar de esa manera.

Luego entraron en otras cuestiones más o menos personales. Ella le dijo que había terminado de leer *Amor y pedagogía* y que le había sorprendido mucho, que su novela nada tenía que ver, por ejemplo, con las de Galdós, llenas de aburridas descripciones; que a ella le interesaban mucho más el diálogo y la confrontación de ideas y visiones del mundo, así como la realidad íntima de los personajes. También le contó que había visto en la obra una sátira amarga y feroz del positivismo y un gran desencanto con respecto a la idea del progreso material y científico como la gran panacea de la humanidad, y que eso le había dado que pensar, pues estaba de acuerdo con él en que el ser humano necesitaba otras cosas para satisfacer el espíritu y dar sentido a su vida. A Unamuno le encantó escuchar de su boca esos comentarios tan acertados y estimulantes, ya que la crítica no había entendido la novela, y esta había tenido escasa repercusión.

De ahí pasaron a hablar de literatura, de filosofía, de religión... Teresa le confesó que entendía el activismo anarquista como una obra de arte y no solo como una forma de lucha política. Unamuno, por su parte, le reveló que en los últimos años había empezado a escribir poesía y que tenía ya varios libros en mente. Ella mostró un gran deseo de leerlos y él no pudo evitar inquietarse solo de imaginar que de pronto se descubriera inmortalizada en sus versos. ¿Qué pensaría y qué sentiría Teresa al ver su nombre en esos poemas de su otro yo? Pero logró disimular y le indicó que aún habría que esperar, que la creación poética no era algo que se pudiera forzar, que era como una brisa que solo soplaba cuando quería, pero que, si lo hacía, uno no podía desentenderse de ella. Y con estas conversaciones llegaron a Boada sin apenas darse cuenta del viaje. Los dos estaban eufóricos, como dos personas que acabaran de encontrar a su otra mitad, esa que hasta ese instante no sabían que les faltaba ni que existía.


En la finca de los Maldonado todo estaba tranquilo. Mientras don Miguel se dirigía a hablar con la viuda del capataz, Teresa se quedó vigilando en un cobertizo que había al lado de la casa por si aparecía Juan Maldonado, cuyo automóvil no estaba a la vista. Al principio, la viuda, que se llamaba Julia Sandoval, se negó a recibirlo; desde el otro lado de la puerta le dijo a don Miguel que lo único que deseaba era estar sola, que no quería ver a nadie, que estaba muy afligida y necesitaba rezar. Unamuno le explicó que lo comprendía y que, por supuesto, respetaba su dolor, pero que había cosas que no podían esperar, y que, en el fondo, él lo único que pretendía era ofrecerle algo de consuelo espiritual.

—¿Y cómo podría consolarme un desconocido? —objetó la mujer.

—Me llamo Miguel de Unamuno —se presentó.

—Su nombre no me dice nada.

—¿Su marido no le ha hablado de mí? —inquirió algo herido en su orgullo, debía reconocerlo.

—No, que yo recuerde.

—Fue a verme a casa ayer por la tarde, pero yo no estaba —le explicó Unamuno—. Según le dijo a mi esposa, quería contarme algo. ¿Sabe usted, por casualidad, de qué se trataba?

—Pues no me comentó nada. Ni siquiera que hubiera ido a visitarlo a usted. Sé que estuvo en Salamanca con el señorito por un asunto de trabajo. Pero eso es todo —indicó la viuda.

—Ábrame, se lo ruego. Creo que deberíamos hablar. Estoy convencido de que su marido no se suicidó —se aventuró a decirle don Miguel.

Al otro lado de la puerta se hizo el silencio, un silencio tenso y expectante, por fin roto por el ruido de la cerradura y de un cerrojo al abrirse. Allí estaba Julia Sandoval, como recién brotada del mundo de las sombras, una mujer que ya había superado los sesenta años, de estatura mediana y cuerpo muy enjuto, con el pelo recogido en un moño y totalmente vestida de negro.

—Por supuesto que no se suicidó —exclamó de pronto la mujer—. Mi marido no era de los que se suicidan. Por muy mal que estuviera, habría sido incapaz de hacer algo así, ni siquiera se le habría pasado por la cabeza; a su manera, era tan creyente como yo y, para un cristiano, la vida es algo sagrado, algo que solo le pertenece a Dios.

—Por eso tiene que ayudarme a limpiar la imagen de su esposo. ¿No querrá que lo entierren a escondidas, fuera del recinto católico? —dejó caer Unamuno.

—¡Eso nunca!

—Pues entonces ayúdeme.

Con un gesto, Julia Sandoval le indicó que pasara y lo condujo por un pasillo lóbrego hasta una pequeña sala de estar. Por el camino le fue contando que no había nadie más en la casa, pues ni en Salamanca ni en Boada tenía parientes o amigos cercanos, ya que ella y su difunto marido procedían de Ourense.

—Y dígame: ¿qué quiere saber? —le preguntó a Unamuno, después de que ambos se sentaran en sendas butacas de cretona.

—¿Qué hizo su marido en las horas anteriores a su muerte?

—Últimamente estaba muy preocupado con todo esto de los asesinatos, ¿sabe usted? Pero anoche lo noté más agobiado que de costumbre, porque hoy por la mañana tenía que declarar ante el juez de instrucción. Yo le dije que se limitara a contar la verdad, y él me replicó que la cosa no era tan fácil. Le pregunté que a qué se refería, y me contestó que había prometido guardar secreto. Entonces le recordé que, cuando llegara la celebración de la vista, tendría que jurar por la Biblia y de ningún modo podría mentir, pues, además de un delito, sería un pecado mortal. Al verlo tan abatido, le rogué que empezara por confesármelo a mí, que ya vería como no era tan difícil, y que, si al final decidía no revelárselo al juez, yo no se lo diría a nadie. Y eso fue lo que hizo. De modo que, ahora que ha muerto, soy la única que sabe la verdad.

La mujer se detuvo para secarse las lágrimas y calmarse un poco.

—Continúe, por favor —le rogó Unamuno muy interesado.

—Como ya le he indicado, le prometí que no se lo diría a nadie —le recordó Julia Sandoval.

234

—Pero su marido ha fallecido en extrañas circunstancias, y eso la exime del compromiso de mantener su promesa, y más si con ello podemos aclarar su muerte —tanteó don Miguel.

—¿Está usted seguro?

—Completamente; se lo ruego, fíese de mí. Ya sé que no me conoce, pero tengo fama de ser un hombre honesto, incluso entre los que no me aprecian.

La mujer se quedó pensativa y con la mirada perdida, como si estuviera en otro lugar, mientras don Miguel se esforzaba por no impacientarse.

—Está bien, se lo contaré, pues me parece usted una buena persona —anunció por fin Julia Sandoval—. Resulta que, la noche en que mataron a don Enrique Maldonado, mi marido tenía que haber estado con él, ya que solía acompañarlo a todas partes. Pero el hijo le había hecho un encargo muy urgente y bastante delicado.

—¿Qué clase de encargo?

—Ir a Salamanca en tren para pagar en su nombre una deuda de juego a un tal Diego Martín; en realidad, una parte de lo adeudado, pues en ese momento el señorito no disponía de todo el dinero —aclaró la mujer—. Por eso mandó a mi esposo, porque tenía miedo de que, si iba él, le hicieran algo; por lo visto, sus acreedores son gente muy peligrosa. Y mi marido, claro, obedeció, ya que no podía decir que no; al fin y al cabo, era el hijo único del señor.

—Comprendo —asintió Unamuno—. Y Juan Maldonado, mientras tanto, ¿dónde estaba?

—Divirtiéndose por ahí, como era habitual en él. El caso es que, cuando mi esposo regresó, el cadáver de don Enrique ya había aparecido junto a una encina, lo que, como puede imaginarse, le causó un gran pesar. En cuanto se encontró con el hijo, este le pidió que, si la Guardia Civil le preguntaba que dónde estaba a la hora del crimen, declarara que con él en Salamanca ocupándose de unos negocios, pues no quería que nadie supiera que tenía deudas de juego, y eso fue lo que aseguró mi marido, a pesar de que a Pedro, como a mí, no le gustaba nada mentir. Pero ¿qué otra salida le quedaba en un momento como ese? El problema era que hoy iba a tener que ratificar su declaración ante el juez de instrucción y eso ya eran palabras mayores, ya que, si al final del proceso se acababa descubriendo la verdad, lo acusarían de haber mentido, con todo lo que eso significaba, y más para una persona tan recta como mi esposo. Por otra parte, se sentía culpable por la muerte de don Enrique, porque, si lo hubiera acompañado esa noche, probablemente no habrían podido asesinarlo, y eso lo torturaba. —A esas alturas, Julia Sandoval ya no era capaz de contener el llanto. En su congoja, presionaba un pañuelo contra los labios y a don Miguel le costaba entenderla.

El catedrático le concedió unos segundos para que recobrase el aliento y preguntó con todo el tacto del que fue capaz, que, dada su impaciencia, era más bien poco:

—¿Y qué es lo que iba a hacer?

—Después de hablar conmigo, Juan Maldonado lo mandó llamar para recordarle lo que tenía que declarar —continuó la mujer con la voz rota y los ojos hinchados y rojos—. Mi marido se mostró algo reticente y el señorito debió de disgustarse. Pedro intentó convencerlo de que el hecho de que él contara la verdad no le podría perjudicar, dado que al fin y al cabo solo se trataba de una deuda de juego. Pero Juan Maldonado insistió en que, para él, era una cuestión de honor, y más ahora que era el cabeza de familia, y que, si hacía lo que le solicitaba, lo recompensaría como se merecía. Así que no tuvo más remedio que aceptar, aunque fuera a regañadientes y contra su voluntad. Yo sé que, para mi marido, el hecho de mentir ante un juez de instrucción era una cosa muy grave, pero no tanto como para llevarlo al suicidio, que es un pecado muchísimo mayor. Además, estoy segura de que él jamás me dejaría en la estacada, y encima teniendo que cargar con el oprobio de que tu esposo se haya quitado la vida. ¿Entiende lo que le quiero decir?

—Por supuesto —confirmó Unamuno—. ¿Y qué cree entonces que ocurrió?

—Ojalá lo supiera —suspiró la mujer, amenazando con un nuevo acceso de llanto—. Por lo visto, mi marido había quedado esta mañana muy temprano con Juan Maldonado, que iba a llevarlo en su automóvil a Ciudad Rodrigo, tal vez para asegurarse de que cumplía con lo pactado. Como Pedro no aparecía, mandó a un criado para que viniera a buscarlo. Yo le dije que hacía rato que había salido de casa y, al final, lo encontraron en una de las cuadras con la cara destrozada, ¡pobriño mío! —exclamó entre lágrimas—. No sabemos lo que pasó, pero lo que a mí se me ocurre es que, mientras esperaba al señorito, mi marido quiso aprovechar para limpiar el arma en el establo, sin recordar que estaba cargada, y se le dispararía por accidente; esas cosas a veces pasan. Ni por un momento puedo pensar que nadie quisiera asesinarlo ni menos aún que él se suicidara.

—¿Guardaba su marido la escopeta en las cuadras?

—Yo no le dejaba tenerla en casa, porque no me gustan las armas, así que la escondía en ellas bajo llave —explicó la viuda, pesarosa.

—¿Y dónde solía limpiarla?

—Allí mismo.

—¿Cómo eran las relaciones de su marido con Ana Juanes y Juan Maldonado? —preguntó de pronto don Miguel.

—Que yo sepa, buenas. La señora lo trataba muy bien. En cuanto al hijo, es cierto que a mi marido no le acababa de gustar; decía que no tenía nada que ver con el padre, que el vástago era débil de carácter y estaba lleno de vicios y flaquezas. Pero es que mi esposo tenía una moral muy estricta, si lo sabré yo.

—¿Qué clase de vicios y flaquezas eran esos?

—Además del juego, estaban las mujeres de mala vida y creo que también el alcohol y es posible que hasta cosas peores. De hecho, Pedro había tenido que sacarlo de muchos apuros por encargo del padre —añadió la viuda con gesto de reprobación.

—¿A qué apuros se refiere?

—Denuncias de mujeres a las que no solo obligaba a hacer cosas que no deseaban, sino que también las vejaba y las maltrataba; al parecer, era muy retorcido y pagaba con ellas sus frustraciones y todo lo malo que le pasaba. Don Enrique estaba muy disgustado con él y el pobre no sabía cómo remediarlo.

—Comprendo. ¿Y qué me dice de la medalla y la fotografía que han encontrado en uno de los bolsillos de su marido? —cambió de tercio don Miguel, aun sabiendo que ese podía ser un tema delicado.

—No sé de qué medalla ni de qué fotografía me habla —indicó Julia Sandoval, sorprendida—. De eso nadie me ha comentado nada. Como le he dicho antes, el cadáver lo descubrió uno de los criados de los Maldonado y, debido al estado en el que se encontraba, a mí no me dejaron verlo. Luego se lo llevaron a Salamanca para hacerle la autopsia.

—Se trata de un retrato de Amalia Yeltes, la mujer que apareció enterrada hace unos días cerca de Boada, y de una medalla con sus iniciales en el reverso. ¿La conocía? —inquirió Unamuno.

—Sé que durante un tiempo fue la querida de don Enrique, incluso que tuvo un hijo con él, que luego ingresaron en una inclusa de Salamanca y que, por lo visto, bautizaron con su nombre. Y ahí se terminó la cosa. Lo que no acierto a imaginar es por qué la persona que, según usted, pudo matar a mi marido puso una medalla y un retrato de esa mujer en uno de sus bolsillos, aunque seguro que no lo hizo con buenas intenciones —comentó la viuda con recelo.

—Entonces, por lo que a usted le consta, para cuando fue asesinado, ¿Enrique Maldonado ya no seguía viendo a Amalia Yeltes? —insistió don Miguel, ya que ese dato era nuevo y la confirmación le parecía relevante.

—Si hubiera sido así, mi esposo lo habría sabido, créame, y él me dijo que después del bautizo del niño ya no se habían vuelto a ver, pues doña Ana se había enterado de ello y se había enfadado mucho, hasta el punto de que, desde entonces, reñían con mucha frecuencia y dormían en habitaciones separadas —comentó Julia Sandoval en voz baja, como si temiera que otros la escucharan.

—Y esto último, ¿cómo es que lo sabía su marido? —preguntó Unamuno sin poder evitarlo.

—¿Qué insinúa? —replicó la mujer con recelo y desconfianza.

—No pretendía insinuar nada —se disculpó él.

—Pedro siempre me fue fiel, no como otros —aseguró ella con aparente convicción; sin embargo, la voz temblorosa y la mirada huidiza la delataban.

—No lo dudo —concedió Unamuno con la intención de tranquilizarla—. En cuanto a Amalia Yeltes, resulta que una vecina de Boada nos contó que últimamente un hombre la visitaba a horas intempestivas y que una vez vio el automóvil de Enrique Maldonado estacionado cerca de la casa. Y, según la autopsia, estaba de nuevo embarazada.

—¿Embarazada? ¡Pobre rapaza! —exclamó con conmiseración—. Como ya le he dicho, si el señor hubiera seguido visitándola, mi marido lo habría sabido y él me lo habría contado. De modo que debe de tratarse de otra persona, no le quepa duda.

Don Miguel pensó por un momento que podría haber sido el capataz, pero, claro está, no dijo nada, bastante tenía ya la viuda.

—¿Estaba usted al corriente de que Enrique Maldonado iba a adoptar al hijo que tuvo con Amalia Yeltes?

—Es la primera vez que escucho eso —se limitó a decir ella.

—Y, con respecto a su muerte, ¿qué cree usted que pasó?

—Lo ignoro, y tampoco Pedro sabía nada.

—Pero ¿su marido no se planteaba ninguna hipótesis o sospecha?

—Si de verdad se la hubiera planteado, me la habría revelado, y yo se la mencionaría ahora a usted, pues soy incapaz de mentir, créame —reiteró la viuda.

Tras comprobar que de ahí no la sacaba, Unamuno se despidió de la mujer dándole las gracias por la información y por su confianza, y prometiéndole que haría todo lo posible para salvar el honor y buen nombre de su marido. Julia asintió, emocionada.

El catedrático regresó hasta el cobertizo donde lo aguardaba Teresa, y se alarmó al ver que no estaba allí. ¿Dónde habría ido?, se preguntó. ¿Habría habido algún problema? ¿Estaría en peligro? Trató de hallar algo con lo que poder defenderse en caso de contienda y solo dio con una pequeña azada. Con ella en mano, salió en su busca y, al cabo de un rato, la descubrió en las cuadras de los caballos.

—¿Qué hace aquí? Me ha dado usted un susto de muerte. Pensé que le habría pasado algo —le reprochó don Miguel.

—He visto que no había nadie en la casa, aparte de los criados, y he querido examinar el lugar del crimen o de lo que sea que haya sucedido —explicó ella.

—¿Y ha averiguado algo?

—Que no es un sitio muy agradable para morir.

—Ninguno lo es, si se ama la vida —puntualizó Unamuno.

—Eso es cierto. También he encontrado esto. —Teresa le mostró un sombrero de fieltro completamente agujereado y don Miguel lo observó boquiabierto, girándolo entre las manos.

—¡Es el mío, el que perdí! Parece que alguien ha estado probando la puntería con él —añadió algo preocupado mientras lo guardaba en un bolsillo de la chaqueta.

—¿Cree que fue el capataz?

—No quiero ni pensarlo. ¿Alguna cosa más?

—Eso es todo.

—Entonces deberíamos irnos. Si no nos damos prisa, no podremos coger el tren de vuelta.

Camino de la estación, Unamuno le relató a Teresa su conversación con la viuda del capataz sin omitir ningún detalle relevante.

—¿Y cree usted que dice la verdad? ¿No le estará ocultando algo? —le preguntó ella cuando terminó.

—Estoy seguro de que no miente, aunque puede que, en alguna cosa, esté engañada, equivocada o mal informada. Tengo la impresión de que el capataz no le contaba todo a su mujer. Pero ella está convencida de que su marido no se suicidó.

—Si no fue así, ¿quién lo mató? —inquirió Teresa.

—Como le he dicho, ella piensa que pudo tratarse de un desgraciado accidente —le recordó don Miguel—. Por otra parte, es muy probable que haya alguna información de interés que su esposo no le quiso revelar, tal vez porque afectaba a la familia Maldonado o porque lo salpicaba a él, vaya usted a saber. Y es que, en este asunto, todavía hay cosas que se nos escapan. Ojalá pudiera hablar con Ana Juanes y su hijo.

—¿Cree usted que ellos saben o vieron algo o, incluso, que podrían estar implicados de alguna manera?

—Es una posibilidad, desde luego. Al fin y al cabo, Juan Maldonado no deseaba que Pedro Villar declarara la verdad ante el instructor del caso, por lo que, en principio, había una razón para hacerlo callar si no se fiaba de él. Pero, a juzgar por lo que me contó la viuda, no me parece suficiente motivo para matarlo. Tendría que haber algo más. En todo caso, ahora mismo no resulta factible hablar con Juan Maldonado ni con su madre. Imagine usted lo que harían si descubren que hemos estado aquí. Lo consultaré con Manuel Rivera. Tal vez deberíamos contárselo al juez, y que sea él quien los interrogue.

—No creo que se preste a eso —apuntó Teresa.

—Lo mismo pienso yo.

Una vez en el tren, buscaron un compartimento vacío para poder conversar con más tranquilidad. Por suerte, a esas horas no viajaba mucha gente. A través de la ventanilla, vieron un automóvil que discurría por un camino paralelo a las vías. Durante un tiempo, se mantuvieron a la misma altura, pero luego el vehículo se desvió y comenzó a alejarse hasta perderse en las sombras.

—El mundo se está transformando muy deprisa, ¿no le parece? —comenzó a decir Unamuno como si reflexionara en voz alta—. Dentro de poco, mucha gente viajará en automóvil, cada individuo o familia en el suyo, como encerrados en una cápsula, aunque ellos se creerán libres de ir adonde quieran. Detesto todos esos inventos que han aparecido en los últimos años. Yo preferiré siempre el ferrocarril, con su rítmico traqueteo. No en vano soy un hombre del xix. He vivido nada menos que treinta y seis años en esa centuria, aproximadamente la mitad de lo que calculo que podría durar mi vida; ahora tengo cuarenta y uno. Demasiadas mudanzas para mí. Y, sin embargo, aquello que debería cambiar o desaparecer se mantiene inalterado: la injusticia, la desigualdad, la explotación, la opresión de las mujeres, las clases sociales... Cuando acabó el siglo pasado, muchas cosas entraron en crisis. Yo abandoné mis ideas socialistas y mi fe en el progreso material y científico y, desde entonces, estoy buscando algo que no sé qué es, y no me refiero a Dios, aunque es muy posible que sea Él el único que puede garantizar la existencia de eso que anhelo. En fin, no quiero aburrirla con mis obsesiones.

—Pero si usted nunca me aburre, se lo aseguro; me quedaría horas y horas escuchándolo —susurró ella.

Ante tamaño encarecimiento, Unamuno no supo qué decir. De modo que se limitó a gozar del instante y a fantasear: ahí estaban Teresa y él solos en un tren, dejando atrás su pasado, camino de una vida nueva. Después ella se fue quedando dormida con una sonrisa beatífica y la cabeza recostada en el hombro de don Miguel, que no se movió en todo el trayecto para no despertarla, ni dejó de mirarla por temor a que fuera solo un sueño y se desvaneciera si cerraba los ojos, valga la paradoja. Parecían una pareja en su viaje de novios.

# XXVII

*Salamanca, martes 9 de enero por la mañana*

Como se había acostado muy tarde la noche anterior, Unamuno llegó al aula con algo de retraso y sin haber siquiera desayunado. La conversación que había tenido con la viuda del capataz no se le iba de la cabeza. Tampoco su viaje de regreso a Salamanca con Teresa. La clase era de Literatura Griega, algo que en ese instante le sonaba muy remoto, como si perteneciera a otro mundo o a una vida anterior. Lo cierto era que no se la había preparado, ni siquiera había tenido tiempo de coger sus notas; tampoco sabía con exactitud qué tema tocaba, pero recursos no le iban a faltar.

—Hoy voy a hablarles de *Edipo rey*, de Sófocles, una de las más grandes tragedias de la historia de la literatura griega, junto con *Antígona* —comenzó a decir desde la tarima—. A la mayoría de ustedes les parecerá algo antiguo y sin ninguna relación con su vida o con el presente. Pero, si se fijan bien, descubrirán que esta obra habla también de nosotros por muchos siglos que hayan transcurrido, más de dos milenios en realidad. En efecto, Edipo somos nosotros, cualquiera de nosotros. ¿Quién no ha soñado con matar a su padre? Por favor, no se escandalicen ni se lo tomen en un sentido literal. Matar al padre puede significar muchas cosas; por ejemplo, está claro que cada generación siempre trata, para afirmarse, de oponerse a la anterior, que puede llegar a ser un obstáculo para nuestro desarrollo. Y eso está bien, es algo natural.

Entre los alumnos se oyeron murmullos de incredulidad y desaprobación y algunas risas condescendientes.

—Sí, no se rían —continuó—. Y, por si eso fuera poco, *Edipo rey* es, además, el primer relato detectivesco de la historia. Si la hubieran leído, sabrían que, en esta obra, por circunstancias que no vienen al caso, el rey Edipo tiene que investigar la muerte de Layo, su antecesor en el reino de Tebas y primer marido de su esposa Yocasta. Para ello, habla con unos y con otros, busca indicios y pistas, hasta que por fin descubre, para su sorpresa, que fue él mismo quien mató a Layo y que este era nada menos que su padre, lo que quiere decir que llevaba un tiempo acostándose, sin ser consciente de ello, con su propia madre. ¿Se dan cuenta de la tragedia que este descubrimiento supuso para él? Sería como si... Un momento. ¿Y si...? ¡Pues claro! ¡Eso es! —exclamó, desbordado por el descubrimiento—. ¡Cómo no me he percatado antes! No cabe otra explicación. ¡Ahora sí que ya todo encaja! O casi. De modo que ¡eureka!, que, como ustedes saben o deberían saber, es una palabra griega que puede traducirse por «¡lo he descubierto!». Y no piensen que me lo ha revelado el oráculo o que me lo acabo de sacar de la manga o de la chistera, o del sombrero que perdí. En realidad, lo he tenido delante de los ojos desde el primer instante, pero no lo he sabido reconocer. Obraban en mi poder casi todas las piezas, mas no era capaz de ensamblarlas de la manera adecuada.

»Ya ven, mis queridos alumnos, como la Literatura Griega sirve para algo, vaya que sí —añadió a modo de corolario—. Entre otras cosas, para ayudarme a terminar de resolver un crimen que nos ha tenido en jaque durante casi un mes, un tiempo en el que hemos estado dando palos de ciego, como el pobre Edipo después de sacarse los ojos, él, que era tan lúcido y perspicaz. Pero ya hablaremos de eso con más calma otro día. Ahora hay algo mucho más urgente e importante que hacer.

Dicho esto, Unamuno partió raudo en busca del abogado ante la mirada sorprendida y atónita de los estudiantes, que debían de estar pensando para sí: «Este don Miguel cada día está peor; definitivamente, ha perdido el juicio, como don Quijote, de tanto leer relatos detectivescos y tragedias griegas».

Unamuno entró en el despacho de Manuel Rivera sin llamar ni saludar, pues llegaba muy sofocado y alterado. Tan pronto recuperó el aliento, se sentó en una silla y bebió un sorbo de agua, comenzó a decir:

—Ya sé quién mató al terrateniente y a Amalia Yeltes y al capataz, ¡a los tres!

—¿Y quién fue? —preguntó su amigo, intrigado.

—Todo a su debido tiempo —indicó don Miguel.

—Al menos dígame cómo lo ha descubierto. ¿No decía que iba a dejar el caso? —quiso saber el abogado.

—Ha sido hace un rato, mientras daba mi clase de Literatura Griega —explicó el catedrático con mucho entusiasmo—. Me he puesto a hablar de Edipo y, mientras les explicaba a mis alumnos cómo este personaje había descubierto que, sin ser consciente de ello, había matado a su padre y se había casado con su madre, me acordé de la conversación con la viuda del capataz...

—No entiendo, don Miguel. ¿De qué conversación me habla?

—De la que tuve ayer con ella.

—¡¿Es que estuvo usted en Boada?!

—Sí, fui con Teresa —confesó Unamuno.

—¡¿Con Teresa?! —exclamó, incrédulo, Rivera.

—Fue ella la que me convenció de que no me rindiera y la que me enseñó que la razón y la ciencia no bastan para resolver algunos asesinatos, que el exceso de lógica, en definitiva, puede ser perjudicial —se justificó don Miguel.

—O sea que no solo irrumpe a escondidas en la finca de los Maldonado para entrevistarse con una pobre mujer que acaba de perder a su marido, sino que encima va usted con una militante anarquista vigilada por las fuerzas del orden y con antecedentes criminales, y sin decirme nada a mí, a su amigo, abogado y colaborador. A eso lo llamo yo entrar por la puerta grande en el mundo del delito y de la traición, sí, señor —lo reprendió Manuel Rivera, muy ofendido.

—Comprendo que tenga algo de pelusa porque fuera con ella, pero lo cierto es que ayer me dio una lección que nunca olvidaré —se defendió Unamuno.

—Eso es una sandez, perdóneme que se lo diga, ¿por qué habría yo de estar celoso? —protestó el abogado.

—Porque me alié con Teresa sin comunicárselo a usted. Pero es que no había tiempo, créame; fue todo muy precipitado —se justificó el catedrático—. De todas formas, eso carece ahora de importancia. El caso es que, gracias a la conversación con la viuda del capataz y a la historia de Edipo, las piezas de este complicado rompecabezas comenzaron a casar y, por fin, caí en la cuenta de lo que en verdad podría haber sucedido. Fue, se lo aseguro, como una epifanía, si se me permite la palabra, como un momento de revelación. Y es que, en efecto, la razón sola no basta para descubrir la verdad; por eso acudió en mi ayuda la literatura, esto es, la imaginación.

Don Miguel hizo una pausa para beber agua y crear expectación.

—¿Y a qué espera para contármelo? —rogó el abogado con impaciencia.

—Ha sido usted el que me ha interrumpido antes.

—¡Por el amor de Dios! ¡Me tiene en ascuas!

—Pues ahí va. Al igual que en *Edipo rey*, aquí también fue el hijo el que mató al padre —soltó el catedrático como quien lanza una bomba en el patio de butacas de un teatro.

—¿Se refiere usted a Juan Maldonado? —inquirió el abogado, sorprendido.

—¿A quién si no?

—¿Y cómo es eso?

—Como bien sabrá, el rey de Tebas mató a su padre por una disputa y sin saber que era su progenitor. Juan Maldonado, en cambio, debió de hacerlo arrastrado por algún sentimiento poderoso. Es verdad que aquí el hijo no se acostaba con su madre, con la que tiene un gran vínculo de dependencia, pero es muy probable que sí yaciera con la antigua amante de su padre. Por la viuda del capataz, supe que hacía cerca de dos años que Enrique Maldonado no visitaba a Amalia Yeltes. Sin embargo, una vecina había visto recientemente el automóvil de la familia cerca de la casa. De modo que ya no era con aquel con quien mantenía relaciones, sino con Juan Maldonado, y a buen seguro contra su voluntad. Así estuvieron durante un tiempo, y entonces algo debió de pasar. Puede que el hijo se enterara de pronto de que la mujer a la que forzaba había sido la querida de su padre, con el que había tenido un vástago, que, por algún motivo, Enrique Maldonado pensaba adoptar, y eso lo encolerizó. O puede que Amalia Yeltes, harta de que ese canalla la violara y, probablemente, la maltratara y la vejara, dados sus antecedentes y las marcas halladas en el cadáver, se lo contara al padre; ignoro de qué manera. El caso es que ella y Enrique Maldonado debieron de citarse para buscar algún arreglo, tal vez también para hablar de otras cosas, y Juan Maldonado los descubrió y los mató; ya veremos cómo, en qué orden y por qué. En cuanto al capataz, es evidente que lo asesinó porque sabía demasiado y tenía miedo de que hablara. Y por fin ahora entiendo lo de las cadenas: dos de ellas eran pistas falsas; tan solo la primera, la que llevaba oculta en su mano Enrique Maldonado, era verdadera. De hecho, es muy posible que nos estuviera diciendo, de algún modo, que la clave de todo estaba en su antigua relación con Amalia Yeltes, de la que había nacido un hijo ilegítimo, Enrique Yeltes, que en esos días estaba en vías de legitimar mediante la adopción —concluyó don Miguel.

—Es una historia tremenda. ¡Menuda tragedia! —exclamó el abogado, sobrecogido.

—Una tragedia, sí, pero sin dioses ni héroes. Solo un hombre cruel y sanguinario movido por una gran inquina.

Ni crimen social ni avaricia ni castigo ni venganza, sino algo mucho más primario e intenso: el odio de una persona hacia su padre y hacia su amante, causado por el rencor, la rivalidad, la prepotencia, la envidia, los celos y, sobre todo, el desprecio hacia las mujeres, que es una de las lacras más execrables de nuestra sociedad. Son siempre tales sentimientos los que nos llevan a cometer las mayores atrocidades.

—Me ha dejado usted sin palabras. Lo felicito; ha encontrado por fin el alfil —comentó Manuel Rivera.

—Ahora lo urgente es detener a Juan Maldonado cuanto antes. Es posible que imagine que, tras la muerte del capataz, sospechamos algo, y podría tratar de huir a Portugal en su automóvil en cualquier momento.

—¿Y por qué no damos aviso antes a la comandancia de la Guardia Civil, como es nuestro deber?

—Porque, a juzgar por los precedentes, tengo muy claro que no nos harían ningún caso e incluso alertarían a Juan Maldonado para que pudiera escapar, y a nosotros acabarían deteniéndonos por acoso y falso testimonio y vaya usted a saber cuántas cosas más —le recordó Unamuno—. Así que démonos prisa, se lo ruego. ¿O es que no quiere acompañarme?

—¡Por supuesto que sí!

# XXVIII

En el viaje en tren, Unamuno le terminó de explicar su hipótesis a Manuel Rivera, que, después de hacerle toda clase de preguntas y ponerle algunas objeciones, como buen abogado penalista que era, se mostró convencido de su veracidad y lo elogió por lo que había conseguido.

—¿Y con Teresa qué pasó? —preguntó el abogado mientras al otro lado del cristal desfilaban los campos yermos.

—Por supuesto, eso forma parte del secreto del sumario.

—A los abogados no suele gustarnos el secretismo.

—Ya lo imagino.

—Entonces ¿no me va a decir nada? —insistió Rivera.

—Créame, no hay nada que contar —aseguró el catedrático.

—Es usted un marido y una persona ejemplar.

—Como ya le dije, quiero mucho a mi esposa.

Al llegar a Boada se encontraron con una pareja de la Guardia Civil que estaba de servicio en la plaza por si sucedía algún incidente. Unamuno les dio cuenta por encima de sus recientes averiguaciones y les pidió que procedieran a la detención de Juan Maldonado, dado que podría darse a la fuga y escapar a Portugal. Pero ellos le replicaron que sin una orden de un superior no estaban autorizados a hacerlo. Al final, entre el abogado y don Miguel lograron convencerlos para que al menos lo localizaran y lo mantuvieran bajo vigilancia.

Se dirigían todos a la casa familiar cuando vieron venir el automóvil de los Maldonado. Los guardias se plantaron en medio del camino para darle el alto. Pero, en lugar de detenerse, el vehículo los arrolló. Como consecuencia, resultaron heridos y el conductor perdió el control de la máquina, que fue a estrellarse contra un árbol, dejando a la vista numerosos bultos y maletas. Juan Maldonado salió del automóvil tambaleándose y se dispuso a huir, renqueante, campo a través. No parecía muy lastimado, tal vez algo aturdido y magullado, y llevaba consigo una escopeta de caza.

—Usted quédese a atender a los guardias, que yo me encargo de agarrarlo —le dijo don Miguel al abogado—. No podemos permitir que se nos escape, con lo que nos ha costado descubrir que es el culpable.

Unamuno empuñó con fuerza su bastón de caminar y salió tras Juan Maldonado a grandes zancadas. Poco a poco, fue reduciendo la distancia. Cuando el perseguido vio que lo tenía ya casi encima, se giró de pronto y le disparó. Por suerte, estaba tan alterado que erró el tiro. Volvió a intentarlo y a Unamuno no le quedó más remedio que arrojarse al suelo mientras el otro reemprendía la huida. Don Miguel se puso en pie y trató de correr con más energía. Una vez que lo tuvo de nuevo a su alcance, le lanzó el bastón a los pies para que tropezara y rodara por el fango. A continuación, se enzarzaron en un forcejeo cuerpo a cuerpo y, tras varios intercambios de golpes, Unamuno logró inmovilizarlo en el suelo. Con cuidado, se quitó el cinturón y le ató las manos por detrás dc la espalda. Luego recuperó su bastón y se hizo cargo de la escopeta. Juan Maldonado parecía muy frustrado y bastante dolorido, como si se hubiera hecho mucho daño en la caída y la posterior refriega.

—Le sugiero que no intente escapar. La Guardia Civil no tardará en aparecer, y, tal y como está ahora, no podría ir muy lejos. Mientras llegan los refuerzos, si le apetece, le agradecería que me lo contara todo. Yo no soy agente ni juez; de modo que su declaración no servirá para inculparlo ni tendrá ningún valor jurídico si no hay pruebas materiales de ello. Tan solo quiero saber qué pasó; creo que me lo merezco —argumentó don Miguel jadeando.

—Seguro que usted ya tiene su propia historia al respecto; no en vano es un fabulador —objetó Juan Maldonado con rabia.

—Por supuesto. Pero aún quedan varios cabos sueltos. Para empezar, dígame: ¿por qué asesinó a Amalia Yeltes?

—¿Y por qué está tan seguro de que la maté yo? Podría haberlo hecho mi padre.

—Porque es usted un individuo que odia y desprecia a las mujeres —argumentó Unamuno.

—¡Eso no es cierto! —rechazó el detenido mientras intentaba librarse de su atadura sin éxito, y eso lo enfurecía cada vez más.

—Entonces ¿qué pasó?

—¿Y usted qué cree?

Juan Maldonado parecía dispuesto a no soltar prenda, pero don Miguel tenía la certeza de que todo asesino convencido necesita, en algún momento, jactarse y alardear de su crimen, aunque para ello tenga que confesar o hablar más de la cuenta.

—Ya veo que ni siquiera tiene el coraje y la honestidad de reconocer sus actos y hacerles frente —lo provocó el catedrático.

—Yo no hice más que lo que había que hacer, y lo haría de nuevo si fuera preciso —se justificó el otro.

—¿Y de qué le sirve haberlo hecho si no lo puede contar, si no puede presumir de ello ni reivindicarse ante los demás? A lo hecho, pecho, como se suele decir. Atrévase, sea un hombre por una vez en su vida.

—Aunque usted piense lo contrario, yo no le tengo miedo a nada. No creo que el juez de instrucción vaya a abrirme un proceso. Usted no tiene ninguna prueba, y, en el caso de que la tuviera, no serían capaces de condenarme. Al fin y al cabo, soy un Maldonado.

—Razón de más para que se desahogue ahora conmigo; en el futuro, ya no podrá hacerlo con nadie, y hablar alivia mucho, créame —lo tentó Unamuno—. Luego, si quiere, puede usted negarlo todo. Está en su perfecto derecho, faltaría más. Como bien ha dicho, sin pruebas no podrán sentenciarlo y su delito quedará impune. Pero usted se habrá comportado ante mí como alguien que no se avergüenza ni se arrepiente de sus acciones.

—Pues claro que no me avergüenzo ni me arrepiento. —Maldonado mordió el anzuelo—. Tenía sobradas razones para obrar como obré. Y esa furcia se lo merecía. Llevaba ya varios meses acostándome con ella y se ve que no le gustaba cómo la trataba, siempre se andaba quejando. ¡No sé quién se creería que era! ¿La reina de Saba? Si no hubiera sido por mí, no habría tenido donde caerse muerta. Pero ella aprovechaba cualquier circunstancia para provocarme y tratar de humillarme. ¡Así me lo pagaba! Hasta que ya no pude más. A mediados de diciembre, justo después de la visita de usted a Boada, discutimos y me contó por despecho que durante un tiempo había sido la amante de mi padre, ¡que hasta había tenido un hijo con él! Lo que me enfureció...

—¿Acaso no lo sabía? —lo interrumpió don Miguel.

—No es que no estuviera enterado, habría que haber estado ciego para no verlo, pero prefería ignorarlo. De modo que le pegué tal paliza que a punto estuve de hacerla abortar, ¡la muy zorra estaba de nuevo embarazada! Me dijo que era mío, pero ya se sabe que las mujeres son todas unas putas, hasta mi madre —añadió convencido.

—¿Por qué lo dice?

—Eso ahora no viene al caso.

—Está bien, continúe.

—El miércoles 13 volví a verla para pedirle perdón por lo ocurrido. Pero ella me dijo que ya estaba harta y que, si no la dejaba en paz, le iría con el cuento a mi padre de lo que le había hecho y de todo lo que decía de él a sus espaldas. Parecía dispuesta a arruinarme la vida si no la libraba de mi presencia. Yo le contesté que no se atrevería, pues tenía mucho que perder, y, sin inmutarse, me confesó que ya se habían citado para el día siguiente y que de mí dependía lo que ella le contara. Aparentando tranquilidad, le repliqué que no me importaba, que podía hacer lo que le apeteciera, como si quería volver con él. Sin embargo —añadió con otro tono—, la tarde del jueves estuve espiándola hasta que la vi salir a escondidas, y entonces me puse a seguirla al amparo de las sombras.

*Conforme caía la noche sobre el páramo, el tiempo se fue volviendo más desapacible. De vez en cuando soplaba una brisa que venía del norte y se colaba por las rendijas de las casas y ululaba en las techumbres. Después de dejar el pueblo, Amalia se internó por el camino que iba hacia el cementerio. Aunque el suelo era muy irregular, comenzó a andar más deprisa para entrar en calor. A mitad del recorrido, se detuvo ante una casa abandonada. Se trataba de una construcción de adobe, con las paredes y el tejado medio derruidos, la misma en la que los jóvenes del pueblo solían fumar y hacer sus cosas. Tras pensárselo un poco, la mujer se decidió a entrar para protegerse del frío. A la luz de la luna que se filtraba por los boquetes, pudo vislumbrar varias piedras puestas en círculo y los restos de una antigua fogata. Al poco rato, oyó que alguien se aproximaba con sigilo y eso la animó. Pero enseguida comprobó que no era la persona que esperaba, sino Juan Maldonado.*

*—¿Y tú qué haces aquí? —preguntó sorprendida y asustada.*

*—Tan solo vengo a observar —contestó él.*

*—No deberías haberme seguido. Esto es algo entre tu padre y yo, y a él no le va a gustar.*

*—¿Y cuál es, si puede saberse, el asunto que vais a tratar?*

*—No es cosa de tu incumbencia.*

*—Si no me lo dices, te rajo la cara.*

*Ella se mantuvo en silencio, tratando de adivinar hasta qué punto la amenaza iba en serio. Desde luego, lo creía muy capaz, de eso y de más. Como no quería irritarlo, no podía revelarle nada importante, pero no iba a tener más remedio que hablar, contarle cualquier cosa que resultara creíble, aunque solo fuera para ganar tiempo. Enrique debía de estar ya al caer; no podía tardar mucho, pues era una persona puntual.*

*Juan Maldonado, por su parte, parecía tranquilo, como si no lo inquietara demasiado la inminente llegada de su padre. Él sabía que iría solo, ya que había tomado la precaución de mandar al capataz a Salamanca con un encargo urgente.*

—*¿A qué esperas?* —*la apremió.*

—*Como te advertí, pienso comentarle lo que vas largando sobre él cuando estás conmigo, lo mucho que lo desdeñas* —*se atrevió a decir ella.*

—*¿A qué te refieres?*

—*A todo eso que dices de que si es un blando y un inútil, además de un mal marido y peor padre, y que, en cuanto se descuide, intentarás quitártelo de en medio y hacerte con las riendas del negocio con la ayuda del capataz, al que, según tú, tienes bien cogido por las sobaqueras, pues estás al corriente de algunos de sus secretos* —*le recordó Amalia con voz temblorosa.*

—*Eso no son más que bravuconerías y fanfarronadas, ya me conoces.*

—*Por desgracia, sé muy bien cómo eres.*

—*¿Y cómo soy? Suéltalo, no tengas miedo* —*inquirió él con tono sibilino.*

—*Ya que me preguntas, te diré que eres uno de esos hombres que se complace en maltratar a las mujeres, eso es lo que eres. De hecho, esta noche le voy a relatar a tu padre, con pelos y señales, la paliza que me pegaste el otro día cuando te conté que había sido su querida y te pusiste como una fiera.*

—*¡Calla, zorra! Seguro que él también te pegaba.*

—*Jamás me levantó la mano. A pesar de que tenéis la misma sangre, él es mucho más hombre y mejor persona que tú; por eso me trataba con respeto y me hacía gozar en la cama, mientras que tú no eres más que un pervertido y un pobre diablo.*

—*¡He dicho que te calles!*

256

—Ya veo que la verdad duele.

—Lo que te va a doler a ti es la puñalada que te voy a dar.

—Eres un cobarde y un indeseable. Pero tu padre no va a tardar en ponerte en tu sitio. Así que más te vale no tocarme.

Tan pronto oyó esas palabras, Juan Maldonado se revolvió como un animal herido, sacó un cuchillo de matanza de un morral que llevaba consigo y comenzó a apuñalarla en el vientre y en el pecho. Lo hizo sin apenas pestañear, como quien degüella un conejo o un pollo. Tras un instante de desconcierto, ella intentó defenderse con uñas y dientes, hasta que recibió la puñalada mortal y se desplomó como un fardo.

Todo había pasado tan deprisa que él necesitó unos segundos para tomar conciencia de lo que acababa de suceder. Más que confundido estaba sorprendido por lo que había hecho, como si no se lo acabara de creer. ¿Y ahora qué? Si se daba prisa, todavía podría irse antes de que llegara su padre. Pero ¿de qué serviría? Enseguida imaginaría que había sido él. De modo que encendió un cigarrillo y se sentó en una de las piedras a fumar con gesto satisfecho.

El padre entró al poco rato algo azorado, consciente de que llegaba tarde a su cita. Al principio, no reparó en el cadáver, sino en la presencia inesperada de su hijo. Le bastó seguir luego la dirección de su mirada para descubrir a Amalia en el suelo con el abrigo empapado de sangre. Aterrado, se puso de rodillas junto a ella y trató de reanimarla. Al comprobar que estaba muerta, se echó a llorar como un niño que se ha quedado solo en el mundo. Después se incorporó y le gritó a su hijo entre lágrimas:

—Pero ¡¿qué has hecho, desgraciado?!

—Lo que era mi obligación, ya que me iba a traicionar —contestó Juan Maldonado con naturalidad.

—¡No sabes lo que dices! ¡Tú no tienes ni idea de nada! ¡Me pregunto a quién habrás salido!

—A ti no, desde luego. ¿Y para qué querías ver a esa fulana?

—¡Te prohíbo que la llames así! ¡Eres un animal! Normal que quisiera denunciarte por la paliza que le pegaste. Iba a ayudarla, para ver si de paso te metía a ti en cintura. Tendría que haberlo hecho hace tiempo...

—¿Y cómo pensabas ayudarla?

—Le iba a ofrecer dinero para que se marchara de aquí y se librara de ti para siempre, con la condición de que no te demandara. Pero, visto lo que le acabas de hacer, imagino que tenía muchas más cosas que contarme, ¿verdad? ¡Eres un ser abyecto y un miserable! —añadió, con los ojos arrasados de lágrimas.

—¡Mira quién fue a hablar!

—No te engañes, yo no soy como tú. Pero no te preocupes, que no te voy a delatar por lo que has hecho; sería la ruina de nuestra familia y eso acabaría con tu madre. A cambio solo te pido que te vayas. Lárgate lo más lejos posible; yo te daré lo necesario para que puedas instalarte donde te venga en gana.

—¿Y mi herencia?

—¿A qué herencia te refieres?

—A las tierras, el ganado, las casas, el dinero...

El padre lo miró con estupor, como si fuera un extraño.

—Que te quede claro que eso será para el hijo que tuve con Amalia. Lo voy a adoptar y a legitimar cuanto antes, como tenía previsto, y ahora con mayor motivo. Hace ya un tiempo que inicié los trámites; precisamente se lo iba decir esta noche. Es lo menos que podía hacer por ella.

—¡¿Por esa furcia?! —exclamó el hijo, aturdido por la sorpresa.

—¡Te he dicho que no la insultes! Yo he querido con locura a esta mujer y voy a ser muy generoso con el pequeño Enrique, que no te quepa duda.

—Pero es a mí a quien pertenece la herencia por derecho, no a ese bastardo.

—Ya me encargaré yo de que no sea así. Si no lo he llevado a cabo antes es porque tu madre te adora, pero, cuando le cuente el crimen que has perpetrado, te repudiará, al igual que yo, y acabará aceptando a nuestro hijo adoptivo.

—Eso nunca va a suceder.

—¿Qué apuestas a que sí? Ahora no tienes otra salida.

*Por segunda vez, Juan Maldonado se revolvió como un animal acorralado, empuñó con fuerza su cuchillo de matanza, aún manchado con la sangre de Amalia, y se lo clavó a su padre una y otra vez, una y otra vez, una y otra vez..., como si fuera uno de esos acericos que usaba su madre para recoger las agujas y los alfileres.*

—Si esa noche no me hubiera contado lo de la adopción, tal vez no lo habría asesinado —explicó Juan Maldonado—. Pero ahí fue cuando me cegué. Era como si me hirviera la sangre y me subiera en oleadas a la cabeza. Creo que me volví loco solo de pensar que un bastardo, un hijo de puta, se iba a quedar con todo...

—¡Es usted despreciable! —exclamó don Miguel sin poder evitarlo.

—Es usted quien me ha azuzado para que se lo contara.

—Pero parece que disfruta haciéndolo.

—¿Acaso no quiere que prosiga? Sería una pena, ahora que esto empezaba a gustarme.

A Unamuno le vino de repente a la memoria la frase de Medea: *Cui prodest scelus, is fecit.*

—Entonces ¿mató a su padre no solo por odio, sino también por codicia, para no quedarse sin la herencia?

—¡No, no, no! —se ofendió el otro, como si se sintiera afrentado—. En eso se equivoca usted. Yo no lo maté únicamente por defender lo mío, por egoísmo; también lo hice porque, adoptando a ese malnacido, mi padre pretendía traicionar de forma humillante a su legítima esposa, a toda su familia y a su clase social, así como sus ideas políticas, sus principios morales y sus creencias religiosas, y eso yo no lo podía permitir, y no lo permití.

Juan Maldonado se detuvo un instante para recobrar el resuello, como si el hecho de evocar tales asesinatos —esas muertes llenas de rabia y pasión y, al mismo tiempo, tan cargadas de motivos y razones— lo hubiera dejado exhausto.

—Y tengo la impresión de que le cogí gusto a la sangre después de asesinar a Amalia; es algo que suele pasar, según he oído por ahí. Al parecer, ese líquido rojo y espeso provoca adicción —añadió Juan Maldonado con cierto sarcasmo.

—¿Y qué sucedió después? —inquirió Unamuno, cada vez más asqueado.

—Sin perder un instante, fui a buscar el automóvil para llevármelos de allí —prosiguió más calmado—. A mi padre lo dejé a la vista, con el fin de que lo descubrieran lo antes posible. El día anterior mi madre y él habían estado hablando durante la comida de que en esa fecha se cumplían los veinticinco años del crimen de Matilla, los mismos que tengo yo. Y, entonces, se me ocurrió que, si lo encontraban a las afueras del pueblo con tantas puñaladas, después del revuelo que se había armado por lo de la carta y su artículo, todo el mundo pensaría que habían sido los vecinos de Boada, y eso me serviría, de paso, para librarme de ellos.

—¡No se puede ser más desalmado!

—A ella la enterré donde usted ya sabe —continuó sin hacer caso—. Junto al cadáver dejé la medalla con las iniciales de mi padre, con la intención de que lo culparan de ese crimen y se confirmaran así las sospechas de que a Enrique Maldonado lo habían asesinado los vecinos de Boada, dando a entender que había sido también en represalia por la muerte de Amalia Yeltes. Luego volví al lugar del crimen y eliminé las huellas y las manchas de sangre y me deshice del cuchillo. El caballo lo escondí en una alquería abandonada. Para haber sido improvisado, no me quedó mal del todo, ¿no es cierto?

—Me ahorraré el comentario.

—Y usted, ¿ha quedado satisfecho con lo que le he contado o quiere más?

—Claro que quiero más. Estoy dispuesto a apurar este cáliz hasta las heces. ¿Qué me dice, por ejemplo, de la medalla que tenía su padre en la mano cuando usted lo mató?

—¿Qué medalla?

—Una similar a las otras dos, pero más pequeña y con las iniciales «E. Y.», esto es, Enrique Yeltes.

—No sé nada de esa medalla ni tenía idea de que la llevara encima, desde luego; de haberla descubierto, también se la habría quitado con mucho gusto.

—Por lo visto, fue un regalo para el hijo que tuvo con Amalia, con motivo de su bautizo. Lo que ignoramos es por qué obraba en su poder y por qué esa noche la tenía en la mano. Lo más probable es que ella no la aceptara en su día o que, si lo hizo, se la devolviera después por alguna razón, y que su padre la llevara entonces encima como una muestra de amor hacia su hijo ilegítimo. Por una carta del director del Hospicio de Salamanca, sabemos que, en efecto, había iniciado ya el proceso de adopción —señaló don Miguel.

—¡Menudo cabrón! Hice bien en acabar con él, vaya que sí; así el bastardo seguirá huérfano, más huérfano que nunca, sin padre y sin madre, ambos muertos por su culpa, por su grandísima culpa. ¡Cómo odio a ese malnacido! Si lo tuviera delante, también lo mataría —soltó Juan Maldonado lleno de rabia y frustración.

—Estoy seguro de ello. Pero ahora explíqueme por qué asesinó al capataz.

—¡¿Que por qué?! Porque, justo cuando iba a llevarlo a prestar declaración, me dijo que lo sentía mucho, pero que en el juzgado pensaba contar la verdad: que aquella noche no estaba conmigo, sino cumpliendo un encargo mío. Y esto haría que yo me quedara sin coartada, ya que había declarado a la Guardia Civil que, en el momento de la muerte de mi padre, estaba con el capataz en Salamanca por un asunto de negocios; por no hablar de otras cosas que saldrían a la luz.

—Entonces ¿Pedro Villar quería tirar de la manta?

—Eso me temo. Ya la víspera el muy cretino me había venido con esas, y yo pensé que lo había convencido, pero se ve que luego, de madrugada, cambió de opinión. Una vez más, traté de persuadirlo, y no lo conseguí. Intuyo que sospechaba que era yo el que había asesinado a mi padre y a Amalia, y eso lo quemaba por dentro. De modo que no me quedó otra que matarlo. Y la verdad es que me lo puso en bandeja. Él mismo se arrodilló delante de mí, no sé si para suplicarme que no lo hiciera o para sugerirme que lo llevara a cabo de una vez. También me pidió perdón.

—¡¿Perdón, por qué?!

—Por haber sido el amante de mi madre. —Don Miguel hizo un gesto de asentimiento—. Y, por lo visto, quería que yo lo absolviera y lo castigara por sus pecados. ¡Valiente canalla! De buena gana lo habría cosido a puñaladas, como al cornudo de mi padre, pero eso no me convenía. Me limité a coger su escopeta, a ponérsela en las manos y a meterle el cañón en la boca; luego le agarré el dedo índice, se lo coloqué en el gatillo y presioné para que disparara, así de fácil, como si fuera un suicidio; de hecho, no opuso ninguna resistencia —añadió Juan Maldonado con naturalidad.

—Y usted, ¿se quedó satisfecho? —comentó el catedrático con desprecio.

—Lo cierto es que apenas disfruté. Me consolé, eso sí, pensando que esa muerte le brindaría al juez de instrucción una nueva hipótesis, por si la primera fallaba, sobre la autoría de los otros dos crímenes

—¿A qué se refiere?

—A que supondría que el capataz se había quitado la vida porque había tenido algo que ver con la muerte de mi padre y de su querida y, al final, no lo había podido soportar. Para redondearlo, se me ocurrió lo de la fotografía y la medalla de esa fulana, que yo le había arrebatado como si fuera un trofeo, con lo que su señoría concluiría que el interfecto estaba enamorado de ella, y así todo quedaría más o menos aclarado.

—¿En qué sentido?

—O bien imaginaría que mi padre había matado a su querida tras descubrir que estaba embarazada de otro hombre, y el capataz, en venganza, lo había apuñalado a él; o, si no, que Pedro Villar los había matado a ambos por despecho o por celos, lo mismo daba. Pero, mira por dónde, tuvo que venir usted, un maldito escritor y catedrático de universidad, con su soberbia, su tozudez y sus ganas de fastidiar a la gente como yo, a revolverlo todo. Y aquí estamos.

Juan Maldonado agachó la cabeza en señal de impotencia y desesperación.

—No sabe cuánto lo lamento —ironizó Unamuno.

—¡Y usted no sabe cuánto lo odio! Lo estrangularía con mis propias manos si pudiera —confesó el otro, lleno de rencor.

—Estoy seguro de que lo haría si tuviera oportunidad; por eso yo me he apresurado a atárselas.

Al poco rato, apareció una pareja de la Guardia Civil y se lo llevó detenido, casi a rastras, pues se resistía a ser apresado y apenas podía caminar, mientras gritaba a los cuatro vientos que él no había hecho nada, que era inocente y que todo era un malentendido. «Un desenlace digno de una persona tan indigna como él», sentenció Unamuno para sí.

# XXIX

*Boada y Salamanca, martes 9 de enero por la noche*

El alcalde y los vecinos de Boada saludaron a Unamuno como un héroe y a él casi se le saltaron las lágrimas. Nunca había visto gente tan noble y agradecida. El abogado acudió enseguida a abrazarlo y a felicitarlo por no haber sufrido ningún rasguño, ni siquiera durante la disputa con Juan Maldonado.

—No sabía yo que los rectores y catedráticos tuvieran tanta fuerza y destreza.

—Ser rector es oficio de riesgo, ¿qué creía? —sonrió don Miguel—. Ya le dije que, en el fondo, yo soy un hombre de acción, aunque tenga fama de ser un místico y un contemplativo, que también lo soy, según la época y el momento. Jamás podría vivir encerrado en una torre de marfil; si acaso en un convento de clausura, pero por poco tiempo.

—Pues le confieso que estoy muy gratamente sorprendido. No solo se ha conformado con resolver el caso, sino que además ha atrapado al asesino y lo ha hecho hablar. Ojalá hubiera muchos como usted —lo elogió su amigo.

—Calle, calle; si hubiera más como yo, no nos soportaríamos y nos pelearíamos entre nosotros. El mundo sin duda sería más caótico de lo que ya es. Por cierto, ¿cómo están los dos guardias civiles?

—Con algún hueso roto, pero no es grave.

Unamuno y Manuel Rivera regresaron a Salamanca en el mismo tren en el que llevaban al detenido. Una vez en sus asientos, el abogado sacó de su cartera un pequeño tablero de ajedrez de viaje y le propuso a don Miguel jugar una partida, ya que no tenían nada mejor que hacer y él quería tomarse la revancha de una vez por todas. Pero Unamuno rehusó de forma tajante.

—¿Es que ya no le interesa? —quiso saber el abogado.

—Por mí puede arrojarlo usted por la ventanilla o tirarlo a la papelera.

—Pero ¿por qué?

—Como ya le comenté, mi querido Manuel, gracias a este caso y a las enseñanzas de Teresa, me he dado cuenta de que la razón por sí sola no sirve para resolver los misterios que se esconden detrás de un asesinato o de cualquier incidente más o menos extraordinario de la vida —explicó con tono didáctico—. La lógica nos esclaviza. Una verdadera inteligencia es aquella que también tiene en cuenta otras cosas, como los sentimientos y las emociones, por muy irracionales que sean a veces, o la intuición y la imaginación, que tantas veces subestimamos. Y, para desarrollar este tipo de capacidades, valen más la literatura y, si acaso, la psicología o, si me apura, el juego de las damas.

—¿Y qué pasa con el ajedrez?

—Lamento decirle que ni siquiera sirve para mejorar nuestra capacidad analítica. Como bien escribió Edgar Allan Poe en *Los crímenes de la rue Morgue*: «Calcular no es en sí mismo analizar. Un jugador de ajedrez lleva a cabo lo primero sin esforzarse en lo segundo». El ajedrez tiene alguna de las ventajas, claro está, pero casi todos los inconvenientes de las matemáticas, y yo nunca encomendaría un asunto delicado a un matemático puro. Las llamadas ciencias exactas, dadas sin compensación ni contraveneno, son funestísimas para el espíritu. Son como el arsénico, que, en la debida proporción, fortifica, pero, superada esta, mata... He conocido a muchos jugadores de ajedrez y he jugado contra muchos de ellos, y puedo decir que la mayor pericia en el juego no coincide necesariamente con la mayor inteligencia.

—Pues sí que me lo pone usted bien —murmuró el abogado.

—Haga como yo y cambie de juego. Nunca es tarde para eso, y su cuerpo y su mente se lo agradecerán —sentenció el rector.


En la estación, los recibió una gran muchedumbre que había acudido para abuchear al detenido y vitorear a Unamuno y a Manuel Rivera. Allí estaba, en primera fila, Marina Seseña, que los saludó muy emocionada. Don Miguel no cabía en sí de gozo. La muchacha acababa de ver a su padre en la prisión y, en su nombre y en el de los demás vecinos encarcelados, les dio públicamente las gracias por todo lo que habían hecho por ellos y, sobre todo, por haber confiado en su inocencia. Por lo visto, aún tardarían varios días en volver a casa. El que no iba a regresar, al menos por el momento, era Andrés Zamarreño.

Entre los presentes en el vestíbulo se encontraba también Teresa, que llevaba en la mano un gran bolso de viaje e iba con el pelo recogido como si fuera una gavilla de hilos de oro y un abrigo negro muy entallado que la hacía más alta y esbelta.

—¿Se va ya? —preguntó don Miguel.

—Eso me temo. Salgo en unos minutos en el tren correo. Pero antes quería felicitarlo por la resolución del caso —indicó con una sonrisa.

—Si hay alguien a quien darle la enhorabuena y expresarle gratitud es a usted. Por eso quiero que sepa que, amén de otras muchas cosas, me ha dado una gran lección de vida —reconoció Unamuno, tomando por un instante una mano de ella entre las suyas.

—¡¿Yo, una lección a usted, y de vida?! —balbuceó Teresa.

—¡A mí, sí! ¿De qué se extraña? Entre otras cosas, me ha dejado bien claro que el pensamiento racional no basta, a mí, que me he pasado media vida intentando buscar razones para justificar la fe o analizando al ser humano y su hambre de Dios o de inmortalidad desde la mera razón. Gracias a usted, me he dado cuenta de que tan importantes como esta son las emociones. En resumen: que hay que sentir el pensamiento y pensar el sentimiento. Entre usted y yo, a lo primero podríamos llamarlo «sensamiento» y, a lo segundo, «pentimiento» —sonrió don Miguel.

—Aunque sé que se trata de una evidente exageración, fruto de lo idealizada que me tiene al menos una parte de usted, le agradezco igualmente el cumplido que me hace diciendo eso de mí, así como los buenos momentos que hemos pasado juntos. Se lo digo con todo mi «sensamiento» y mi «pentimiento», como propone. Lo único que no podré perdonarle es que me haya privado del placer de acabar con ese canalla de Juan Maldonado —añadió en voz baja con una sonrisa.

—En este caso, la ley lo juzgará como se merece; ya nos encargaremos mi amigo y yo de que así sea.

—A cambio yo me ocuparé de castigar como es debido a Daniel Llorente y al gobernador civil por lo mal que se lo han hecho pasar. Si lo dejamos en manos de la Justicia, sus delitos quedarán impunes, se lo aseguro —le recordó Teresa.

—¿Y qué les va a hacer? —inquirió don Miguel, algo preocupado.

—Eso déjemelo a mí. Cuanto menos sepa, mejor.

—Por supuesto. En todo caso, se lo agradezco de corazón, aunque con esto no estoy diciendo que apruebe sus métodos, sean los que sean, que ahí no quiero entrar, no sé si me entiende.

—Claro que lo entiendo; en el fondo, es usted una persona de orden, en el mejor sentido de la palabra. Pero, a la vez, un auténtico anarquista, un anarquista sin carné, de esos que, como usted sostiene, van por libre, a su aire, de forma independiente, campo a través, que es la única manera de ser verdaderamente anarquista —argumentó Teresa—. En cuanto a la gente de Boada, ahora solo falta que recuperen los bienes comunales para que puedan vivir y trabajar en su pueblo y no tengan que emigrar.

—No va a ser fácil, pero haremos todo lo posible para que se los devuelvan, y, con el tiempo, prometo poner en marcha con otros catedráticos e intelectuales una campaña agraria en favor de los campesinos salmantinos, aunque eso me cueste el rectorado —anunció don Miguel con seriedad.

—Estoy convencida de que, tarde o temprano, lo hará. Por mi parte, quiero que sepa que el hecho de haberlo conocido y haberlo visto actuar no solo no ha disminuido la admiración y el gran afecto que ya le tenía, sino que los ha aumentado con creces, y hay muy pocos de los que pueda decir esto, en realidad solo de usted. Por eso estoy tan orgullosa de ser su amiga —confesó Teresa—. Ojalá nos hubiéramos conocido en otro tiempo.

—No siga, por favor —la interrumpió Unamuno con un balbuceo—, que ya he tenido bastantes emociones por hoy.

—No insistiré. Pero, si alguna vez va por Barcelona, no deje de visitarme. —Le tendió un sobre donde había escrito su dirección.

—Si alguna vez vuelve usted por aquí, ya sabe dónde encontrarme —le indicó él guardándose el sobre en un bolsillo del pantalón.

Se abrazaron con fuerza y con desesperanza, como solo saben hacerlo aquellos que se separan para siempre contra su voluntad. Luego se soltaron y se miraron durante un instante que les pareció eterno. Por último, se giraron hasta darse la espalda y cada uno se fue por su lado.

Unamuno y Manuel Rivera se quedaron al fin solos en la estación, como dos viajeros que acabaran de regresar a su ciudad después de mucho tiempo de ausencia y no se atrevieran a entrar en ella por temor a que ya no los reconocieran.

—Qué mujer, ¿no es cierto? —comentó el abogado.

—Creo que la voy a echar mucho de menos —admitió don Miguel.

—Pero ¿no quedamos en que era usted monógamo y amante de la rutina?

—Por eso mismo la voy a añorar, porque hay una parte de mí que es todo lo contrario.

—Si me permite que se lo diga, creo que, en esta ocasión, ha hecho usted bien en renunciar a sus sueños.

—No hablemos más de eso, se lo ruego, que ya no tiene remedio —le pidió don Miguel con cierto pesar.

—Por lo que a mí respecta, quiero que sepa que ha sido un placer colaborar con usted —confesó el abogado.

—Lo mismo digo —convino Unamuno.

—En realidad, este caso lo ha resuelto usted solo con gran riesgo de su vida y de su carrera.

—Debo recordarle que usted fue quien me reclutó e hizo que descubriera esta nueva vocación mía, algo tardía, eso sí, aunque nunca se sabe. Sin usted y sin ella, por lo que antes hablamos, yo no lo habría conseguido. Ha sido todo un aprendizaje, y, de alguna forma, puede decirse que soy un hombre distinto. Por eso creo que lo más importante, al menos para mí, ha sido conocerlos a ambos.

—Yo creo que también soy otro y ha sido gracias a usted.

—A propósito, ¿sabe cómo me llaman últimamente mis alumnos? —preguntó don Miguel—. «El detective andante». Es ingenioso, ¿no es cierto?

—Y muy apropiado —corroboró el abogado.

—Entonces, hasta el siguiente caso —dijeron a la vez estrechando sus manos.

En el quiosco de prensa que había junto a la puerta de la estación, podían verse las portadas de los periódicos vespertinos. En uno de ellos había una caricatura de Unamuno y Manuel Rivera bajo un titular que decía: «El Sherlock

Holmes español resuelve el triple crimen de Boada». Los
dos lo miraron y se echaron a reír a carcajadas, como unos
niños traviesos que acabaran de hacer una trastada. Luego
se subieron las solapas de la chaqueta y se sumergieron en
la niebla que en ese momento envolvía la ciudad.

# Epílogo

*Después de un mes sin salir de casa, Julio Collado se levantó muy temprano para ir al mercado de Ciudad Rodrigo. En cuanto terminó de desayunar, cargó el serón de su burro con tinajas y cazuelas envueltas en paja para que no se rompieran durante el viaje. Ahora que por fin el verdadero asesino estaba entre rejas, se había decidido a emprender ruta, pues necesitaba dar salida a sus cacharros para que pudiera comer su familia.*

*Una vez que estuvo listo, se despidió de su mujer y cogió las riendas del animal para conducirlo a paso firme hacia el camino. Cuando abandonó el pueblo, creyó ver un bulto a los pies de la encina en la que había encontrado el cadáver del terrateniente, y el corazón le dio un vuelco, de modo que se detuvo con la intención de regresar a casa. Pero esta vez fue el burro el que tiró de él y, al final, se dejó llevar. Al pasar junto al árbol, descubrió que lo que había en el suelo era un gran ramo de flores y un montón de piedras que alguien habría dejado para recordar a Enrique Maldonado, a Amalia Yeltes y a Pedro Villar. En la plaza, había oído que a Juan Maldonado ya lo iban a juzgar. También a Daniel Llorente y al gobernador provincial, acusados de cohecho, gracias a la denuncia y a las pruebas presentadas por una tal Teresa Maragall.*

*Tras santiguarse, Julio Collado prosiguió su recorrido detrás del asno, sin agobios ni prisas, adaptándose a su ritmo lento. En el horizonte, detrás de unas lomas, comenzaba a salir el sol de un nuevo día de invierno.*

## Nota del autor

Naturalmente, esta es una obra de ficción y un homenaje a don Miguel de Unamuno. Aunque está inspirada en algunos aspectos de la vida y de la obra del autor de *Niebla*, en ella me he tomado algunas libertades, que pretenden guardar, eso sí, cierta coherencia con el espíritu, la concepción literaria y el pensamiento de don Miguel. No obstante, el trasfondo del caso y de la novela es histórico. Lo que se cuenta de Boada y la famosa carta al presidente de Argentina, así como de los polémicos artículos de Maeztu y Unamuno, es real. También lo es la enorme repercusión mediática y política que la noticia tuvo en España. Los crímenes son inventados, pero el primero de ellos está basado en uno que tuvo lugar veinticinco años antes de lo de Boada en un pueblo cercano, Matilla de los Caños del Río, tal y como se menciona en la novela; un asunto sobre el que también escribió Unamuno. Ambos hechos se relacionan con la situación económica y social del campo salmantino en ese momento, sobre todo en comarcas como la del Campo Charro o en subcomarcas como la del Campo de Yeltes. Muchos vecinos se vieron desahuciados y obligados a abandonar por la fuerza algunos pueblos y aldeas, dejándolos a veces completamente despoblados, como ocurrió con Campocerrado; en otros casos, se logró echarlos aumentándoles la renta que debían pagar por el arriendo de las tierras o prendiéndoles fuego a sus casas.

La privatización de la tierra y la concentración de la propiedad en unas pocas manos para crear grandes dehesas dedicadas a la cría de ganado obligaron a muchos campesinos a emigrar. Ahí está el origen de la hoy llamada «España vaciada», que habría que llamar más bien la «España desahuciada». Unamuno fue muy sensible a este problema y escribió mucho sobre ello, pues estaba bien informado y conocía las principales teorías económicas sobre la propiedad y la renta; incluso impulsó en 1912 y 1913 una importante campaña agraria con otros profesores e intelectuales de la Universidad de Salamanca. Según algunos estudiosos de la vida y obra de don Miguel, esto fue lo que le hizo perder el cargo de rector al año siguiente.

El libro *Teresa* —para unos una recopilación de poemas, para otros una novela muy innovadora— se publicó en 1924, justo hace ahora cien años. Aunque muy poco leída y, por lo general, mal entendida, se trata de una de las obras más originales de Miguel de Unamuno. Se ha discutido mucho sobre el trasfondo real y autobiográfico que podría haber detrás de los personajes que la protagonizan, Rafael y Teresa. En mi novela, juego literariamente con esta posibilidad. Los versos que se citan en el capítulo XXIV —con alguna variante en uno de ellos— pertenecen a ese libro, y fueron escritos en realidad en 1923. Los del capítulo XX proceden del poema «Es de noche, en mi estudio...», compuesto en 1906.

Para terminar, tan solo me resta añadir que esta novela pretende ser la primera de una serie literaria sobre el detective andante Miguel de Unamuno, sin duda un personaje mucho más real e imperecedero que su creador.

# Agradecimientos y deudas

Quiero dar públicamente las gracias a mi amigo Manuel Menchón por haberme animado a escribir esta novela y por haber leído con atención su primera versión, y, sobre todo, por haberme apoyado en momentos difíciles; también al historiador Ricardo Robledo, por su información en torno al caso Boada y al crimen de Matilla de los Caños; a Ricardo Rivero Ortega, actual rector de la Universidad de Salamanca, por sus sugerencias; a Ana Chaguaceda, directora de la Casa Museo Unamuno, por su impagable ayuda; a Fernando Carbajo Cascón, por sus sabios consejos; a Lorena Ordóñez, por su estímulo y entusiasmo; y, por supuesto, a María Fasce y a su equipo de la editorial Alfaguara por su interés, su buen hacer y su complicidad.

He aquí una selección de los textos de los que me he servido, de una manera u otra, en la gozosa y compleja aventura que es la escritura de una novela como esta:

Bastons i Vivanco, Carles, «Miguel de Unamuno y los anarquistas catalanes», *Cuadernos de la Cátedra Miguel de Unamuno*, Salamanca, Universidad de Salamanca, 30, 1995, pp. 51-60.

Blanco Prieto, Francisco, *Unamuno, profesor y rector en la Universidad de Salamanca*, Salamanca, Hergar (Antema), 2011.

Brasa Díez, Mariano, «La razón de Unamuno», *Cuadernos Hispanoamericanos*, 440-441, febrero-marzo de 1987, pp. 175-185.

Calle Velasco, María Dolores de la, «Los bienes comunales de Boada», en Salustiano de Dios y otros (coords.), *En torno a la propiedad: estudios en homenaje al profesor Ricardo Robledo*, Salamanca, Universidad de Salamanca, 2013, pp. 89-106.

— y Ana Oria, *Cuando Boada quiso emigrar a la Argentina. Boada en 1905*, Ayuntamiento de Boada, 2005.

*El Adelanto*, Salamanca, diferentes números del mes de diciembre de 1905, en https://prensahistorica. mcu.es/es/consulta/registro.do?id=9500.

García Jambrina, Luis y Manuel Menchón, *La doble muerte de Unamuno*, Madrid, Capitán Swing, 2021.

Juaristi, Jon, *Miguel de Unamuno*, Madrid, Taurus, 2012.

Luján Palma, Ernesto, «El pensamiento anarquista del joven Unamuno (de 1886 a 1888)», *Cuadernos de la Cátedra Miguel de Unamuno*, Salamanca, Universidad de Salamanca, 43, 1-2007, pp. 27-52.

Maeztu, Ramiro de, «Un pueblo entero que se traslada», *La Correspondencia de España*, Madrid, 8 de diciembre de 1905, p. 1.

Rabaté, Colette y Jean-Claude Rabaté, *Miguel de Unamuno. Biografía*, Madrid, Taurus, 2009.

Rabaté, Jean-Claude, *1900 en Salamanca. Guerra y paz en la Salamanca del joven Unamuno*, Salamanca, Universidad de Salamanca, 1997.

—, «Miguel de Unamuno frente a la situación del Campo Charro (1905-1914) (Contextos y discursos inéditos de Miguel de Unamuno)», *Salamanca. Revista de Estudios*, 41, 1998, pp. 69-124.

Rivadeneyra Prieto, Óscar, «Del crimen de Matilla al crimen de Barrioneila. Las dos muertes de don Pepito Rodríguez Yagüe (2.ª parte y final)», en *Béjar en Madrid*, 4.703, 16 de mayo de 2014, p. 4.

Robledo, Ricardo, «El sueño de la propiedad perfecta produce monstruos. El crimen de Matilla de los Caños», *Salamanca. Revista de Estudios*, 43, 1999, pp. 273-294.

—, *La tierra es vuestra. La reforma agraria. Un problema no resuelto en España: 1900-1950*, Barcelona, Ediciones de Pasado y Presente, 2022.

Roso, Luis, *El crimen de Malladas. Por vuestra boca muerta*, Barcelona, Alrevés, 2022.

Salcedo, Emilio, *Vida de don Miguel (Unamuno, un hombre en lucha con su leyenda)*, Salamanca, Anthema, 1998 (1964).

Sena, Enrique de, «1905. Cuando Boada entero quiso emigrar a la Argentina», *El Adelanto*, 12 y 17 de julio de 1983.

Tudela, José, «Unamuno agrario», *Revista Hispánica Moderna*, 31, 1965, pp. 425-430.

Unamuno, Miguel de, «Lo de Boada. Hablan los vecinos y Unamuno», *La Correspondencia de España*, Madrid, 14 de diciembre de 1905, p. 1.

—, *Obras completas*, XVI tomos, ed. de Manuel García Blanco, Madrid, Afrodisio Aguado, 1958.

—, *Epistolario inédito*, ed. de Laureano Robles, I (1894-1914), II (1915-1936), Madrid, Espasa Calpe (Austral), 1991.

—, *Epistolario I (1880-1899)*, ed. de Colette y Jean-Claude Rabaté, Salamanca, Universidad de Salamanca, 2017.

—, *Teresa*, ed. de María Consuelo Belda Vázquez, Madrid, Cátedra, 2018.

Unamuno Pérez, Miguel de, «Unamuno en familia», *Salamanca. Revista de Estudios*, 41, 1998, pp. 33-48.

*Unamuno y la política. De la pluma a la palabra*, catálogo de la exposición, Salamanca, Universidad de Salamanca, 2022.

«Unamuno y lo de Boada», *El Castellano*, Salamanca, 11 de diciembre de 1905.

VV. AA., *El Casino de Salamanca. Historia y patrimonio*, Casino de Salamanca, 2004.

VV. AA., *Sueños de concordia. Filiberto Villalobos y su tiempo histórico (1900-1955)*, catálogo de la exposición, Salamanca, Caja Duero, 2005.

# Índice

Este libro se terminó
de imprimir en
Móstoles, Madrid,
en el mes de
enero de 2024

«Para viajar lejos no hay mejor nave que un libro».

EMILY DICKINSON

# Gracias por tu lectura de este libro.

En **penguinlibros.club** encontrarás las mejores
recomendaciones de lectura.

Únete a nuestra comunidad y viaja con nosotros.

penguinlibros.club

Penguin
Random House
Grupo Editorial

penguinlibros